Henrich Dörmer   BUNKERSCHLAG

AF191129

Henrich Dörmer

BUNKERSCHLAG

Ein oberhessischer Kriminalroman

Henrich Dörmer, » BUNKERSCHLAG «

© 2016 Henrich Dörmer

Erste Auflage
Umschlaggestaltung, Illustration: Henrich Dörmer
Lektorat, Korrektorat: Wolfgang Pappe

Herstellung und Verlag:

BoD – Books on Demand, Norderstedt

ISBN: 978-3-8391-6466-2

Bibliografische Information der Deutschen Nationalbibliothek:
Die Deutsche Nationalbibliothek verzeichnet diese Publikation in der Deutschen Nationalbibliografie; detaillierte bibliografische Daten sind im Internet über http://dnb.dnb.de abrufbar.

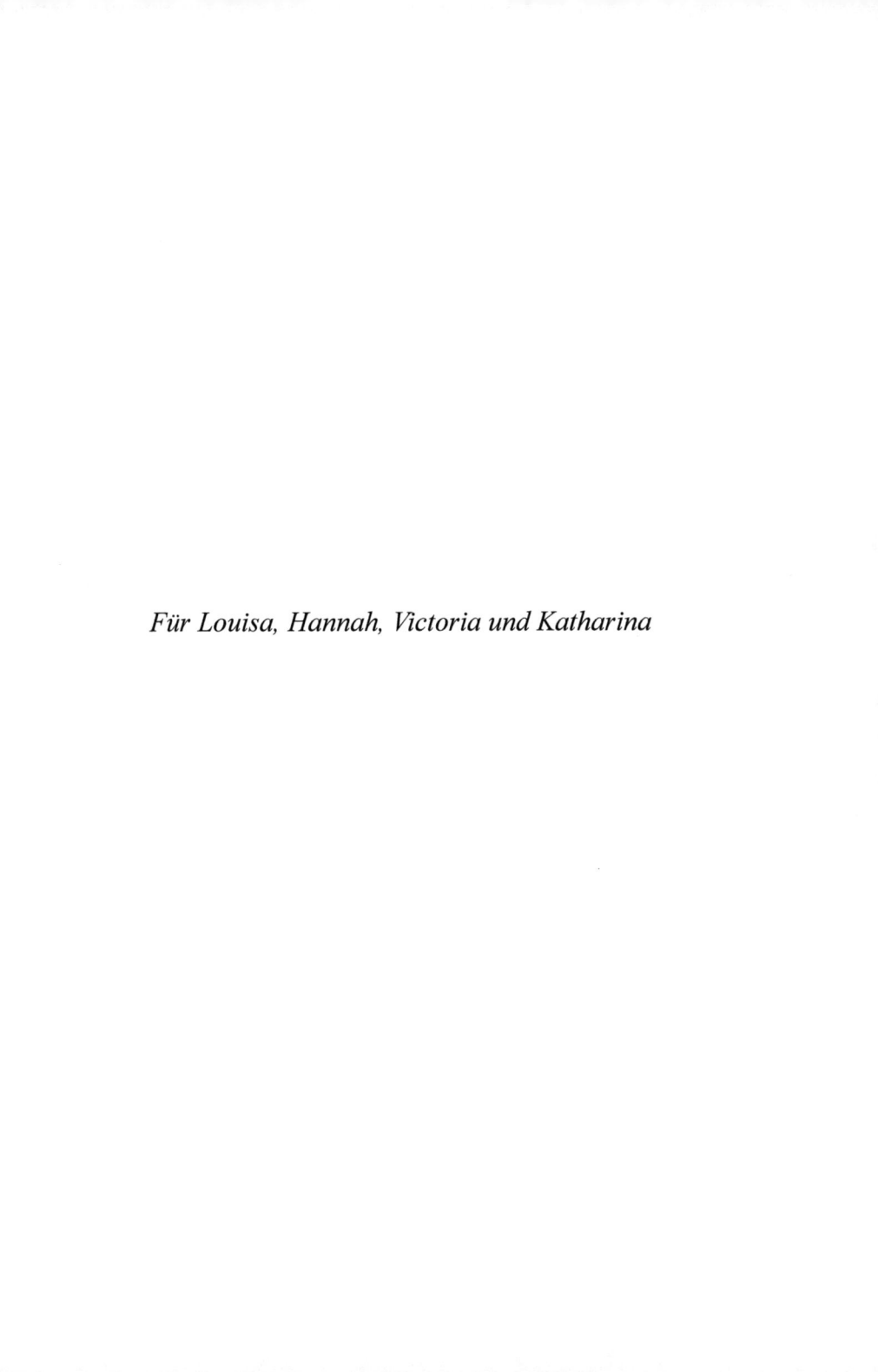

Für Louisa, Hannah, Victoria und Katharina

Liebe Leserin,
lieber Leser,

Sie finden ab Seite 255 ein kleines Golf-Lexikon für die Begriffe, die in diesem Roman in kursiver Schreibweise dargestellt sind.

Ebenso werden auf Seite 257 die Wörter in manischer Sprache ins Deutsche übersetzt.

Auf den Seiten 258 und 259 finden Sie eine Übersichtskarte des beschriebenen Golfplatzes.

Inhaltsverzeichnis

Prolog

Arbeitslager 15/LT
am Abend des 6. Dezember 1944.

«Kimm Boabche, dou host heit scho genuch geärwet, loss mich de' Ofe leermache, leg dich hie, moan git's wirrer freu luus.» August Ziegler, ein siebenundsechzig Jahre alter Motoreningenieur aus Marburg, der selbst heute schon sechzehn Stunden lang an den Treibstoffleitungen gefeilt, gebohrt und gefräst hatte, nahm dem Zwölfjährigen den Kohleneimer aus der Hand und öffnete den kleinen Brikettofen. Trotz der Feuerstelle war es bitterkalt in dem engen Seitenstollen, der den Insassen als Schlafgelegenheit diente. An den lehmigen Wänden rann das eiskalte Wasser des fünf Meter darüber auf den Boden fallenden Niederschlags herab. Zwei kleine Steigerlampen dienten als einzige Beleuchtung des fünfzehn Meter langen Stollens. Die Decke war so niedrig, dass man sich nicht gerade aufrichten konnte. An beiden Seiten des Ganges waren über die gesamte Länge Holzgestelle mit zwei Holzböden, die als Betten dienten, aufgestellt. Das Bettzeug und die Matratzen bestanden aus Kartoffelsäcken, die mit Stroh befüllt waren. Diese Gruft war seit nunmehr zwei Jahren das Gefängnis für zweiunddreißig Gefangene. Es stank entsetzlich nach allen erdenklichen menschlichen und unmenschlichen Gerüchen.

«Danke, leiwer Gust, owwer es git schuu», sagte der ausgemergelte, für sein Alter viel zu kleine Junge mit der unter dem rechten Oberarm eintätowierten Häftlingsnummer 967934. Er kniete sich zu August Ziegler auf den Boden vor den Kanonenofen und scharrte

9

mit einer kleinen Schaufel die Asche aus dem Rost. Über den beiden verdunkelte sich plötzlich der ohnehin schon spärliche Schein der Grubenlampe, als sich direkt neben Ziegler eine mächtige Gestalt aufbaute. Eine heisere und zugleich röhrende Stimme erdröhnte über den beiden knienden Häftlingen:

«Ziegler, du Schwachkopf, du Nichtsnutz, denkst du wirklich, du kannst mich verarschen? Die Treibstoffleitung ist schon beim ersten Test verreckt, die ganze Pumpe wär' mir beinahe um die Ohren geflogen. Weißt du was? Du bist ein wertloses Stück Scheiße, weniger wert als eine halb verhungerte Sau!» Das Totenkopf-Abzeichen an der schwarzen Uniform des SS-Obersturmführers schimmerte diabolisch im schwachen Schein der Lampe. Der Lager-Kommandant packte mit der rechten Hand den dünnen Hals des mit unbewegter Mine auf den Ofen schauenden alten Mannes und drückte ihm mit der linken Hand einen stählernen Lauf an die Schläfe. Der immer noch neben August Ziegler kniende Junge erstarrte vor Angst, der Magen dreht sich ihm um.

«Einen solch nutzlosen Unrat wie dich kann ich nicht mehr brauchen», schrie der Kommandant. Ein dumpfer Knall ertönte, dessen Nachhall wie in Zeitlupe durch den Stollen kroch und sich für immer in das Gedächtnis des Jungen einbrannte. August Ziegler fiel über die rechte Seite in den Schoß des Zwölfjährigen, Blut rann aus der Wunde an der Schläfe und tropfte auf den Boden. Er war sofort tot. Der erst zweiundzwanzig Jahre alte, in diesem Moment überlebensgroß erscheinende SS-Offizier trat einen Schritt zurück.

«Steh auf, bring ihn» – er meinte den Toten – «zum Ausgang!», raunte er leise dem Jungen zu, der immer noch den leblosen Körper von August Ziegler in seinen Armen hielt.

In diesem Moment eilte ein weiterer Mann in der grauen, verschmutzten Lagerkleidung durch den Stollen und rief am Ende des Ganges in Richtung Lager-Kommandant und jungem Häftling:

«Warum … warum hast du das getan?»

Der Angesprochene entgegnete mit ruhiger, aber fester Stimme:

«Er hat versagt, er hat die Chance, die ich ihm geboten habe, nicht genutzt. Dieser Nichtsnutz hat lange genug meine Ressourcen verbraucht.»

«Er war dein Nachbar, um Himmels willen, er hat dir erst deine Fahrräder und dann dein Motorrad repariert, er war wie ein Onkel für dich!», antwortete der zweiundvierzig Jahre alte Mann, der mit seinen eingefallenen Wangen, seinen grauen Schläfen und schütteren Haaren fast genau so alt wirkte wie der soeben ermordete August Ziegler. Der Kommandant erhob seine Stimme wieder zu diesem unmenschlichen Kreischen und schrie:

«Er war Kommunist und ein Geschwür für das deutsche Volk, das früher oder später sowieso herausgeschnitten werden musste. Und dir Karl, rate ich …», die Stimme des dunkelhaarigen Mannes raunte nun wieder leise,

«… die vier restlichen Motoren nun endlich fertig zu kriegen, sonst bist du der Nächste!» Der angesprochene Häftling ließ sich nicht einschüchtern.

«Was ist nur aus dir geworden? Mein Gott, denkst du denn nicht darüber nach, was deine Mutter zu dir sagen würde? Wo ist der Junge, der noch vor nicht einmal zehn Jahren dankbar dafür war, wenn er sich um unsere Tiere kümmern durfte? Der die Milch bei uns geholt hat?», antwortete er. Der Kopf des Angesprochenen lief nun rot an und drohte schier zu explodieren. Seine schwarzen Augen traten hervor und erhielten eine blutrote Korona.

11

«Halt's Maul, du Sozen-Sau, halt dein dreckiges rotes Maul, und hilf deinem Sohn, deinen Kommunisten-Freund zu entsorgen!», donnerte seine Stimme durch den schmalen Stollen. Der Häftling Karl beugte sich zu der Leiche von August Ziegler herunter, schloss dessen noch offen stehende Augenlider und packte ihn unter den Armen. Leise sagte er zu seinem nun lautlos weinenden Sohn, aus dessen blauen Augen kleine Tränen die fahlen Wangen herab liefen:

«Kimm mein Boab, nimm die Bee, mir müsse 'en rausbringe» und flüsterte dann:

«Der kricht sei Stroof noch, irgendwann, das v'rsprech eich dir.» Der Zwangsarbeiter Karl und sein Sohn trugen den leblosen Körper zum Eingang des Seitenstollens. Links der Einmündung zum Schlaftrakt verlief ein Querstollen, der zu den Fabrikationsbereichen führte. Höhe und Breite des unterirdischen Labyrinths erweiterten sich hier auf drei mal fünf Meter. Drei Seitenstollen vergrößerten sich zu Werkhallen und waren jeweils zwanzig Meter lang. In diesem Bereich war das Licht elektrifiziert und die Wände und Decken waren mit Stahlbeton verstärkt. Winden und Haltekräne waren an der Decke befestigt. Die Montage der Treibstoffpumpen für die V2- Rakete, Hitlers „Wunderwaffe", sollte effizient und so zügig erfolgen, dass pro Woche fünf Stück fertig gestellt und nach Peenemünde geliefert werden konnten. Genau dazu hatte man den Maschinenbau-Ingenieur Karl hierher gebracht. Und seinen Sohn. Karl war bis vor einigen Jahren Ortsvorsteher von Lindental und überzeugter Sozialdemokrat. Schon als die Nazis 1933 die Macht übernahmen, warnte er seine Parteigenossen:

«Doas giht koa goad Loch enaus!» Wie recht er behalten sollte, erfuhr er schon sehr bald: Bereits 1934 wurde er aus allen öffentlichen Ämtern entfernt und schon drei Jahre später verlor er, gegen

den Willen der Geschäftsführung, seinen Arbeitsplatz als Betriebs-
leiter einer Maschinenbaufabrik im zehn Kilometer entfernten
Städtchen Grünberg. Danach hielt der Familienvater sich und seinen
Sohn mit dem, was sie zu Hause hatten, über Wasser: ein bisschen
Landwirtschaft, ein paar Hühner, Ziegen und Schafe. Bis sie mitten
in der Nacht vor zwei Jahren von der Gestapo aus ihrem kleinen
Haus zunächst in das ebenfalls unterirdische KZ „Dora -Mittelbau"
in Thüringen verschleppt wurden, genauso wie den Motorenbauer
August Ziegler, der aufgrund seiner politischen Überzeugung
bereits Mitte der dreißiger Jahre von den Nationalsozialisten drang-
saliert und 1938 verhaftet wurde. Die Mutter von Karls zwölfjähri-
gem Sohn war da bereits zwei Jahre tot. Sie war an einer Lungen-
entzündung gestorben. Und nun waren sie beide seit eineinhalb
Jahren wieder in ihrer Heimat. Genau gesagt unter ihrer Heimat.
Nur wusste von ihrer Anwesenheit tief unter dem darüber liegenden,
dicht bewachsenen Waldgebiet keiner der Bewohner des nahe
gelegenen Heimatortes. Das Arbeitslager unterlag der höchsten
Geheimhaltungsstufe des Reichs. Das Gebiet oberhalb des unterirdischen Labyrinths war bereits seit Jahrzehnten Truppenübungsplatz,
zunächst der Reichswehr, dann der Wehrmacht. Niemand aus Lindental ahnte, dass in dem durch Stollengänge erweiterten Keller des
schon vor Jahren durch Übungsgranaten zerstörten alten Bauerge-
höfts Verwandte und Nachbarn eingekerkert waren. Kein regulärer
Wehrmachtssoldat und erst recht kein Zivilist hatte seit mehr als
acht Jahren das Areal mehr betreten dürfen. Geknechtet wurden die
Zwangsarbeiter durch einen Schergen, dem noch vor sieben Jahren,
vor Kriegsbeginn, als freundlichem Metzgers-Sohn und hilfsberei-
ten Lehrling alle Wege offen standen. Kurz danach hatte er sich
für den dunkelsten aller Pfade entschieden. Nun kommandierte er

13

seinen ehemaligen Nachbarn und dessen Sohn durch die eiskalten Gänge seines Schreckensreichs. Ein weiterer Dorfnachbar und vor nicht allzu langer Zeit väterlicher Freund lag tot in den Armen des Jungen. Keiner aus Lindental wusste, wo „Metzgersch' Rudi" eingesetzt war, nicht einmal sein Vater. Niemand aus dem Dorf rechnete damit, dass er, direkt beauftragt und unmittelbar dem Oberkommando der SS und dem Reichsrüstungsministerium unterstellt, in unmittelbarer Nähe zu ihrem verschlafenen und so idyllisch gelegenen Ort Präzisionsbauteile für die Rakete mit der offiziellen Bezeichnung „Aggregat Typ 4" montieren ließ. August Ziegler konnte es nicht mehr ertragen, sein eigenes Leben, dessen Schicksal ohnehin besiegelt schien, durch die Mitarbeit an der Höllenmaschine zu verlängern, die schon über 12.000 Menschen bei den Angriffen auf England, Frankreich, Belgien und Holland getötet hatte. 20.000 Zwangsarbeiter waren bereits bei der Entwicklung und Produktion des Vorläufers aller Weltraum- und Interkontinentalraketen umgekommen. Deshalb hatte er heute die Treibstoffleitungen angebohrt und damit unbrauchbar gemacht.

«Los, schneller, bis zum Ausgang! Karl, du darfst heute die Schicht des, wie soll ich sagen, unpässlichen August übernehmen. Sieh zu, dass du in zwei Minuten in Halle drei an der Drehbank stehst, und du Kroppzeug wirst heute noch sämtliche Öfen leeren. Ich werde dich lehren, was der Unterschied zwischen einem fleißigen Nationalsozialisten und einem faulen Sozialdemokraten ist», schrie der Obersturmführer hinter den beiden her. Er verschwand in Richtung der Montage-Hallen. Der Zwangsarbeiter und sein Sohn schleppten den leblosen Körper ihres Freundes aus dem Schlaftrakt nach rechts in den Hauptstollen, der zum Eingang des Arbeitslagers führte. Den Eingang, den kein Häftling mehr lebend seit eineinhalb Jahren in die auswärts weisende Richtung verlassen hatte. Nach rund dreißig Metern, sie mussten immer wieder absetzen, weil Karls Sohn zwischenzeitlich die Kräfte verließen, erreichten sie die Querstollen mit den Aufenthaltsbereichen des Wachpersonals. Das Licht war hier so hell, dass es den beiden Zwangsarbeitern in den Augen brannte. Wände und Decken waren weiß verputzt. Es war geradezu klinisch sauber in diesem Abschnitt. Ein Aufseher, vielleicht noch keine zwanzig Jahre alt und ebenfalls in schwarzer Uniform mit dem Totenkopf an der Mütze, erwartete sie bereits mit geschultertem Gewehr. Die beiden unfreiwilligen Totenträger setzten kurz ab. Die so furchteinflößende Uniform konnte nicht darüber hinwegtäuschen, dass der junge, blonde und hochgewachsene Soldat vom Anblick des toten Häftlings erschreckt war. Er versuchte, seine Unsicherheit zu überspielen, in dem er so fest er nur konnte rief:

«Los, bringt ihn hoch!»

Während Karl und sein Sohn kurz Kraft sammelten, um dann den Leichnam wieder aufzunehmen, hörten sie ein leises Brummen, das allmählich lauter wurde und beständig aber unaufhaltsam das gesamte Bunkersystem füllte. Der junge Soldat schaute unbewusst zur Decke. Das immer mächtiger werdende Geräusch kam nicht aus den Stollen des Arbeitslagers, es kam von oben! SS-Schütze Max Heinrich wurde unruhig, feine Schweißperlen traten ihm in Sekundenschnelle auf die Stirn.

«Los, hochbringen, schnell», befahl er. Häftling Karl und sein Sohn nahmen den Leichnam wieder auf und gingen den Gang weiter, der ab jetzt in einer aufwärts gerichteten Schräge verlief. Der Wachsoldat folgte den beiden und nahm sein Gewehr von der

15

Schulter, um es vor sich mit beiden Hände zu greifen. Er sah auf seine Armbanduhr. Sie zeigte 20.32 Uhr.

Rund zwanzig Kilometer entfernt von dem unterirdischen und der strengsten Geheimhaltung unterliegenden Arbeitslager hatten die Staffeln der „5th Bomber Group" der Royal Air Force mit über zweihundertvierzig Lancaster-Bombern soeben das Zentrum Oberhessens, die Universitätsstadt Gießen, in Schutt und Asche gelegt. Die Stadtkirche, die historischen Fachwerkhäuser am „Seltersweg" und rund um den Marktplatz sowie weitere neunzig Prozent der Innenstadt hatten aufgehört zu existieren. Die zweite Angriffswelle hatte sich ihrer tödlichen Fracht aus Brand- und Sprengbomben gerade erst entledigt und sich danach sofort gen Nordosten auf den Rückflug nach England gemacht.

Als der junge SS-Schütze Heinrich und die beiden Häftlinge den Bunkereingang, der von außen perfekt mit Grassoden und Efeu getarnt und so nicht erkennbar war, nach weiteren dreißig Metern erreichten, wurde das Brummen ohrenbetäubend. Soldat Heinrich wühlte mit nervösen Fingern in seiner Hosentasche, um den Schlüssel für das Tor hervorzukramen. Er ging an den beiden Häftlingen vorbei und drehte den Schlüssel im Schloss um.

«So, Tor auf! Karl, du bleibst hier, der Junge bringt den alleine raus. Und du Hosenschisser machst keine Mätzchen, sonst liegst du gleich neben dem da!» befahl er mit mittlerweile maximaler Lautstärke, um sich gegen das Dröhnen durchzusetzen. Der Junge mit der Häftlings-Nummer 967934 ließ die Beine des August Ziegler los und ging langsam zu seinem Vater hinüber, der immer noch den Toten unter den Armen hielt. Karl übergab den Leichnam bewusst umständlich seinem Sohn, um ihm, als beide Kopf an Kopf aneinander waren, so leise wie möglich ins Ohr zu flüstern:

«Wenn dou drauße bist, lääfste luus, ich lenk'n ab. Bleib nejt stieh!» Sein Sohn nickte für den Wärter unmerklich, sah seinem Vater noch einmal in die himmelblauen Augen, die er von ihm geerbt hatte, und hob die Leiche unter den Armen an. Sein Vater öffnete das schwere Tor. Das Brummen wurde nun ohrenbetäubend. In der einem Wasserfall gleich hereinströmenden Frischluft lag Brandgeruch. Genau in diesem Moment erklang ein immer lauter werdender hochfrequenter Ton, der in einem brachialen Knall endete. Dem Jungen platzte sofort das rechte Trommelfell. In einem Bruchteil einer Sekunde wurde er durch eine gewaltige Druckwelle gegen die seitliche Erdwand des Stolleneingangs geschleudert. Hinter ihm wurden sein Vater und Max Heinrich rücklings von den Beinen gerissen. Doch hinter den beiden im Tunnelgang Verbliebenen stürmte eine andere Gestalt die schräge Ebene hoch: der Lagerkommandant. Heinrich schrie ihm, noch nicht wieder auf den Beinen, entgegen:

«Herr Obersturmführer, wir werden bombardiert! Wir müssen evakuieren.» Das Entsetzen stand dem jungen Soldaten ins Gesicht geschrieben. Doch sein Vorgesetzter brüllte ihn, noch gute acht Meter entfernt, an:

«Einen Dreck muss ich!» Just zu diesem Zeitpunkt schmiss sich Häftling Karl auf den immer noch halb liegenden jungen Max Heinrich und griff nach dessen Gewehr.

«Laaf, mein Boab, laaf!», schrie er zeitgleich in Richtung Ausgang. Der Junge vernahm die Stimme aufgrund des immer stärker werdenden Dröhnens der Lancaster-Bomber und seinem zerfetzten rechten Trommelfell zwar nur wie aus einer anderen Sphäre, aber er verstand. Er stand auf und lief los. Nach fünf

Metern schaute er zurück zum Eingang und sah zu seinem Entsetzen den Lager-Kommandanten mit Vornamen Rudolf auf seinen Vater und den jungen Max Heinrich mit gezogener Pistole zustürzen. Er rannte weiter und hörte verschwommen den jungen SS-Schützen und seinen Vater etwas rufen. Dann vernahm er drei Schüsse, Schreie, gefolgt durch einen weiteren, jedoch tausendfach lauteren Knall, genau über dem Eingangsbereich des Lagers, den er mittlerweile um rund achtzig Meter hinter sich gelassen hatte. Der Waldboden erbebte, brach über dem unterirdischen Stollensystem ein und senkte sich drei Meter tiefer über die eingestürzten Gänge und Hallen. Die Einschläge der britischen 250-Kilobomben ließen Erdbrocken durch die Luft fliegen und kurz hinter dem Jungen herabregnen. Mehrmals strauchelte er, fiel kurz hin, fing sich jedoch schnell wieder und rannte weiter. Nur für einen kurzen Moment glaubte er, bei einem weiteren flüchtigen Blick zurück eine große, schemenhafte Gestalt mitten durch den dichten Qualm und Rauch huschen zu sehen. Die Lancaster 239-Besatzung des „463. Squadron" hatte gerade die restlichen vier Sprengbomben ausgeklinkt, um Gewicht loszuwerden und den benötigten Treibstoff für den Rückflug nach England zu sparen. Zufällig eben genau über einem Ort, der ein wichtiges Angriffsziel der Alliierten gewesen wäre, wäre er enttarnt worden.

Der Junge erfüllte seines Vaters letzten Wunsch und rannte weiter. Und weiter. Und er blieb während der gesamten folgenden Nacht, die mittlerweile von der zwanzig Kilometer entfernten Feuerwand über Gießen glutrot erleuchtet wurde, nicht mehr stehen.

1. Kapitel

70 Jahre später

Es war ein herrlicher Juni-Morgen. Die Sonne hatte noch nicht alle Winkel des engen Tals mit ihren sanften ersten Strahlen des Tages berührt, als die Greenkeeper bereits die Grüns nach der allmorgendlichen Platz-Pflege verlassen hatten. Der Chef der Landschaftspfleger, *Head-Greenkeeper* Morton Woodcroft, hatte gerade erst seinen Rundgang beendet, um das in seinen Augen unterdurchschnittliche Ergebnis zu begutachten, das seine Mitarbeiter nach dem Mähen und Walzen der *Grüns* erzielt hatten. Auch wenn Woodcroft nicht zufrieden gestellt werden konnte – das konnte er fast nie – genoss auch er diesen ruhigen Sommer-Morgen. Am achtzehnten und damit letzten Grün angekommen, betrachtete er zuerst die Schnittkanten zwischen Grün, Vorgrün und *First Cut* und blickte dann über die gesamte Anlage: Direkt vor dem Clubhaus des Golf- und Countryclubs Lindental lagen die erste und die letzte Spielbahn direkt vor ihm. Beide *Fairways* schmiegten sich, in jeweils entgegengesetzter Spielrichtung, um einen See, dessen Wasser durch eine Fontäne in der Mitte schon so früh am Morgen fröhlich in Bewegung gehalten wurde. Das achtzehnte Grün wurde vom rechten, vorderen Ufer des Teichs begrenzt. Der mit zwei gelben, Handball-großen Markierungen versehene Herren-Abschlag des ersten Lochs wartete von hier aus vierzig Meter weiter links auf auf seine nächsten Gäste. Die weiteren Spielbahnen folgten dem ersten Grün zunächst wieder in entgegengesetzter Spielrichtung und auf eher ebenem Gelände links des zentralen Sees. Danach schmiegten sich die Spielbahnen an die Hänge der westlichen Talseite. Ab der siebten Spielbahn kreuzten die Fairways wieder die Mitte des Tals hinter dem großen Teich. Wie bei einem klassischen Golfplatz üblich, endete das neunte Grün vor der dem Clubhaus. Die zweite Hälfte des Platzes mit den Spielbahnen Zehn bis Achtzehn wiederholte diesen Verlauf durch das Tal, in dem sie mal vor, mal hinter den davor liegenden Fairways und Grüns mäanderten. Die schon fleißig zwitschernden Spatzen nahmen dieses abwechselnd hell- und dunkelgrüne Fleckchen Erde als Kessel wahr, der fast gänzlich von Wäldern und Wiesen umkränzt wurde. Vor zwanzig Millionen Jahren hatten die Lavaströme des Vogelsberg-Vulkans diese heute so liebliche Landschaft aus Feuer und Basalt geboren. Nur die südliche Seite des Tals war durch eine kleine Stichstraße bis zum Innenhof des Golf- und Countryclubs befahrbar, dessen Stirnseite durch das Clubhaus, das Herrenhaus eines über dreihundert Jahre hier befindlichen Gestüts, gekrönt wurde.

Morton Woodcroft legte seinen *Stimpmeter*, ein rund ein Meter langes Gerät, das wie die Hälfte einer längs aufgeschnittenen Röhre aussah, mit dem einen Ende auf das Grün, hielt das andere Ende in seiner rechten Hand und legte mit der linken einen Golfball an den oberen Rand. Der Golfball rollte die Vorrichtung hinab auf die fünf Millimeter kurz gemähte Fläche und kam auf dem Grün nach rund drei Metern zum Stehen. Woodcroft maß die Entfernung von Ball zu Stimpmeter und murmelte in seinen rötlich schimmernden Vollbart hinein:

«Just ten, bullshit!» Der *Head-Greenkeeper* nahm in einer blitzartigen Geschwindigkeit, die man seinem kleinen, leicht rundlichen und sechsundfünfzig Lenze alten Körper gar nicht zugetraut hätte, Golfball und die Vorrichtung zur Messung der Grüngeschwindigkeit auf. Er zog aus seiner grünen Latzhose sein fünfzehn Jahre altes Siemens C30 Handy. Ein paar Tastendrucke später raunte er in unverwechselbarem Südstaaten-Slang in sein Telefon:

«Hey Bill, are you kidding? I wanted eleven, and what i've got? A bloody damn'd slow acre with just teen feet! You now swing your fucking ass around and fix it!» Bill raste vom anderen Ende des Golfplatzes mit der höchstmöglichen Geschwindigkeit seines Sitz-Mähers zu seinem Boss, um sich den Rest des Anpfiffs in kompletter Länge und Deutlichkeit abzuholen (er verstand sofort, trotz des manchmal schwer verständlichen Louisiana-Singsangs seines Chefs, dass die Grüngeschwindigkeit nicht wie von Woodcroft gewünscht elf, sondern nur zehn Fuß betragen hatte und er um umgehende Nachbesserung ersucht wurde). Doch als er am achtzehnten Grün ankam, war sein Boss bereits wieder verschwunden.

Während dessen ertönte Bernd Grüners Handy. Es erklang die Melodie von Elvis Presleys „a little less conversation".
Grüner griff in die linke Seite seiner über zwanzig Jahre alten dunkelbraunen ledernen Golftasche, fingerte das Mobiltelefon heraus und nahm ab.

«Einen wunderschönen guten Morgen, mein lieber Herr Grüner. Sind Sie im Büro?» erklang eine weiche, etwas nasale Stimme. Der Angerufene schaute mit seinen dunkelbraunen Augen halb auf das vor ihm liegende Fairway, halb in den strahlend blauen Himmel und antwortete etwas unsicher:

«Äh, Morgen, äh, nein, ich bin auf dem Platz.» Der Anrufer fasste nach:

«Wo genau befinden Sie sich?» Grüner nannte seine genaue Position auf dem Golfplatz.

«Ich wollte nur schnell neun Löcher gehen», ergänzte er. Der Gesprächsteilnehmer mit der sonoren Stimme antwortete:

«Ah ja, schön. Ich rufe an, um Sie zu bitten, um zwölf Uhr im Restaurant zu sein. Es gäbe noch einiges zu besprechen. Könnten Sie sich das einrichten?» Grüner zog seine schwarzen Augenbrauen unter seinen ebenso dunklen Locken zusammen.

«Ja, natürlich, das geht. Ich bin dann da.»

«Hervorragend. Und nun wünsche ich Ihnen noch ein schönes Spiel!» Der Gesprächspartner legte auf. Grüners unrasiertes Gesicht verfinsterte sich und legte seine Stirn in Falten. Der Dreiundfünfzigjährige steckte sein Telefon wieder zurück in die Seitentasche, nahm einen mit einer „8" bezifferten Eisenschläger aus der Tasche und sein Ziel ins Visier.

Joachim Hartmann verstaute sein Smartphone mit dem Logo in Form eines angebissenen Apfels auf der Rückseite zurück in der speziell hierfür vorgesehenen Seitentasche seiner Golftasche. Diese war auf einem eleganten, aus Karbon gefertigten und Akku betriebenen Ultraleichtgestell befestigt. So ein Trolley der Marke „Luxury-Electro-Cad" war nicht unter tausend Euro zu bekommen. Die Golftasche schmiegte sich in Form und Größe perfekt in seinen fahrbaren Untersatz ein und korrespondierte hervorragend in ihrer grün-weißen Farbgebung mit Hartmanns Outfit. Er trug eine weiße Stoffhose, hellbraune Golfschuhe eines italienischen Edel-Designers aus feinsten Leder und einen dunkelgrünen Kaschmir-Pullunder. Hartmann wandte sich mit seiner großen, schlanken Gestalt seinem Mitspieler zu. Dieser hatte den bisherigen Diskretionsabstand zu Hartmann nun wieder aufgelöst, nachdem Hartmann sein Telefonat beendet hatte.

«Ich finde es sehr nett Joachim, dass Sie die Runde mit mir trotzdem zu Ende spielen, das ist nicht selbstverständlich. Ich kann mir vorstellen, wie viel Sie heute noch zu tun haben.» Der Mitspieler mit dem deutlichen Bauchansatz keuchte etwas, nachdem er den erhöhten Abschlags-Bereich der fünfzehnten Spielbahn neben Hartmann erreicht hatte. Auch wenn die Temperatur an diesem Morgen mit rund achtzehn Grad noch angenehm kühl war, hatten sich auf dem hellblauen Poloshirt des nur einen Meter fünfundsechzig kleinen *Flightpartners* von Hartmann Schweißstreifen gebildet.

«Doch, doch, mein lieber Theodor, das ist selbstverständlich, ich habe noch nie eine Golfrunde vorzeitig beendet, das verstieße ja gegen jede Etikette.» Hartmann schaute Theodor Müller dabei freundlich aus seinen etwas eng aneinander stehenden dunkelbraunen Augen an.

«Was wäre das für ein Frevel, diesen perfekten Morgen nicht mit einer perfekten Runde unseres schönen Spiels zu ehren. Außerdem sind Sie ja gerade so hervorragend in Fahrt, da möchte ich schon sehen, wie viele *Birdies* Sie noch reinbringen!» Der Angesprochene fühlte sich geschmeichelt. Ein Birdie hatte er an diesem Morgen auf den bisherigen vierzehn Löchern noch nicht geschafft, aber er war doch recht zufrieden mit seiner spielerischen Leistung, zumal er noch nie zuvor in Lindental gespielt hatte: Bis hierhin hatte Müller für kein Loch mehr als neun Schläge gebraucht, gleich auf der zweiten Bahn, einem *Par 3,* gelang es ihm, mit nur drei Schlägen das Grün zu treffen und dann mit lediglich zwei *Putts* einzulochen. Für einen Spieler mit *Handicap* -42 war das eine ordentliche Vorstellung.

Mittlerweile hatte auch der dritte Spieler der Gruppe aufgeschlossen: Thomas Ranft, ein drahtiger, 25-jähriger junger Mann mit blondem, kurz geschnittenem Stacho. In seiner knallroten Chino-Hose und dem sonnengelben Polohemd hatte er gerade noch den Bunker am zuletzt gespielten Grün gerecht, nachdem sein Mitspieler Theodor Müller dort gerade zwei eimergroße Krater in den weißen Sand geschlagen hatte.

«Sie haben die Ehre, Chef», sagte er mit ausdruckslosem Blick zu Hartmann. Dieser nahm dies als Impuls, den Schläger mit dem größten schwarz lackierten Metallkopf aus seinem Bag zu ziehen, die gestrickte weiß-grüne Schlägerhaube mit ebenso grün-weißer Bommel mit einer eleganten Bewegung vom Schlägerkopf zu entfernen und den Abschlag zu betreten. Hartmann strich sich durch seine mit silbernen Strähnen durchsetzten schwarzen Haare, zog dann ein hölzernes *Tee* aus seiner Hosentasche und steckte es vor den gelben Abschlagsbegrenzungen in den Boden. Danach nahm er einen Golfball aus der Hosentasche und legte ihn auf das Holzstäbchen. Hartmann sah zu Müller herüber, der am Rand des Tees darauf wartete, dass er abschlug.

«Theodor, ein kleiner Hinweis, da der Verlauf der Spielbahn von hier aus nicht gut einsehbar ist: Bei diesem Loch sollte man sich eher links halten. Auf der rechten Seite des Fairways verläuft ein Bach, in dem ich schon unzählige Bälle versenkt habe, und ich habe noch nie auch nur einen wieder gefunden. Diese Spielbahn geht wirklich ins Geld!», sagte er. Der Angesprochene nickte nur leicht mit verschränkten Armen und kratzte sich mit angestrengter Miene in seinem dunkelblonden Lockenschopf. Hartmann schwang seinen Driver in einer kompakten Bewegung kurz nach hinten und wieder nach vorn, um einen Probeschwung durchzuführen und stellte sich dann noch ein paar Zentimeter näher an den Golfball heran. Er schaute noch einmal kurz von sich aus nach rechts in die Richtung, in die er den Ball schlagen wollte und führte dann den vollen Golf-schwung aus. Sein Schläger traf auf den Golfball mit einem krachenden, metallischen Geräusch und schwang über der rechten Schulter Hartmanns aus. Er war noch nicht in einer normalen Stand-position zurückgekehrt, da hob er schon seinen linken Arm in Verkehrspolizisten-Manier.

«*Fore* Links!!!"», schrie er so laut, dass seine beiden Mitspieler zusammenzuckten.

«Tja, wenn man schon „*Fore*" ruft, sollte man es schon so deut-lich tun, dass man auch gehört wird», ergänzte er mit einem Lächeln seinen Urschrei in Richtung von Müller und Ranft. Hartmann schaute beim Verlassen des Abschlag-Bereichs nicht eine Sekunde auf die Senke links von der Spielbahn, dem Ort, in dem sein Golf-ball nach einer ästhetisch wunderbar anzusehenden, aber sehr ausgeprägten Linkskurve liegen musste.

«Sie sind dran, lieber Theodor, den finden wir schon», forderte er seinen Mitspieler auf, als Nächster abzuschlagen. Müller überlegte kurz: Er hatte auf dem vorherigen Loch mit fünf Schlägen ein für ihn überdurchschnittlich gutes *Bogey* geschlagen. Dabei hatte er mit dem Abschlag das Fairway mittig getroffen und mit dem zweiten Schlag seinen Ball in den Grünbunker gejagt. Obwohl er zwei Schläge benötigte, um die Sandfläche wieder zu verlassen, schaffte er es mit nur einem Putt ins Loch. Das Adrenalin dieses Erfolges ließ ihn immer noch auf Wolke Sieben schweben.

Der Dritte im Bunde, Thomas Ranft, der Hartmann nur mit „Chef" oder „Boss" ansprach, hatte mit einem Doppelbogey einen Schlagversuch mehr benötigt als Müller. Hartmann hatte ein *Par* gespielt. Somit hatte Joachim „die Ehre", als Erster abzuschlagen und nun war Theodor Müller selbst an der Reihe. Allerdings hatte er nun ein trickreiches *Par fünf* vor sich: Das gesamte Gelände vor ihnen fiel von rechts nach links schräg in Richtung des Tals ab. Zusätzlich war das Fairway so angelegt, dass man einen „blinden Schlag" vor sich hatte. Dort, wo der Golfball nach einem durchschnittlichen Abschlag zu liegen kam, ragte eine Kuppe wie ein riesiger Elefantenrücken aus dem Fairway. Dadurch war die linke Seite der Spielbahn vom Tee aus nicht einsehbar. Zu allem Überfluss war die rechte Seite der Spielbahn durch einen Bach begrenzt, vor dem Joachim Hartmann gerade noch seine Mitspieler gewarnt hatte. Müller scheute ein Wasserhindernis so sehr wie der Teufel das Weihwasser und dachte daher: lieber ins Unbekannte hinein als in den blöden Graben rechts – und Hartmann hatte Recht: Bälle waren teuer.

Als Müller sich für den Abschlag bereitgemacht, seinen Ball aufgeteet und sich davor gestellt hatte, zielte er deutlich links der Fairway-Mitte. Er führte seine gewohnten zwei Probeschwünge aus und schlug dann den Ball. Zunächst blickte er durchaus zufrieden dem Ball hinterher, bevor auch er so laut er konnte mit seiner ansonsten eher leisen Stimme «Fore!» rief. Sein Ball war soeben in kerzengerader Linie nach links in derselben Senke verschwunden, in der auch der Ball von Joachim zu vermuten war.

«Der macht nichts kaputt, Theodor. Da liegen wir beide nah beieinander. Thomas, wenn es dir nichts ausmacht, würde ich schon mal mit Theodor vorgehen, um nach den Bällen zu suchen, dann sparen wir etwas Zeit. Du weißt ja, ich bin etwas spät dran mit meinem ersten Termin heute. Du wirst sicher nicht auch noch nach links schlagen wollen», wandte sich Joachim Hartmann an Thomas Ranft. Dieser war einverstanden.

«Klar, geht ruhig schon mal. Ich warte dann, bis ihr vorne angekommen seid.» Ranft hatte während der letzten Löcher auch schon mehrmals auf seine Armbanduhr geschaut und sich insgeheim über das sehr langsame Spieltempo von Müller geärgert. Nicht nur, dass dieser Theodor vor jedem Abschlag gleich zwei Probeschwünge machte. Auch auf den Grüns verbrachte Müller schier Ewigkeiten, Grüngeschwindigkeit und die richtige Puttlinie zu „lesen". Viel eingebracht hatte es ihm in den Augen von Ranft auch nicht: Meistens brauchte er drei oder mehr Putts, bis der Ball endlich ins Loch fiel. Zwar hatte auch Ranft erst ein Handicap von -36, aber er hatte auch erst vor einem Jahr, nachdem sein Chef Joachim Hartmann ihm einen Schnupperkurs geschenkt hatte, mit dem Golfen angefangen. Auf den Grüns war er schon richtig gut unterwegs. Pro Loch benötigte er selten mehr als zwei und immer öfter nur einen Putt, auch aus einigen Metern Entfernung. Demgegenüber war dieser langweilige und eher unsportlich wirkende Theodor für Ranft eine Schnecke. Dennoch wollte er jetzt keinem die Stimmung an diesem sonnigen Morgen verderben und blieb ruhig. Gegen eine Beschleunigung des Spiels hatte er aber auch nichts einzuwenden.

Bevor sich Joachim Hartmann mit Müller auf den Weg zu den rund einhundertfünfzig Meter entfernten Bällen machte, ging er nah an Thomas Ranft vorbei und flüsterte ihm noch etwas zu. Ranft war klar, dass Joachim Hartmann um die größte Schwäche in seinem Golfspiel wusste: So gut er auf den Grüns auch war, so schlecht war er beim Abschlag. Auf den letzten fünf Löchern hatte er das Fairway nicht ein einziges Mal getroffen. Jedes Mal flog der Ball links ins *Rough* oder ins Aus, so wie bei der letzten Spielbahn. Das Resultat hieraus waren zwei Strafschläge und das gegenüber Theodor Müller verlorene Loch. Dass Hartmann das Loch eigentlich gewonnen hatte, stand außer Frage. Aber das gegenüber „Schnecke" Theodor schlechtere Ergebnis wurmte Thomas Ranft sehr viel mehr. Hartmann und Müller waren mittlerweile kurz vor der Kuppe auf dem Fairway angekommen. Joachim hob rund einhundertvierzig Meter weiter vorne den Arm, um Thomas Ranft zu bedeuten, dass sie bald in der Senke verschwunden wären und er gleich abschlagen konnte. Sogleich waren nur noch der schwarze, gegelte Schopf von Hartmann und der Lockenkopf Müllers zu sehen und einen Augenblick später gar nicht mehr.

Thomas Ranft stand auf dem Abschlags-Bereich und wartete sicherheitshalber noch eine Minute. Er sah oben rechts am Waldrand eine Schafherde friedlich auf einer Wiese grasen. Weit vorne links unten im Tal schien das Clubhaus noch gar nicht richtig wach, es schien, als würde der weiß getünchte Fachwerk/Backsteinbau sich noch einmal in seinem gemütlichen grünen Bett umdrehen. Auch wenn ihm der sportliche Wettkampf-Aspekt beim Golf sehr viel wichtiger war, als permanent verträumt durch die Landschaft zu laufen, diesen wunderschönen und majestätischen Anblick genoss auch er. Dann überlegte er wieder: Wenn er sich etwas mehr nach rechts ausrichten würde, hätte er mit der linken Seite der Spielbahn gar nichts mehr am Hut. Zudem sagte er leise vor sich hin, als er sich bereits hinter dem Ball aufgebaut hatte:

«Nicht nach links … nicht nach links … nicht nach links … okay … genau …» Thomas Ranft griff den Driver etwas fester als sonst, stellte sich, wie er es sich vorgenommen hatte, etwas stärker nach rechts blickend auf und bewegte den Schläger zur Probe nur kurz einmal nach hinten und wieder nach vorne. Kurz bevor er zum Schlag ausholen wollte, hörte er ein Geräusch wie das Bellen eines Hunds in der Ferne. Blöder Köter, dachte er für einen kurzen Moment. Er setzte ab, trat noch einmal einen Schritt zurück und wiederholte seinen Probeschwung. Angestrengt und viel zu fest presste er den Schlägergriff in seine Hände, holte aus und schlug ab. Der Golfball startete diesmal in der idealen Richtung etwas rechts von der Mitte des Fairways. Allerdings begann der Ball nach der Hälfte der gewöhnlichen Flugdauer eine abrupt beginnende Flugkurve nach links anzunehmen, die mit zunehmender Flugdauer umso stärker wurde und dazu führte, dass Ranft seinen Ball links hinter der Kuppe aus den Augen verlor. Er schickte der ungewollten Flugbahn seines Balles ein geschrienes «Fore links» hinterher, so laut, dass die weit oben rechts entfernte Schafherde für kurze Zeit ihre blökende Konversation unterbrach. Thomas Ranft horchte noch ein paar Sekunden in die milde morgendliche Brise vor ihm hinein, dann steckte er den Driver zurück in seine Golf-Tragetasche, nahm sie mittels der Schultertragegurte auf den Rücken und marschierte Richtung linkem Fairwayrand rund einhundertfünfzig Meter vor ihm los. Als er auf der Kuppe in der Mitte des Fairways angekommen war und von hier in die Senke blicken konnte, blieb Thomas Ranft für Sekunden die Luft weg, als hätte eine Lokomotive seinen Brustkorb gerammt: fünfzehn Meter vor ihm lag Theodor Müller leblos auf dem Bauch liegend im hohen *Rough* links des Fairways. Über ihm kniete Joachim Hartmann und blickte nun zu Ranft hinüber:

«Ich fürchte Thomas, das war ein Volltreffer.»

2. Kapitel

«Hallo Martin McFly, jemand Zuhause?! Hey, dein Handy brummt! Entweder du machst's aus oder der Fischer stopft's dir gleich in dein *Buhl*!» Jemand stupste Martin Benedikt Cervinus mit dem Ellenbogen in die Seite und flüsterte nun schon eine gefühlte Ewigkeit auf ihn ein. Er hatte Schwierigkeiten, aus den Tiefen seines Tagtraumes in die Niederungen des Polizeipräsidiums Mittelhessen im Gießener Schiffenberger Tal zurückzufinden. Eben noch war er in den blauen Augen von Bernadette, nur durch die Gläser ihrer Nerd-Brille von ihm getrennt, versunken. Und nun saß er wieder in der letzten Reihe des Konferenzraums und sah in die buschigen Augenbrauen und auf den grauen, breiten Vollbart des Kriminaloberrats Fischer. Der unterbrach seinen Vortrag über die anstehenden Budget-Kürzungen, um Cervinus und den neben ihm sitzenden Kollegen Tom Keller mit einem Blick zu bedenken, der einem Schuss aus seiner Dienstwaffe gleichkam. Keller versuchte nun genauso teilnahmslos und ungerührt nach vorne zu blicken wie Cervinus. Fischer fuhr fort:

«Diese Zersplitterung der Ermittlungseinheiten muss aufhören ... die Prozesse sind zu verschlanken ... die Schnittstellen besser definieren ...»

Cervinus traute sich nun nicht mehr, auf sein Mobiltelefon zu sehen. Er war überzeugt, dass Bernadette ihn gerade mit Kurz-Nachrichten zuschüttete, wie geil es doch heute Nacht war, dass sie den Wahnsinn des vergangenen Abends unbedingt gleich heute wiederholen müssten und wie sehr sie sich auf ihn freue. Und er hatte keinerlei Lust darauf, dass Tom Keller, dieser dreißigjährige Kriminaloberkommissar aus der Mordkommission, auch nur ein Wort davon mitbekommen würde, denn sonst konnte er Bernadettes SMS gleich ins Präsidiums-interne Intranet setzen.

«… und darüber hinaus sind die Verwaltungs-Budgets alternativlos … das schwächste Glied in der Kette … das müssen Sie viel stärker auf dem Schirm haben …» Cervinus sah auf die Power-Point-Präsentation acht Stuhlreihen weiter vor ihm, die Fischers breite Statur zu durchleuchten schien und tauchte nach wenigen Sekunden wieder in diese für ihn so magische Nacht zurück: Noch vor ein paar Stunden hatte er vom obersten Rang des Waldstadions aus den Sonnenuntergang über der Frankfurter Skyline zusammen mit Bernadette betrachtet, nachdem sie ihm beim Vorbeigehen den Senf von ihrem Würstchen über seinen Eintracht-Schal geschmiert und er vor Schreck sein Radler über ihren kastanienbraunen Haaren ausgekippt hatte. Kurze Zeit später fanden sich beide in Bernadettes schnuckliger Einzimmer-Dachgeschosswohnung in Fechenheim wieder. Die Eintracht hatte zwar gegen Bayern 1:5 verloren, aber dafür ging es für Martin bei Bernadettes Heimspiel in dieser Nacht in die Verlängerung. Und obwohl er für sie bereitwillig seine komplette Abwehr aus dem Spiel nahm, hatte er nach diesem Finale das Gefühl, in die Championsleague aufgestiegen zu sein.

«… ein Eigentor können wir uns hier nicht leisten … wir müssen dennoch wieder Flughöhe erreichen … das sind alles kommunizierende Röhren, meine Damen und Herren …» Fischer war jetzt in Hochform.

«Ach egal», dachte Cervinus und holte verstohlen sein Handy aus der Innentasche seines Anzugs hervor. Mit der Innenseite des Sakkos verdeckt, schielte er auf das Display, auf dem in einer grünen Sprechblase stand:

Hi, war schön, CU

und in einer weiteren Sprechblase darunter las er:

Ruf bitte nicht an,
kommt nicht so gut bei
meinem Freund, Sorry.

Tom Keller neben ihm grinste, ohne den Blick von Fischer abzuwenden, still vor sich hin.

«Oha, die *Moss* hat dich aber mal so richtig schön *verbuhlt* ...», raunte er leise zu Martin Cervinus herüber.

«Die Herren Kervinus und Keller haben eine Zwischenfrage? Habe ich noch die ungeteilte Aufmerksamkeit von Ihnen?», lud Kriminaloberrat Fischer nun verbal durch. Cervinus ärgerte sich schon gar nicht mehr darüber, dass der Mann vor dem Projektor seinen Namen nach über zehn Jahren immer noch nicht richtig kannte. Dabei hatte er ihm schon so oft gesagt, dass man Cervinus mit Zett wie Zettel aussprach.

«Ich darf davon ausgehen, dass ich in der nächsten viertel Stunde noch the sexiest man on earth für Sie bin, oder täusche ich mich? Wo war ich stehen geblieben? Ach ja: wie bei kommunizierenden Röhren ...» Cervinus ließ sein Handy wortlos zurück in sein royalblaues Sakko gleiten.

«Scheiße», dachte er. Da hatte er nach Monaten mal wieder den Mut gehabt, was loszumachen, und dann gleich so einen Tritt in den Hintern. Mit den Frauen hatte der achtunddreißig jährige Kriminaloberkommissar in den letzten Jahren nun wirklich kein Glück gehabt. Dabei war es nicht so, dass er nicht gut bei den Mädels angekommen wäre. Mit seinen schlanken ein Meter achtundsiebzig, seinem strohblonden Haarschopf und seinem charmanten Wesen hatte er eigentlich beste Voraussetzungen, den mittelhessischen Frauen den Kopf zu verdrehen. Aber es schien, als würde er immer wieder an seinen eigenen Ansprüchen scheitern. Und das traf nicht nur auf seinen Beziehungsstatus, sondern auch auf seine berufliche Laufbahn zu. Andere Beamten wie dieser Tom Keller, der in der Weststadt, der Gießener „Bronx", aufgewachsen war und als Muttersprache nicht Deutsch, sondern *Manisch* gelernt hatte, kamen ziemlich schnell ziemlich weit nach vorne. Martin Benedikt Cervinus dagegen, Sohn eines katholischen Kunstrestaurators und einer evangelischen Pfarrerin, hatte immer das Gefühl, er müsste nur doppelt so fleißig und halb so unmotiviert sein wie die Kollegen. Die Ausbildung absolvierte er als Zweitbester des Jahrgangs und war seitdem regelmäßig morgens der Erste und abends der Letzte im Präsidium. Dennoch wurde ein Tom Keller bereits mit dreißig Kriminaloberkommissar, Cervinus erhielt diese Beförderung erst vor drei Monaten. Möglicherweise lag es aber auch daran, dass er einfach zu nett und zu loyal war. Immer wenn in einem Dezernat Not am Mann war, wurde er dort hin versetzt. Dort, wo er hin beordert wurde, räumte er auf, brachte Strukturen und effiziente Abläufe ins Dezernat und hatte exzellente Aufklärungsquoten. Wenn seine Vorgesetzten versetzt wurden, nahmen sie ihn gerne mit, weil sie sich auf ihn verlassen konnten. Und er akzeptierte die Versetzungen.

Und das jeweils. Völlig. Klaglos. So fand er sich seit mittlerweile vier Monaten erneut in einem anderen Dezernat wieder, diesmal in dem für Unfallaufklärung. Er hatte auch diese Aufgabe mit großem Elan angenommen, auch wenn er sich selbst schon dann und wann fragte, ob es auch mal mit der Versetzung in die Mordkommission klappen würde, wie für viele war das auch für ihn oberstes Karriereziel. Aber er war eben keiner, der dafür mit dem Vorgesetzten einen Saufen gehen würde. Selbst wenn er gewollt hätte, konnte er das nicht. Es gab keinen im gesamten Polizeipräsidium Mittelhessen, der weniger Alkohol vertrug als er. Und die Sekretärin vom Chef vögeln wollte er nicht, selbst wenn er es gekonnt hätte.

«… Sie müssen auch mal aus der Vogelperspektive auf die Themen …» Wieder vibrierte das Telefon von Cervinus. Er nahm das Handy nun völlig ungeniert aus dem Sakko und las:

Bitte Rückruf. Dringend! Die Nachricht kam von seinem Dezernat. Das sah nach einem neuen Fall aus. Cervinus zwängte sich an Keller vorbei aus der Stuhlreihe heraus und rief über die Köpfe der anderen Kollegen zu Fischer:

«Bitte entschuldigen sie mich, Herr Kriminaloberrat, ein wichtiger Anruf von der Leitstelle.» Fischer, der der einzige im Präsidium war, der auf der Anrede mit seinem kompletten Titel bestand, nickte kurz und fuhr fort:

«… daher müssen wir uns da neu aufstellen … die Skaleneffekte nutzen …» Martin Cervinus schloss die Tür zum Konferenzraum hinter sich und wählte den Rückruf der in der Nachricht angezeigten Telefonnummer: Es war die der Dezernats-Sekretärin Marita Kammer. Die Einundfünfzigjährige teilte ihm mit, dass es vor einer halben Stunde einen Unfall mit Todesfolge auf dem Golfplatz in

35

Lindental gegeben habe und dass eine Polizeistreife bereits vor Ort sei.

«Das gibt's ja nicht, in Lindental», sagte er leise, weniger zu Marita Kammer als zu sich selbst.

«Und dabei sagt man doch immer, Golf ist so ein verletzungsarmer Sport. Fährst dann gleich hin, Martin, oder?!», antwortete die Sekretärin.

Der machte sich sofort auf den Weg zu seinem Auto. Auch wenn er in der Regel diese Montagmorgen-Sitzungen geduldig über sich ergehen ließ, war er doch froh, dass der Gong in Form von Marita Kammer ihn aus der Worthülsen-Parade von Kriminaloberrat Fischer vorzeitig erlöst hatte. Schnell war er über die Treppe aus dem dritten Stock des ehemaligen Industrie-Gebäudes eines ehemals weltbekannten Keramik-Herstellers, in dem nun das Polizeipräsidium Mittelhessen untergebracht war, in den Hof gelaufen. Dort stand sein knallrotes 1998er Saab Cabrio und wartete auf eine mehr oder weniger gemütliche Landpartie ins rund zwanzig Kilometer entfernte Lindental. Cervinus schwang sich in den zwar immer noch bequemen, aber ausgeblichenen beigen Ledersitz seines Gefährts. Er freute sich, dass beim Aufschließen nicht schon wieder, wie in letzter Zeit so oft, die Alarmanlage ohne Grund losheulte und die Wegfahrsperre blockierte. Aber Ersatzteile für seinen automobilen Schatz waren rar, seit der Hersteller vor ein paar Jahren die Produktion eingestellt hatte.

Er verließ das Industriegebiet der mittelhessischen Metropole, in dem das Präsidium beheimatet war, und fuhr auf den Gießener Autobahnring in Richtung Grünberg. Er kannte den Golfplatz sehr gut. Über zehn Jahre lang hatte er dort Golf gespielt. Nein, er hatte Golf gelebt. Nachdem Martin während eines Ausflugs seiner Ausbildungsabteilung einen Schnupperkurs in Lindental gemacht hatte, war es um ihn – und seine komplette übrige Freizeitplanung – geschehen: er hatte sofort sofort Feuer gefangen. Es war wohl das Gefühl bei einem seiner ersten Schläge, bei dem der kleine weiße Ball über siebzig Meter weit flog, das ihn damals so in den Bann gezogen hatte und ihn für viele Jahre nicht mehr loslassen sollte. Was folgte, war zunächst einmal im Ergebnis eine komplette Sold-Pfändung der nächsten sechs Monate zu Gunsten des Golf-Zubehör-Shops, auch Pro-Shop genannt, für Schläger, Bälle … viele Bälle, Golfschuhe, Golf-Bag und so weiter und so weiter. An die Stunden beim *Pro* gar nicht zu denken, wobei Cervinus bei jeder Übergabe des Stundenlohns an den Golflehrer das Gefühl hatte, dieser hätte dieselbe Besoldungsstufe wie der Polizeipräsident. Der Kriminaloberkommissar verließ die Bundesstraße zwischen den beiden idyllischen Fachwerkstädtchen Grünberg und Lich und fuhr die letzten acht Kilometer über die Landstraße durch die liebliche oberhessische Mittelgebirgslandschaft auf den noch sanften Ausläufern des Vogelsbergs. Als er noch Golf spielte, waren diese Kilometer jeweils voller Vorfreude. Vorfreude auf die nächste Runde, Vorfreude auf das nächste Turnier, Vorfreude auf ein paar Stunden kompletter seelischer Entspannung und sportlicher Spannung gleichzeitig. Das verführerische und zugleich tückische am Golfsport war nämlich die Leistungs-Bewertung über das Handicap-System. Diese bescherte dem ambitionierten und halbwegs fleißigen Anfänger gewaltige und himmlische Glücksgefühle, zumindest in den ersten Turnieren, nach denen das Handicap regelmäßig schneller herunter läuft als die Schuldenuhr Griechenlands hoch.

Cervinus bog von der Landstraße auf die kleine Kreisstraße Richtung Lindental ab. Das Dörfchen mit seiner über sechshundert Jahre alten Kapelle, ein paar wunderschönen und in den letzten Jahrzehnten liebevoll restaurierten Fachwerk-Häuschen und seinen Gehöften lag an einer Stichstraße, die auf dem Hof des Golf- und Countryclubs für den Straßenverkehr endete. Er betrachtete im langsamen Vorbeifahren den romantischen Dorfplatz, auf dem drei alte Linden Schatten vor der noch morgendlichen Juni-Sonne spendeten. Nach ein paar Jahren Golf veränderte sich die Stimmung auf dieser Landstraße dann zusehends: Irgendwann stockte es bei der Verbesserung des Handicaps von Martin, die vorderen Platzierungen blieben aus, das Handicap lief mehr nach oben als nach unten. Und das Schlimmste daran: Er verlor den Blick für die Landschaft, die Luft, die Ruhe, die man hier fühlen und spüren konnte – wenn man es zuließ. Irgendwann ließ er gar nichts mehr zu, was den Golfsport ehedem so interessant für ihn machte. Irgendwann gerieten die Fahren zurück nach Hause auf dieser eigentlich so schönen Strecke durch die grüne Lunge Mittelhessens eher zu einer Fluchtfahrt eines Einbrechers als eine Rückkehr voller Glücksgefühle aus einem grünen Paradies. Eines Tages merkte Martin Benedikt Cervinus selbst, dass die Liebe zum Golf bei ihm erloschen war, dass sein Golfspiel toter war als die Leichen im untersten Gefrierfach der Gerichtsmedizin. Warum? Er war wohl wieder einmal an seinen eigenen, zu hohen Ansprüchen gescheitert. Er setzte sich bei bald jedem Golfschlag und jedem Putt unter denselben Druck, den sonst nur ein Tourspieler spürte, wenn er noch einen Ein-Meter-fünfzig-Putt zum Gewinn des Ryder-Cups für seinen Kontinent hat. Statt zu akzeptieren, dass er als Polizeibeamter, der es sich zur Hauptberufung gemacht hatte, die Welt ein kleines bisschen sicherer zu machen, unmöglich die Trainingszeit eines Golfprofis zusammen bekommen konnte, beherrschte ihn bald Paralyse durch Analyse. Vor fast genau fünf Jahren war Cervinus deshalb zum letzten Mal diese Straße entlang gefahren und hatte den Sandstein-Torbogen zum Hof des Golfclubs passiert, um dem damaligen Clubmanager Bernd Grüner die Kündigung der Mitgliedschaft zu überbringen. So gesehen hatte Martin hier zum ersten und einzigen Mal in seinem Leben wirklich aufgegeben.

All diese Gedanken waren wie weggeblasen, als Cervinus auf dem Innenhof des Pferdegestüts und Golfclubs die beiden Streifenwagen und den Rot-Kreuz-Transporter mit blinkendem Blaulicht wahrnahm. Der Kommissar betrat den breiten Fachwerkbau, dessen Fächer weiß und die Balken grau gestrichen waren, durch die großen Glastüren. Cervinus war beim Betreten der Lobby überrascht: Seit seinem letzten Besuch vor fünf Jahren musste das damals schon recht schmucke Clubhaus nochmals grundlegend renoviert worden sein. Die Räumlichkeiten waren noch heller, noch gediegener ausgestaltet, der Tresen des Sekretariats gleich rechts des Eingangs bestand nun nicht mehr aus dem alten Fichtenholz, sondern war aus edler heller Esche gefertigt. Ebenso glänzte jetzt vom Boden feinster rötlicher Marmor und die Wandvertäfelungen erschienen in strahlend weißen Elementen, umkränzt von hellen Eiche-Applikationen. Genau in der Mitte des Raumes beherbergte eine gläserne Vitrine, so groß wie Schneewittchens Sarg, den altehrwürdigen Clubmeisterschafts-Pokal. Auf der linken Seite befand sich immer noch der Eingang zum Club-Restaurant, auf der rechten Seite schlossen sich die Büros des Clubmanagers und des Vereinspräsidiums sowie der Zugang zu den Umkleiden und

Clubräumen an. An der Wand hinter dem Empfang prangte ein Bildschirm, der die Startzeiten des Tages anzeigte. Links daneben hing in einem edlen Silberrahmen eine große Urkunde. Auf dieser stand:

Ökologischer Golfclub des Jahres

mit der aktuellen Jahresangabe und dem Siegel des Golfverbands, einer bekannten Umwelt-Testzeitschrift und des größten deutschen Umweltverbands. Die Empfangshalle schien menschenleer. Cervinus sah durch die großzügige Glasfront hinter der Vitrine des Vereinspokals auf die Terrasse des Clubhauses und erkannte, dass dort mehr Betrieb war. Hier standen ein weiblicher und ein männlicher Polizist auf dem rötlichen Terrakotta und drehten sich augenblicklich zu ihm um, als dieser die Tür zur Terrasse öffnete.

«Ah, Martin, da bist du ja», kam der dreißigjährige Polizeiobermeister Steffen Reiter auf den Kommissar zu.

«Guten Morgen ihr beiden, so schnell sieht man sich wieder», entgegnete der Angesprochene. Steffen Reiter und Polizeimeisterin Anne Wieland, mit rötlichem Pferdeschwanz unter der dunkelblauen Schirmmütze, hatten den Kriminaloberkommissar bereits beim letzten Unfall vor vier Tagen begleitet: Ein schwarz arbeitender Dachdecker war von einem noch schwärzer hochgezogenen Gerüst gefallen und wurde nur mit sehr viel Glück nicht von dem schwarzen, sondern von dem weißen Transporter in die Klinik gefahren. Für die nächsten zwölf Wochen war dann von dem jetzt nicht mehr so ganz schwindelfreien Handwerker mehr Weiß als Hautfarbe zu sehen.

«Okay Herrschaften, was liegt an?», fragte Cervinus die beiden Streifenbeamten.

«Da hinten …», die Polizeimeisterin zeigte auf einen Bereich des Golfplatzes auf der linken Seite des Tals,

«… liegt ein toter Golfer. War mit zwei anderen Leuten unterwegs. Einer der beiden, ein Thomas Ranft, hat das Opfer wohl mit einem Golfball getroffen. Die Sanis kümmern sich gerade um ihn, er steht unter Schock.»

«Der andere Mann, der dabei war, ist ein Herr Joachim Hartmann. Ist wohl der Chef von dem Ganzen hier. Er hatte den Ranft wohl erst mal hier runter gebracht und ist dann wieder zum Unfallort zurück», ergänzte der Polizist mit dem Oberlippenbart, Reiter. Cervinus stutzte.

«Was meinst du mit „Chef vom Ganzen", Steffen? Ist der Grüner nicht mehr Club-Manager?» In Zusammenhang mit dem Golfclub hatte Cervinus noch nie etwas von diesem Joachim Hartmann gehört.

«Doch, ein Herr Bernd Grüner ist tatsächlich der Geschäftsführer hier, aber dieser Herr Hartmann ist wohl der Eigentümer der Anlage», antwortete der Streifenpolizist.

«Aha, so», sinnierte der Oberkommissar.

«Okay, bringt ihr mich dann erst mal zum Unfallort?»

«Wenn Du mit so einem Ding fahren kannst?!», sagte die stämmige Anne Wieland zu Martin Cervinus mit einem spitzbübischen Lächeln und deutete auf zwei Elektro-Carts, die vor der Terrasse auf dem Rasen zwischen achtzehntem Grün und Clubhaus standen.

«Das kann ich, solange die Dinger in den letzten Jahren nicht komplett umgebaut wurden. Übrigens: Ist der Club-Manager Bernd Grüner anwesend?»

«Ja», antwortete Wieland.

«Der war gerade auf dem Golfplatz unterwegs und wohl auch nicht weit von dem Unfallort entfernt, als es passierte. Im Moment ist der in seinem Büro und benachrichtigt den Vorstand und so weiter. Wir haben ihm natürlich gesagt, dass er sich zu unserer Verfügung halten soll.»

«Gut», lobte Cervinus die Polizistin.

«Ist eigentlich Dr. Wiesenholder schon da?»

«Ist schon seit einer halben Stunde bei der Leiche. Apropos Leiche: Das Opfer ist ein Theodor Müller aus Offenbach, siebenundvierzig Jahre alt, nicht verheiratet, keine Kinder. Eltern sind schon beide verstorben. Eine Schwester in Berlin. Er war laut Clubmanager zum ersten Mal hier für eine Golfrunde angemeldet», antwortete Reiter.

«… und zum letzten Mal. Der Grüner soll alle Personen und Mitarbeiter des Clubs, die heute morgen da waren oder noch sind, hier zusammentrommeln. Ich will mir erst mal ein komplettes Bild machen. Steffen, nimmst du alle Personendaten auf, ich fahre zunächst mit Anne zum Ort des Geschehens, sie soll doch mal sehen, wie sich so ein Kart fahren lässt.»

«Ist gut Chef. Viel Spaß Anne, oder sollte ich sagen: Hals und Beinbruch», bestätigte Reiter grinsend die Anweisungen des Ermittlers.

«Auf geht's, Einsteigen, Anne!», forderte Cervinus die fünfundzwanzigjährige Polizistin auf, in das Elektroauto zu steigen. Kaum saß Wieland auf der weißen Kunstlederbank, drückte Cervinus so sehr auf das Gaspedal, dass ihr Oberkörper nach hinten geschleudert wurde.

«Wow, wow, wow, der geht aber ganz schön ab!», bemerkte Wieland.

«Macht Spaß, gell?!» Cervinus freute sich, nach fünf Jahren mal wieder ein Cart zu fahren. Er war zwar, wenn er früher Golf spielte, fast immer zu Fuß unterwegs, aber die seltenen Fahrten genoss er damals um so mehr. Und nach so langer Zeit erst recht.

«Wo müssen wir eigentlich hin, Anne?», fragte er, als er schon fast die Höchstgeschwindigkeit des Fahrzeugs erreicht hatte.

«Da links den Hang hoch, dieser Grüner meinte, es sei auf der Mitte der fünfzehnten Bahn … Autsch!» Anne hatte sich die Seite gestoßen, als Cervinus, noch während sie sprach, scharf nach links abbog und noch gerade so das linke Ufer des zentralen Sees erwischte, um dann die Anhöhe in Richtung des westlichen Talkessels anzusteuern. Er bereute es geradezu, fünf Jahre lang kein Cart mehr gefahren zu sein.

«Die Fünfzehn, das war schon immer ein Katastrophenloch!», rief er durch den Fahrtwind zu der Polizistin herüber, die, sowohl begeistert als auch über die Geschwindigkeit dieser Elektrofahrzeuge erstaunt, Cervinus nur kurz fragend ansah.

3. Kapitel

Cervinus und seine mittlerweile vom Cartfahren beseelte Kopilotin Anne Wieland fuhren zunächst quer über das erste Fairway und über die in gegenläufiger Richtung links daneben verlaufende zweite Spielbahn. Der Oberkommissar erklärte der sommersprossigen Polizistin währenddessen, dass man sich auf einem Golfplatz normalerweise niemals entgegen der Spielrichtung bewegen durfte. Das Nichtbeachten dieser Regeln war schließlich der häufigste Grund dafür, dass ein Spieler von einem Golfball getroffen wurde. Anne Wieland war zum ersten Mal auf einem Golfplatz. Sie hatte vor ihrer Ankunft im Golf- und Countryclub Lindental das Klischee im Kopf, dass hier nur karierte-Knickerbocker tragende Männer hinter diesen kleinen weißen Bällen herlaufen würden. Doch die Leute, denen sie hier bisher begegnet war, erfüllten dieses Vorurteil nicht im Geringsten.

Cervinus bog vor dem Abschlag des sechsten Lochs auf einen schmalen Weg ein und folgte den Reifenspuren eines schwereren und größeren Fahrzeugs auf dem Gras. Wahrscheinlich waren der Notarzt und der Gerichtsmediziner Dr. Wiesenholder schon hier entlang gekommen. Der Pfad führte mitten durch ein kleines Wäldchen, das das Fairway der Fünfzehn von den davor liegenden Löchern, insbesondere von der benachbarten sechsten Bahn, wie eine grüne Mauer trennte. Als die Polizistin und der Ermittler das Gewölbe aus Buchenhölzern verlassen hatten, erblickten sie auf der

rechten Seite des nun sichtbaren Fairways der Fünfzehn den Krankenwagen, auf dem noch das Blaulicht lautlos vor sich hinblickte.
Cervinus stellte das Cart neben dem schwarzen Kombi von Dr. Wiesenholder ab. Daneben stand das Einsatzfahrzeug des Notarztes. Er
begab sich mit Anne Wieland zu der Stelle am Rand des Fairways,
wo die bereits Anwesenden zusammenstanden.

Der Gerichtsmediziner beugte sich gerade in kniehohem Gras
über einen leblosen Körper, der ausgestreckt auf dem Bauch lag.
Das Gesicht eines Mannes sah die über ihm Stehenden mit toten,
weit aufgerissenen Augen an. An seiner linken Schläfe klaffte eine
kreisrunde Wunde, in deren Krater sich Blut gesammelt hatte und in
einer geraden, dünnen Linie an seinem Kopf heruntergelaufen war.
Es war bereits geronnen.

«Guten Morgen, Doc!», rief Cervinus Dr. Wiesenholder zu.
Dieser betrachtete, ohne aufzuschauen, die Verletzung des toten
Mannes, der ein blaues Polohemd und eine beige Stoffhose trug.
Der Pathologe antwortete in breitem Oberhessisch:

«Morsche, Maddin. N' schöne Spot' is' das, den du hier prakti-
zierst! Wie sachte immer schon mei aale Tante Elfriede aus Clim-
bach: Spot' is Modd'! Unn se is trotzdem sechsundneunzig
geworn!»

«Deshalb übe ich ihn auch nicht mehr aus, lieber Ernst!»

«Ach, net mehr, du warst doch jahrelang ganz heiß druff,
inzuloche'.» Dr. Wiesenholder grinste.

«Naja, zumindest nicht mehr hier …», feixte Cervinus zurück.
Wiesenholder blickte nun zu dem Kommissar auf, sodass dieser nun
in das Gesicht des Mediziners mit dem schlohweißen Haarkranz
sah.

«Also, nach Modd' sieht des net aus, eher nach' m glatte Blatt-schuss: Traumatischer Schock genau im Bereich des Fossa Tempo-ralis. Die Kuchel, die en wohl getroffe hat, licht ja hier.» Dr. Wiesenholder zeigte auf einen Golfball, der direkt neben dem Toten im halbhohen Gras lag. Rund die Hälfte des Balles zeigte eine blut-rote Färbung. Unter dem roten Fleck war mit „Getaway" der Name des Ball-Herstellers zu erkennen, ergänzt durch die Ziffer „1".

«Okay, mir nemme en dann mit, ich bin soweit dursch. Berischt haste dann moje middach uff ' m Disch.»

«Gut, Danke, Ernst. Anne, kümmerst du dich dann mit den Kollegen um die Spurensicherung, insbesondere hätte ich natürlich gerne den Golfball und die komplette Ausrüstung aller Beteiligten!»

«Geht klar», bestätigte die Polizistin.

Jetzt erfasste Cervinus die weiteren Anwesenden: Ein großer, schlanker Mann um die fünfzig mit schwarz-grauen, zurück gegel-ten Haaren saß auf dem Fahrersitz des Notarzteinsatzwagens und schaute leer vor sich hin. Der Arzt stand vor ihm und hielt ihm eine Wasserflasche hin. Cervinus ging zu ihnen hinüber und sprach den lethargisch dreinblickenden Mann im Auto an.

«Guten Morgen, sind Sie Herr Hartmann?»

«Ja», antwortete dieser und sah dabei mit leerem, starren Blick durch die Windschutzscheibe.

«Ich bin Kommissar Cervinus vom Polizeipräsidium Mittelhes-sen», stellte sich der Ermittler vor und zeigte Hartmann seinen Poli-zei-Ausweis. Der Angesprochene nahm den Blick immer noch nicht von seinem undefinierten Ziel durch die Windschutzscheibe und antwortete nicht.

«Ich kann mir vorstellen, dass diese Situation schrecklich für Sie sein muss, aber fühlen Sie sich fähig, mir einige erste Fragen zu beantworten?», ergründete er die grundsätzliche Verfassung des Golfers. Nun sah Hartmann zu dem Kommissar auf und schob die Augenbrauen zu einem mit Trauer erfüllten Blick zusammen.

«Herr Inspektor, ich glaube nicht, dass Sie auch nur im geringsten nachempfinden können, wie furchtbar das alles ist. Er wollte doch nur eine Runde Golf mit uns spielen. Und wenn ich nur an den armen Thomas denke …» Hartmann brach den Satz ab und vergrub sein Gesicht in seinen Händen.

«Das soll heißen, dass Herr Ranft den … ähm … entsprechenden Abschlag gemacht hat?»

«Ich hätte Müller davon abhalten müssen, seinen Ball suchen zu wollen, bevor Thomas abgeschlagen hatte. Aber er wollte das Spiel beschleunigen, er wollte uns einen Gefallen tun …», antwortete Hartmann. Wieder stockte seine Stimme. Er fasste sich erneut mit der Hand über das gut gebräunte, aber im Moment durch den Schock erblasste Gesicht. Cervinus hatte mittlerweile ein kleines Notizbuch hervorgeholt und begann Hartmanns Aussagen zu notieren.

«Wenn ich Sie richtig verstehe, dann sind Sie mit Herrn Müller vorgelaufen, um seinen Ball zu suchen, bevor Ihr Mitspieler Herr Ranft abgeschlagen hatte?»

«Ja, leider … meinen eigenen Ball hatte ich schnell gefunden.» Der Kommissar überlegte kurz.

«Herr Hartmann, wenn es möglich ist, würde ich Sie bitten, mich kurz noch einmal dort hinüber zu begleiten, es wäre wichtig», bat er ihn. Der sehr mitgenommen wirkende Mann stand wortlos aus dem Sitz auf und ging mit Cervinus zu der Stelle hinüber, an der der tote

Theodor Müller im Gras lag. Hartmann schluckte geradezu hörbar, als er die Leiche wieder sah. Der Oberkommissar zeigte auf den neben Müller liegenden Golfball und fragte:

«Vor Beginn der Runde haben Sie sich wahrscheinlich gegenseitig die zu spielenden Golfbälle gezeigt, um Missverständnisse zu vermeiden und nicht versehentlich den Ball des jeweils anderen zu spielen. Können Sie bestätigen, dass dieser hier der Ball war, den Ihr Mitspieler Herr Ranft gespielt hat?» Der Befragte beugte sich über den Ball, wich kurz zurück, beugte sich dann noch näher zu dem Ball heran und sagte dann:

«Nein!»

«Nein heißt was?» Cervinus stutzte.

«Nein, das ist nicht der Ball von Thomas. Er spielt einen „Pingleast 2" und das ist ein „Getaway 1".»

«Sind Sie sicher?»

«Ja, eigentlich schon, Thomas spielt seine Ballmarke schon seit Langem und ich habe bei ihm noch nie einen „Getaway" gesehen. Er meint, dass sich die „Pingleast" weicher spielen.» Cervinus kannte diese seit Jahren geführte Diskussion hinsichtlich der angeblichen Vor- und Nachteile der unterschiedlichen Ballmarken, hatte aber mittlerweile seine ganz eigene Haltung hierzu: Für ihn war jeder weg gehauene und nicht mehr wieder gefundene Golfball ein schlechter Ball. Kurz bevor er aufgehört hatte zu spielen, war keine Ballmarke mehr für ihn dabei, die sich besonders weich oder besser als andere angefühlt hätte. Am besten beschrieb das ein ehemaliger Golfkumpan von Cervinus, der aus Köln stammte und dann immer sagte: «Wat fott is, is fott.» Cervinus spitzte seine Lippen und runzelte die Stirn. Die Frage war nun, ob der vor ihnen liegende Ball überhaupt derjenige war, der Müller traf, wobei die rote Flüssigkeit auf der oberen Hemisphäre des Golfballs mit Sicherheit vom Blut des Toten stammte. Dr. Wiesenholder würde das natürlich nochmals überprüfen.

«Aber Herr Müller wurde unmittelbar nach dem Abschlag von dem Ball getroffen?» Hartmann nickte.

«Ja, schon, ich habe zwar Thomas Ranft von hier aus nicht sehen können, aber den Schlag gehört. Und dann brach Theodor auch gleich zusammen … Oh Gott, es ist so schrecklich … ich glaube ich muss mich …» Wieder brach er mitten im Satz ab und lief ein paar Meter in das kniehohe Gras hinein, um sich zu übergeben. Dort beugte er sich nach vorne, spie aber nicht aus und kam nach einer Minute wieder zurück.

«Okay, ich glaube, das hat jetzt zunächst keinen Sinn mehr. Ich danke Ihnen zunächst, Herr Hartmann, müsste aber spätestens morgen noch einmal mit ihnen reden. Halten Sie sich daher in den nächsten Stunden bitte zu unserer Verfügung. Haben Sie eine Telefonnummer für mich, über die ich Sie erreichen kann?», sagte Cervinus zu Hartmann. Dieser ging zu seinem Bag hinüber, zog aus der Vordertasche eine Visitenkarte und übergab sie ihm wortlos:

> *Joachim R. Hartmann*
> *Geschäftsführer*
> *Think.Bio.Golf-Immobilien Beteiligungs GmbH*
>
> *think-bio-golfresort.com*
> *Email: jrhartmann@think.bio.golfresort.com*

und seine Festnetz- sowie Handy-Nummer.

Cervinus brachte Hartmann zurück zum Notarzt-Wagen. Er bat den Mediziner, den Mann mit den schwarzen Haaren und der momentan komplett gewichenen Gesichtsfarbe zum Clubhaus zu fahren und informierte Hartmann darüber, dass seine Golftasche zunächst routinegemäß von der Spurensicherung beschlagnahmt wäre. Hartmann akzeptierte dies ohne weitere Reaktion und stieg zurück in den Rettungswagen, um sich dort eine weitere Beruhigungstablette geben zu lassen.

Cervinus blickte dem den schmalen Weg durch das Wäldchen ansteuernden Rettungsfahrzeug kurz hinterher und ließ dann seinen Blick über die gesamte Umgebung schweifen: In Richtung Waldrand am Hang über dem Fairway des Unglücksortes graste friedlich eine Schafherde. Der Oberkommissar glaubte, auch den hütenden Schäfer aus der Entfernung wiederzuerkennen, dessen Silhouette ihm noch von seinen Runden in Lindental vor fünf Jahren bekannt war. Für eine kurze Zeit genoss er die Wärme der mittlerweile kräftiger gewordenen Frühsommersonne und den Anblick dieser nach wie vor wunderschönen Landschaft, in die sich der Golfplatz einbettete. Polizeimeisterin Wieland unterbrach seine nostalgischen Gefühle abrupt:

«Chef, wir sind jetzt durch.»

«Gut, Anne, den Golfball habt ihr für die Spurensicherung?»

«Yep. Alles eingetütet.»

«Dann lass uns mal wieder zum Clubhaus zurück kommen, ich will zunächst mal mit Bernd Grüner sprechen. Willst du fahren?»

«Aber klar, Martin!» Anne Wielands Augen begannen zu leuchten.

51

Nur vier Minuten später stellte Anne Wieland das Elektrogefährt mit einer Vollbremsung wieder vor der Terrasse des Clubhauses ab. Cervinus hatte es bereits nach Sekunden bereut, seine Kollegin auf den Fahrersitz zu lassen. Er fühlte sich wieder einmal bestätigt, warum er eigentlich nie bei anderen im Auto mitfuhr. Diese Beifahrer-Phobie war bei Polizeibeamten zwar selten – die meisten Polizisten waren fahrerisch sehr gut ausgebildet und mussten sich im Streifendienst sowieso aufeinander verlassen können – aber bei Martin war es geradezu psychotisch. Es störte ihn auch selbst und war ihm peinlich, weshalb er es dadurch zu kaschierten versuchte, in dem er in der Regel seinen Mitfahrern anbot, als Chauffeur zu fungieren. Polizeimeisterin Wieland hatte ihm nun ein weiteres Argument für seinen Spleen gegeben: sobald sie die Bremse des Karts gelöst hatte, beschleunigte sie in Kickstart-Manier den Cart in Richtung Wäldchen, testete die Neigungsfähigkeit des kleinen Fahrzeugs in den engen Kurven durch das Buchen-Gehölz und beschleunigte bis zur Höchstgeschwindigkeit den Abhang hinab bis zum Clubhaus. Dabei schrie und johlte sie wie eine Fünfzehnjährige in der Achterbahn auf der Dippemess:

«Yihaaa … Juhuu … wie geil ist das denn?!»

«Ähm, okay, danke Anne.» Cervinus hätte sich am liebsten in den Teich vor ihnen übergeben.

In der Lobby des Golfclubs traf er wieder auf Polizeiobermeister Reiter.

«Steffen, ist Herr Grüner in seinem Büro?»

«Ja, Chef, soll ich dich hinbringen?»

«Nee, nee, ich weiß, wo das ist.»

Martin Cervinus hoffte, dass sich nach der grundlegenden Renovierung, die das Clubhaus erfahren hatte, das Büro des Clubmanagers immer noch dort befand, wo es früher war: im Erdgeschoss, gleich rechts neben der Eingangshalle. Und tatsächlich, als der Oberkommissar an der entsprechenden Tür klopfte, erkannte er sofort Bernd Grüners Stimme, die «herein» rief. Grüner stand hinter einem filigranen Schreibtisch aus der Biedermeierzeit in einem eher kleinen Büroraum. Das einzige, dafür aber große und hohe Fenster hinter ihm ermöglichte einen Blick auf das achtzehnte Grün und den zentralen See des Golfplatzes. An der rechten Seitenwand stand ein Bücherregal, das weniger mit Büchern, sondern mehr mit zahllosen Pokalen, Urkunden und Bilderrahmen befüllt war. Alle Auszeichnungen und Trophäen waren dem Golfsport zuzuordnen. „2. Platz European Satellite Tour 1987", „Sieger Amateur Meisterschaften Schleswig Holstein 1988", oder auch „Sonderpreis *Hole in One* Hessenmeisterschaften 1986", war auf den Auszeichnungen zu lesen. Auf einem eingerahmten Foto erkannte er Grüner neben Bernhard Langer, dem erfolgreichsten deutschen Golfprofi. Auffällig war für Cervinus die Anzahl der Preise für ein in einem Turnier geschlagenes Hole in One. Viele Golfer hatten in ihrem ganzen Leben kein einziges Ass erzielt, also den Ball mit nur einem Schlag vom Tee direkt ins Loch befördert. Bernd Grüner aber schien ein Künstler auf diesem Gebiet zu sein.

«Guten Morgen, Herr Grüner!», begrüßte er den Manager.

«Guten Tag, Herr Cervinus. Da haben Sie sich aber einen schlechten Tag ausgesucht, um sich wieder bei uns anzumelden.» Grüner rang sich ein gequältes Lächeln ab und gab dem Oberkommissar die Hand. Cervinus sah ihn dabei an. Er hatte sich in den fünf Jahren, in denen sie sich nicht mehr gesehen hatten, an sich wenig verändert. Allerdings fiel ihm auf, dass er Grüner vorher noch nie unrasiert gesehen hatte. Seine Haut war etwas fahler und faltiger, aber an seiner dunklen Lockenpracht schien das Alter vorbeigegangen zu sein.

«Ich gehe davon aus, dass Sie bereits wissen, dass das nicht der Grund meines Besuchs ist.»

«Ja, ja, das weiß ich. Ihre Kollegen haben mir schon gesagt, dass Sie hier die Ermittlungen leiten. Aber nehmen Sie doch Platz.» Cervinus nahm das Angebot von Grüner an und setzte sich auf den Thonet-Stuhl vor Grüners Schreibtisch.

«Gut, dann ist das schon mal geklärt. Herr Grüner, Sie waren gerade auf dem Golfplatz, als sich der Unfall ereignete?»

«Ja, das stimmt. Ich war sogar nicht weit weg von der Fünfzehn. Ich war gerade auf meiner allmorgendlichen Runde unterwegs.»

«Wann haben Sie von dem Unfall erfahren?» Der Unfallermittler zog sein Notizbuch aus der Sakko-Innentasche und begann zu notieren. Grüner überlegte kurz.

«Das war so gegen viertel vor zehn. Ich erhielt einen Anruf von Hartmann, dass etwas Schreckliches geschehen sei und ich sofort zurück zum Clubhaus kommen solle. Den Notarzt hatte er wohl bereits verständigt. Als ich hier wieder ankam, was etwas dauerte, da ich zu Fuß unterwegs war, saß Herr Ranft, der zweite Flightpartner von Hartmann, schon auf der Club-Terrasse. Der war natürlich völlig fertig. Ich habe dann erst mal versucht, alle Leute, die schon auf dem Platz waren, zu verständigen, dass sie wieder zum Clubhaus zurückkommen sollen.» Cervinus machte sich seine Notizen und ließ seinen Blick nochmals über das Trophäen-Regal schweifen: „Sieger Nearest to the Pin Contest Münchner Golfclub 1987",

„Sonderwertung Nearest to the Pin GC Föhr 1990", „Sonderpreis Hole in One Süddeutsche Amateurmeisterschaften 1993".

«Jetzt, wo wir drüber reden, fällt mir ein, dass ich die Mitteilung von Hartmann über den Unfall nur kurz nach seinem ersten Anruf erhielt», fuhr Grüner fort. Als er das hörte, drehte Cervinus den Kopf schnell von der Pokal-Sammlung zu Grüner um.

«Herr Hartmann hatte Sie davor schon einmal angerufen? Was wollte er?»

«Er hat mit mir ein Treffen nachher um Zwölf vereinbart. Ich gehe davon aus, dass es um die üblichen Themen geht.» Der Kommissar richtete sich im Stuhl gerade auf und fixierte den lockenköpfigen Mann vor ihm.

«Herr Grüner, ich habe gehört, dass Herr Joachim Hartmann neuer Eigentümer der Golfanlage ist, stimmt das?» Grüner presste für einen kurzen Moment die Lippen zusammen.

«Das ist korrekt.» Diese Antwort reichte dem Oberkommissar nicht.

«Wie kam das? Ich habe von Herrn Hartmann noch nie vorher gehört?!» Bernd Grüner stand auf, drehte sich zum Fenster hinter sich um und schaute, während er sprach, versonnen nach draußen in Richtung achtzehntes Grün.

«Nun, als der liebe, alte Wolfgang Hammerschmidt – Gott hab ihn selig – vor einem Jahr kurz nach seinem fünfundsiebzigsten Geburtstag gestorben war und seine Kinder, beide leben in München und haben am Golfsport rein gar kein Interesse, einen Käufer suchten, schlug kurze Zeit später der Hartmann hier auf.» Cervinus erinnerte sich an den verstorbenen Betreiber der Golfanlage: Ein feiner, liebenswürdiger Herr, der die Golfanlage vor mehr als vierzig Jahren auf den Wiesen und Äckern, die er geerbt hatte, selbst geplant, finanziert und dann mehr als vier Jahrzehnte betrieben hatte. Hammerschmidt war Pionier in Sachen Golf in Mittelhessen. Die Anwohner lehnten die „Snobs" zunächst ab und versuchten, Hammerschmidt allerlei Steine in den Weg zu legen. Doch er setzte sich durch. Als Betreiber der Anlage legte er größten Wert darauf, die Leute aus dem Dorf in das Clubleben einzubinden und als Golfspieler zu gewinnen. Daraus wuchs ein sehr geselliges Clubleben, aus dem viele Freundschaften entstanden. Und obwohl er schon an die Siebzig gewesen war, als Cervinus noch spielte, hatte er immer noch alles im Griff: Die Qualität der Fairways und die Schnelligkeit der Grüns waren überregional bekannt, die Küche des Restaurants seit Jahren exzellent und die Mitgliederanzahl gleichbleibend hoch. Nicht zuletzt, weil Hammerschmidt in der Nachwuchsförderung beispielhaft war und selbst sehr viel Geld in die Kinder- und Jugendförderung investierte. Cervinus blickte immer noch auf den Rücken von Grüner.

«Herr Hartmann hat in dem einen Jahr bereits viel angepackt, wie mir scheint?», stellte er fest. Bernd Grüner dreht sich wieder zu seinem Gesprächspartner um.

«Wie man's nimmt: zuallererst hat er dem alten „Curry" und seinem gesamten Restaurant-Team gekündigt. Hartmann will eine rein ökologische Küche mit Produkten ausschließlich aus biologischer Landwirtschaft. Das hat er dem Heinz-Jürgen nicht zugetraut.» Martin Cervinus merkte, dass Grüner, wenn dieser von Joachim Hartmann sprach, nicht ein Mal Herr Hartmann sagte, sondern immer nur von „Hartmann" sprach.

«Sie mögen Joachim Hartmann nicht, oder?», fragte er ihn. Das Gesicht des Clubmanagers verfinsterte sich, seine dunklen Augenringe traten noch deutlicher hervor.

«Das spielt doch keine Rolle. Er bezahlt mich, ich mach meinen Job, das war's. Sind wir jetzt fertig? Ich habe noch so viele Leute zu informieren und muss sehen, dass die Leute von der Anlage kommen. Ich glaube, das ist zuallererst in Ihrem Interesse, nicht wahr?!» Martin Benedikt Cervinus erhob sich und steckte sein kleines Notizbuch zurück in sein Sakko.

«Ja, natürlich. Ich danke Ihnen zunächst einmal. Wir werden uns sicherlich in den nächsten Tagen noch öfter sehen.» Er hatte bereits die Tür des kleinen Büros geöffnet, als er sich nochmals zu Grüner umdrehte, der bereits sein Mobiltelefon am Ohr hatte.

«Nur noch eine Frage: Sagen Sie, welchen Ball haben Sie heute morgen gespielt?», fragte der Oberkommissar den Manager. Grüner kniff darauf fragend die Augen zusammen.

«Welchen Ball ich heute morgen … ? Einen „Getaway 1", wie immer. War's das jetzt?»

«Das war's – für's Erste.» Martin Cervinus schloss die Tür von außen, zog die Augenbrauen hoch und notierte das soeben Gehörte in sein Notizbuch.

4. Kapitel

Martin Benedikt Cervinus überflog im Empfangsbereich des Clubhauses seine bisherigen Notizen. Dass Bernd Grüner dieselbe Marke und dieselbe Ziffer des Unglücks-Golfballs spielte, fand er nicht ungewöhnlich. Auch ihm war es hin und wieder schon einmal passiert, dass er glaubte, im Rough seinen eigenen Ball gefunden zu haben und dann mit diesem weiterspielte. Später stellte sich dann heraus, dass es eine völlig andere Kugel war, die irgend jemand anderes ins hohe Gras geschlagen und dann nicht mehr wiedergefunden hatte. Wenn so etwas in einem gewerteten Turnier passierte, war es umso peinlicher und erst recht dann, wenn man den eigenen Ball mit dem des Mitspielers mitten auf dem Fairway verwechselte. Genau so erging es Martin vor einigen Jahren während des Präsidiums-internen Polizei-Cups. Ausgerechnet der stellvertretende Polizeipräsident war es, dem er den Golfball, mitten vom Fairway weg, entführte. Bis dahin war der Vize-Polizeichef auf Siegeskurs. Dass Martin die Verwechslung noch vor Ende des Lochs bemerkte, nutzte keinem mehr. Denn da hatte auch Dr. Erich Mahler schon einen falschen Ball gespielt, nämlich eben den von Cervinus. Das Ergebnis waren jeweils zwei Strafschläge, sowohl für ihn selbst, als auch für Dr. Mahler und damit das Zerplatzen jegliche Chance auf einen Turniersieg für den Polizei-Oberen. Dr. Mahler redete danach kein Wort mehr mit Cervinus, nicht nach der Runde und auch nicht mehr im Präsidium, zwei ganze Wochen lang. Manchmal hatte Martin den Eindruck, dass er mit diesem Fauxpas nicht nur bei dem

Spielergebnis dieses Turniers, sondern auch auf seiner Karriere-Scorekarte zwei Strafschläge notiert bekam, die er nicht mehr los wurde. Dr. Mahler war schließlich Chef der Mordkommission. Bemerkenswert war für ihn vielmehr die Veränderung von Grüner, die er noch nicht richtig einordnen konnte: „… mache meinen Job und das war's!" Das war nicht der hoch engagierte Clubmanager Bernd Grüner, den er in Erinnerung hatte. Grüner war damals der Hans Dampf in allen Gassen des oberhessischen Golfsports. Auch wenn allen Golfern in Lindental klar war, dass Wolfgang Hammerschmidt der Inhaber der Anlage war, Bernd Grüner war im Club-Tagesgeschäft die entscheidende Instanz und genoss höchstes Ansehen bei Mitgliedern und Mitarbeitern. Auch seine charmante Verbindlichkeit war einer deutlich wahrnehmbaren Verbitterung gewichen.

Cervinus stütze seine Arme auf den Tresen des Club-Sekretariats über seine Notizen und überlegte: Was war mir Grüner passiert? War der neue Eigentümer Hartmann der ausschlaggebende Grund? Hinter dem Oberkommissar näherte sich Steffen Reiter.

«Chef, der Notarzt sagt, dass der dritte Spieler der Gruppe, dieser Thomas Ranft, nun soweit vernehmungsfähig ist. Er ist noch im Krankenwagen vorm Clubhaus.» Martin Cervinus wurde aus seinen Gedanken gerissen.

«Wie? Ach ja, ich komme.»

Er ging an der Eingangstür zum Club-Restaurant, das neuerdings „Bio-Loge" hieß und nicht mehr „Curry's 19. Loch", vorbei zum Ausgang des Clubhauses und trat auf den durch die Mittagssonne durchfluteten Innenhof heraus. Das Blaulicht des Rettungswagens war mittlerweile ausgeschaltet worden, die Hecktüre stand zwei Handbreit offen. Auf der Liege im Krankenwagen lag der mutmaßliche Unglücksverursacher Thomas Ranft. Die Sanitäter hatten ihm bereits ein Beruhigungsmittel verabreicht und einen Zugang gelegt. Ranft war im Gesicht fast noch blasser als eine Leiche und starrte regungslos an die Decke, als Cervinus sich neben ihn in die Transportkabine stellte:

«Herr Ranft, mein Name ist Martin Benedikt Cervinus, ich bin Unfall-Ermittler beim Polizeipräsidium Mittelhessen. Können Sie mich verstehen?» Der Kommissar wusste aufgrund seiner Erfahrungen, dass man – ganz gleich ob bei einem Unfallverursacher oder Unfallopfer – sehr sensibel mit traumatisierten Menschen umgehen musste, um überhaupt etwas Verwertbares an Informationen über den Unfallhergang zu erhalten. Thomas Ranft nickte leicht. Dann schossen ihm die Tränen in die Augen.

«Das habe ich nicht gewollt … das habe ich nicht gewollt, warum habe ich nur nicht gewartet, warum?» Dabei schüttelte er langsam, aber unablässig den Kopf und wimmerte. Cervinus hasste diese Situationen. Aber es gehörte zu seinem Beruf dazu. Umso mehr bestärkten ihn diese traurigen Szenen darin, den Unfallhergang so genau wie möglich zu ergründen und dadurch den Beteiligten zumindest eines zu ermöglichen: Klarheit. Klarheit, warum sich ein Unfall ereignete, wer der tatsächliche Verursacher war und wie ein derartiges Unglück zukünftig verhindert werden konnte.

«Herr Ranft, ich weiß, wie schwer das jetzt für Sie ist, aber es wäre sehr wichtig, wenn Sie uns einige Informationen zu dem Hergang geben könnten. Würden Sie mir einige wenige Fragen beantworten?», formulierte der Oberkommissar leise und ruhig seine Bitte. Der Mann auf der Trage nickte wieder leicht.

«Ich würde gerne wissen, ob Sie sich noch erinnern können, mit was für einem Ball Sie auf der Runde gespielt haben?»

«Mit einem „Pingleast 2“, die ganze Runde über», antwortete Ranft recht schnell und unterbrach dazu sein Wimmern.

«Gut, Herr Ranft. Wie sicher sind Sie, dass Sie mit diesem Ball auch vom Abschlag des … ähm … letzten Loches spielten?» In Ranfts Trauer und Verzweiflung mischte sich Verwunderung über die Frage.

«Ja, sehr sicher … ich markiere meinen Ball immer mit einer Ausrichtungslinie, die ich als Hilfestellung beim Zielen vom Tee benutze … ohne diese Linie traue ich mich gar nicht, abzuschlagen.» Der Mann auf der Liege mit dem kalkweißen Gesicht sah Cervinus nun fragend an. Der Kommissar umkringelte in seinen Notizen den Eintrag „Pingleast 2“ und versah ihn mit drei Fragezeichen.

«Gut, Herr Ranft, ich danke Ihnen auch für diese Antwort. Sagen Sie, inwieweit kannten Sie Theodor Müller?» Als der Ermittler den Namen des Unfall-Opfers nannte, zog sich das Gesicht von Thomas Ranft erneut wie im Schmerz zusammen. Doch er versuchte, die Fassung zu bewahren.

«Gar nicht, bis dahin. Er hatte wohl den Chef, also Herrn Hartmann, um eine gemeinsame Runde gebeten. Er hatte noch nie hier in Lindental gespielt.»

«Und Sie wissen nicht, inwieweit Herr Hartmann seinerseits Theodor Müller kannte?», setzte Cervinus nach.

«Nein, das weiß ich nicht.»

«Herr Ranft, nur eine Frage hätte ich noch: Sie sagen, Herr Hartmann sei Ihr Chef. Welche Tätigkeit üben Sie für ihn aus?» Dieser schien vom Gespräch mit Cervinus für einen Moment von seiner Trauer abgelenkt zu sein. Er atmete einmal tief durch.

«Ich bin das, was man landläufig so die „rechte Hand"
nennt: Referent, Sekretär, Fachkraft, nennen Sie es, wie Sie möchten. Ursprünglich bin ich als Immobilien-Kaufmann zu ihm gekommen.»

«Und seit wann spielen Sie Golf?», setzte Cervinus doch noch
einmal nach.

«Seit rund zwei Jahren ...» Das war das Stichwort für Ranft, um
wieder in Selbstvorwürfen und Verzweiflung zu versinken.

«Herr Kommissar, was passiert jetzt mit mir? Nehmen Sie mich
jetzt fest? Meine Güte, ich hab' ihn umgebracht, warum habe ich
nur, warum bin ich nur ...»

«Zunächst einmal passiert hier gar nichts. Die Kollegen vom
Rettungsdienst nehmen Sie jetzt erst einmal mit, damit Sie zur Ruhe
kommen. Und dann gehen Sie nach Hause. Wir sind hier nicht bei
der Kripo», versuchte Cervinus, ihn zu beruhigen, auch wenn ihm
selbst Zweifel kamen, dass es sich hier nicht doch um einen
Kriminalfall handelte. Er verabschiedete sich von Ranft mit einem
zuversichtlichen Blick und verließ den Krankentransporter. Der
Mann auf der Trage sah da schon wieder verzweifelt an die Wagen-
decke.

Der Ermittler nahm den Weg zurück ins Clubhaus und auf die
Terrasse, wo er Polizeiobermeister Reiter vermutete. Er hatte Glück:
Steffen war tatsächlich immer noch genau dort beschäftigt, den An-
wesenden zu erklären, dass heute der Spielbetrieb aufgrund eines
Unfalls nicht wieder aufgenommen würde und die zur Zeit des
Unfalls anwesenden Personen zur Befragung zunächst auf dem Ge-
lände verbleiben sollten. Doch der entsprechende Personenkreis war
deutlich kleiner als befürchtet oder erhofft: Reiter informierte

seinen Chef-Ermittler, dass kein Golfer außer den Greenkeepern, dem Unglücks-Flight und Bernd Grüner zu dieser frühen Stunde bereits auf dem Platz unterwegs oder zumindest in der Nähe des Unfallorts war.

«Einen haben wir dann doch noch», sagte der Oberkommissar zu dem Polizisten und schaute auf die linke Seite des Tals, wo in der Ferne am Waldrand die Schafherde friedlich an den oberhessischen Wildkräutern zupfte.

«Aber jetzt hab' ich erstmal Hunger. Lust auf 'ne heiße Bockwurst, Steffen? Ich geb' Eine aus, für Anne natürlich auch.» Steffen Reiter nahm das Angebot gerne an, Anne Wieland ebenso. So sehr sich Cervinus mit seinen Kollegen auch auf ein paar Frankfurter Würstchen mit Ketchup und Senf freute, so sehr wurden sie enttäuscht: So einfache Gerichte kannte der neue Chef de Cuisine nicht. Unter dem Niveau eines Stickstoff gekühlten Erdbeer-Sorbets aus der molekularen Küche und – um etwas Handfestes zu bieten – einem Filetstück vom von Hand gestreichelten Kobe-Rind an Wacholderjus mit Möhren-Walnuss-Schaum war nichts zu machen und erst recht nicht unter dreiundvierzig Euro und fünfzig Cent – pro Person. Cervinus entschied sich statt dessen für drei Portionen (also drei Ecken) Waffeln, deren Teig aus Hand gemahlenem dunklen Dinkel-Mehl und Wachteleiern kreiert wurde und die im Vergleich zum Rest der Menükarte mit acht Euro – pro Stück – dann doch recht günstig daher kamen. Nachdem die drei ihr Mittagsmal unter einem Sonnenschirm auf dem bequemen Gestühl der Clubterrasse eingenommen hatten – die Menüauswahl erlaubte den Verzehr in dreieinhalb Minuten – teilte Cervinus den beiden Polizisten mit, dass er nun noch den Schäfer am Hang oberhalb des Golfplatzes befragen wollte. Auch wenn dieser eigentlich zu weit vom Unfallort entfernt war, um irgend etwas Sinnvolles beitragen zu können, wollte der Oberkommissar seine Aufzeichnungen doch möglichst komplettiert sehen.

«Steffen, wenn du in der Zwischenzeit so nett wärst und von Herrn Grüner Fingerabdrücke machen lässt, wär's mir recht.» Der Polizeiobermeister sah seinen Chef-Ermittler erstaunt an:

«Fingerabdrücke – vom Grüner?!»

«Ja, bitte! Danke!», bekräftigte der Oberkommissar seine Anweisung. Cervinus saß schon halb im Cart, als Anne Wieland ihm hinterherrief:

«Soll ich dich fahren?» Martin Benedikt Cervinus hatte noch nie so schnell ein Golfcart in Bewegung gesetzt und war bereits nach dreißig Sekunden im Wäldchen vor der fünfzehnten Bahn verschwunden.

Als er auf dem Fairway der Unglücksbahn ankam, waren es immer noch über zweihundertfünfzig Meter den Hang des Lindentals hinauf bis zu der Wiesenfläche, die von den rund hundert Schafen bearbeitet wurde. Für Cervinus war es ein gewohntes Bild. Die Graslandschaften rund um den Golfplatz wurden bereits von dem Wollvieh auf die natürlichste aller Möglichkeiten gemäht, als er hier noch beinahe täglich seine Golfrunden zog. Er fragte sich schon damals gelegentlich, was der Schäfer wohl über die unter ihm dahin spielenden Golfer dachte. Der Hirte kannte sicherlich nicht nur die Eigenheiten jedes einzelnen Schafs seiner Herde, sondern auch die der meisten Spieler der Golfer-Herde unten auf dem Platz. Wahrscheinlich sogar besser, als die eigenen Ehegatten es taten. Bestimmt konnte er auch regelmäßig voraussagen, in welche Richtung die Fehlschläge gehen würden, welcher Putt wohl fiel und welcher nicht und wer sich auf dem Platz ordentlich benahm oder am lautesten fluchte. Außerdem fragte sich der Kommissar damals schon, wie die Aussicht vom obersten Plateau des Tals wohl war. Der Blick war bereits diesseits des im Sommer mannshohen Roughs, das den Golfplatz von den Schafweiden trennte, grandios. Bei guter Sicht konnte man bereits vom Grün des vierzehnten Lochs bis zu dem mittelalterlichen Fachwerkstädtchen Grünberg mit seinem historischen Diebsturm im Nordosten, im Osten das gräfliche Schloss Laubach und im Südwesten den markanten Stadtturm der über 1200 Jahre alten ehemaligen Residenzstadt Lich sehen.

«Spektakulär!», dachte Cervinus, als er sein Cart am Waldrand abstellte und seinen Blick über die sommerliche Landschaft schweifen ließ. Zwanzig Meter von ihm entfernt stand der Schäfer und gab, unbeeindruckt von Cervinus Ankunft, Kommandos an seine beiden Hütehunde:

«Geh links!»

«Komm rechts!»

«Zurück … bleib!» Martin Cervinus näherte sich gemächlich dem Hirten. Als er neben ihm angekommen war, blickte er zunächst stumm auf das Tal vor ihm und den Hoherodskopf mit seinem Funkturm und der Richtfunkanlage am Horizont. Der Schäfer war ein Prototyp seiner Zunft: Er trug einen weiten dunklen Mantel, einen großen Filzhut mit breiter Krempe und hielt einen hölzernen Schäferstab mit kleiner Schippe am Schaftende in seiner Hand. Sein schmales Gesicht schmückte ein grau-weißer Sechstage-Bart. Seine schulterlangen zotteligen grauen Haare lugten unter dem Hut hervor. Cervinus schätzte ihn auf weit über siebzig.

«Ich dachte schon, Sie kommen gar nicht mehr hier hoch», erklang eine alte, aber nicht gebrechliche Stimme neben dem Kommissar. Die beiden hatten sich immer noch nicht angesehen.

«Sie haben mich erwartet?», wunderte sich Cervinus.

«Wenn Sie ein halbwegs ordendlischer Polizist sind, werden Sie ja wohl genau denjenischen nisch ouslassen, der den besten Blick übers Tal hat.» Der Schäfer sprach einen Dialekt, den der Polizeibeamte dem Ostdeutschen zuordnete.

«Da können Sie Recht haben … Susi, links, Dana, bleib …», fuhr der Schäfer damit fort, seine beiden schwarz-weiß gescheckten Hunde zu dirigieren.

«Und als halbwegs ordentlicher Polizist stelle ich mich auch gerne vor: Martin Benedikt Cervinus vom Polizeipräsidium Mittelhessen.» Der Schäfer blickte stoisch weiter nach vorne.

«Ihre Eltern konnten sich wohl nicht einigen, welches Wasser über Sie geschüttet werden sollte.» Martin Benedikt stutzte: woher wusste er das? Seine beiden Vornamen waren tatsächlich ein Kompromiss, den seine Eltern vor achtunddreißig Jahren geschlossen hatten: seine evangelische Mutter – und Pfarrerin – setzte sich allerdings mit dem lutherischen Rufnamen durch, sein katholischer Vater hatte da mit dem zweitrangigen „Benedikt" keine Chance.

«Dürfte ich auch Ihren Namen erfahren?»

«Wolf – wie das Schaf», sagte der Schäfer ohne Regung. Martin Cervinus musste lächeln. Das blitzte doch tatsächlich ein wenig Humor bei dem Schäfer auf: Wolf – wie das Schaf. «Gut, Herr Wolf, dann werden Sie sich auch über meine erste Frage nicht wundern …» Er versuchte nun, Wolf ins Gesicht zu schauen, aber dieser veränderte seinen Blickwinkel nicht im geringsten.

«Nichts Ungewöhnliches. Susi, geh rechts!»

Cervinus wurde ungeduldig.

«Okay, dann will ich meine Frage doch mal konkretisieren: Was genau haben Sie heute morgen um kurz nach neun da unten am fünfzehnten Fairway beobachten können?»

«Am was für ein Dings?» Der Kommissar hatte vergessen, dass er es immer noch mit einem Golf-Laien zu tun hatte.

«Entschuldigen Sie: An der Stelle, an der Sie sicherlich wenig später die Notarzt- und Polizeifahrzeuge parken sehen konnten.», konkretisierte er seine Frage.

«Wie gesacht: Nix Ungewöhnlisches. Hab' irschendwann gesehen, dass zwee Leute entgeschen der normalen Richtung ziemlich schnell zum Hof runter gelaufen sind. Dann später kam tatsächlich der Notarzt und die Polizei. Und danach sind Sie ja irgendwann mit dem Wägelschen aufgekreuzt. War dann ja klar, dass da was passiert war … Dana, geh links!», knurrte Wolf mit unbewegter Mine. Na, wenigstens mal zwei aneinander gereihte Sätze, dachte sich der Kommissar. Vielleicht musste er erst einmal etwas mit ihm warm werden, dann erfuhr er vielleicht noch ein bisschen mehr von dem nur circa einen Meter fünfundsechzig kleinen Schäfer.

«Sagen Sie, warum laufen die Hunde eigentlich immer auf der Ihnen gegenüber liegenden Seite der Herde herum?» Und tatsächlich, Wolf wurde nun geradezu redselig, im Vergleich von vor zwei Minuten.

«Australische Schäferhunde. Gehen immer auf zwölf Uhr, um die Herde immer zwischen sich und ihrem Rudelführer zu halten – also mir.»

«Ah, interessant», bekannte Cervinus tatsächlich interessiert. Dabei bemerkte er nun wieder den wohl sächsischen Akzent.

«Ist so in die Hunde rein gezüchtet. Aber die beiden sind noch jung, müssen noch ausgebildet werden. Ist wie beim Menschen: manche Verhaltensweisen und Charaktere werden durch die Gene übertragen, andere können durch die Erziehung noch verändert werden. Bei manchen kommt das aber zu spät …» Dabei drehte der Schäfer zum ersten Mal den Kopf zu dem Oberkommissar hin und blickte ihn eindringlich an. Cervinus konnte nicht erkennen, worauf Wolf damit hinaus wollte und entschloss sich daher dazu, die Unterhaltung zunächst einmal über die Hündinnen fortzuführen.

«Aber dafür sehr schöne Tiere. Und intelligent, wie mir scheint.»

«Schafe sind auch nicht so blöd, wie immer gesagt wird. Aber sie sind Gewohnheitstiere. Schafe wollen fressen, daran denken sie. Wenn sie genug zu Fressen haben, dann sind sie zufrieden.»

«Verstehe», antwortete der Kommissar.

«Ich will meine Ruhe. Wenn ich meine Ruhe habe, dann bin ich zufrieden. Susi, bleib!»

«Herr Wolf, wie lange sind Sie eigentlich schon hier in Lindental?»

«Lange genug, um zu wissen, dass Sie Ihre Abschläge oft nach rechts verzochen ham. Warum ham Sie eischendlich aufgehört, ich hab Sie jahrelang nisch' mehr hier gesehen? So schlecht warn Se doch au' nisch'?» Er hatte es doch gewusst. Natürlich war es so, wie Martin Cervinus vermutet hatte: Der Schäfer Wolf kannte tatsächlich jeden Golfer und seinen Schwung, vielleicht sogar besser, als der *Golf-Pro*. Cervinus lächelte. Wolf blickte wieder mit seinen himmelblauen Augen aus seinem wettergegerbten Gesicht in die Ferne.

«Jetzt würd's mich wirklich interessieren, wie lange Sie sich meine verkrampften Golfschläge schon angeschaut hatten?»

«Ich bin seit zehn Jahren hier. Komme aus Thüringen. Dana, geh rechts!»

«Nun gut, Herr Wolf. Dann will ich Ihnen mal Ihre Ruhe lassen. Wenn Ihnen noch irgend etwas einfällt, was für die Ermittlung des Unfallhergangs wichtig sein könnte, dann lassen Sie es mich wissen.» Er übergab dem Schäfer seine Visitenkarte. Wolf nahm die Karte entgegen, ohne auch nur einen flüchtigen Blick darauf zu werfen.

«Erwarten Sie nicht zu viel von mir. Aber was ist denn eischendlich passiert?», fragte er. Nach diesem seltsamen Gesprächsverlauf wunderte sich der Ermittler auch nicht mehr darüber, dass der Schäfer jetzt erst die entscheidende Frage zu dem Grund seines Besuches stellte.

«Wir gehen tatsächlich von einem Unfall aus: Ein Golfer hat einen anderen Spieler vom Abschlag aus mit dem Golfball tödlich am Kopf getroffen. Das dachten Sie sich bestimmt schon.»

«Hmhm. So was Ähnliches», antwortete Wolf nachdenklich. Martin Benedikt Cervinus blieb noch einen Moment neben dem Schäfer stehen, um den Bilderbuch-Blick über Mittelhessen zu genießen, dann wandte er sich zum Gehen. Während er in das Cart einstieg, rief der Schäfer wieder Kommandos in Richtung seiner Hündinnen, diesmal aber deutlich lauter als vorher:

«Dana, geh rechts. Rechts! Gewirrer nochamoal, nejd' nooch links! Gisde' räächts!!» Cervinus hielt inne: Das hörte sich jetzt aber original Oberhessisch an.

5. Kapitel

Cervinus fuhr auf dem schmalen Feldweg bis zur Ausgrenze der fünfzehnten Spielbahn zurück und passierte dort die weißen Begrenzungspfosten, die das Areal des Golfplatzes von den anderen Grundstücken abgrenzten. Eine feste Umzäunung gab es nicht. Während der holprigen Fahrt über die Fairways und unbefestigten Wege zurück zum Clubhaus ging er die bisherigen Erkenntnisse in Gedanken nochmals durch. Was hatte ihm dieser merkwürdige Fall bisher zu bieten? Zu Beginn des Tages und eigentlich auch jetzt noch war die Wahrscheinlichkeit sehr groß, dass er einen tragischen Sportunfall zu dokumentieren hatte. Nicht mehr und nicht weniger. So, wie die Wunde des Opfers Theodor Müller aussah, so, wie er den Ablauf der Handlungen an dem Unglücksloch mit der Nummer fünfzehn rekonstruieren konnte, ergab sich wenig Raum für Spekulationen. Und doch musste er heute einige Male die Stirn runzeln: Nicht wegen des mutmaßlichen Unglücksballs, dessen Marke und Ziffer auch von Bernd Grüner gespielt wurde. Auch nicht wegen der Nähe von Grüner zu dem Unglücksloch zur fraglichen Zeit. Es war eher die Veränderung der Person des Clubmanagers und seine scheinbar erloschene Aura des strahlenden Machers und Chefs vom Golf- und Countryclub Lindental, die ihn nachdenklich machten. Was war mit dem Mann passiert, dass er dem Oberkommissar nunmehr wie ein Schatten seiner selbst vorkam? Das Gespräch mit dem etwas eigenartigen Schäfer Wolf, der offensichtlich mit zwei Dialekten multilingual aufgewachsen war und über Martins Golfschwung scheinbar mehr wusste, als er selbst, stufte er als skurril, aber nahezu wertlos ein. Schließlich hatte der zum Unfall-Zeitpunkt wohl eher Schäfchen gezählt, als mehr als bereits bekannt zu sehen.

«Es läuft also Stand jetzt auf ein Verfahren gegen den Unglücks-schützen Thomas Ranft raus. Auch wenn er den auf Golfplätzen weltweit gültigen Warnruf „Fore" kurz nach dem Abschlag geschri-en hat – er hätte nie und nimmer abschlagen dürfen, wenn andere Golfer in der Landezone des Balls rumspringen», fasste Martin Cervinus gegenüber den beiden Polizisten Wieland und Reiter zusammen, bevor er sich von den beiden auf der Clubhaus-Terrasse verabschiedete.

Beim Durchqueren der Empfangshalle des Clubhauses in Rich-tung des Parkplatzes machte er am Tresen des nun besetzten Club-Sekretariats Halt, um sich nach dem Golflehrer des Clubs, Randy McDermott zu erkundigen. Die Sekretärin stand offensichtlich noch unter dem Eindruck der Geschehnisse vom Vormittag. Ihre geröteten Augen deuteten für den Kommissar darauf hin, dass sie eben noch geweint hatte. Ihre brünett glänzenden Haare waren zu einem hübschen Zopf geflochten. Doch ihre Schminke war durch die sicherlich eben noch vergossenen Tränen verwischt und praktisch nicht mehr vorhanden. Cervinus schätzte sie auf Ende zwanzig. Trotz des traurigen Gesichtsausdrucks sah er in die grünen Augen einer sehr attraktiven Frau. Sie versuchte ihre Erschütterung so gut es ging zu kaschieren, als sie den Kommissar begrüßte.
«Was kann ich für Sie tun?», fragte sie. Als sie zu sprechen begann, konnte Cervinus eine kecke Zahnlücke erkennen.

«Guten Tag, ich bin Martin Cervinus, ich leite hier die Ermittlungen und würde gerne wissen, ob Herr McDermott hier ist?», stellte er sich vor.

«Oh, tut mir Leid, der ist Montags nie hier, da hat er seinen freien Tag. Ich schaue aber gerne nach, wann er in den nächsten Tagen da ist …», antwortete sie und begann sofort nervös, im Terminkalender des Golf-Pros zu blättern.

«Ist schon in Ordnung. Ich werde ihn sicherlich in den nächsten Tagen noch treffen. So wie es aussieht, werde ich noch einige Male hier vorbeikommen … sagen Sie, ist alles in Ordnung, geht es Ihnen gut, Frau …?»

«Riedmüller, Melinda Riedmüller», antwortete sie.

«Es geht schon. Aber es ist so schrecklich, ich habe Herrn … Herrn Müller eben vorhin noch begrüßt, und jetzt ist er …», unterbrach sie und schnäuzte in ihr Taschentuch. Tränen kullerten an ihren blassen Wangen herunter. Sie versuchte, sich zu beruhigen und atmete einmal tief durch.

«Aber ich denke auch an Herrn Hartmann. Für ihn muss es noch viel schlimmer sein. Er sah so schlimm aus, als er Herrn Ranft vorhin hier herunter gebracht hat. Er tut mir so Leid!», sagte sie mit heiserer Stimme.

«Ja, es ist sehr tragisch. Sagen Sie, kam Herr Hartmann mit Herrn Ranft zuerst zu Ihnen?», fragte Cervinus.

«Ja. Ich habe mit Herrn Ranft gewartet, bis der Krankenwagen da war. Herr Hartmann ist ja dann gleich wieder zur Fünfzehn hoch.» Das Erzählen schien Melinda Riedmüller gut zu tun. Sie beruhigte sich etwas.

«Und Herr Grüner?», fragte Cervinus weiter.

«Der kam kurz nach Herrn Hartmann hierher. Er war wohl gerade auf der Neun. Bernd ist auch völlig fertig, so etwas hat es hier noch nie gegeben.» Cervinus hatte zwar nicht den Eindruck, dass Bernd Grüner besonders berührt gewesen wäre. Gegenüber ihm agierte er doch eher gefasst und fast kühl. Doch er verstand, dass die junge Frau komplett durch den Wind war. Und sie war ihm auf Anhieb sehr sympathisch. Trotz der traurigen Situation, in der er ihr begegnet war, konnte er sich vorstellen, wie nett und freundlich sie wohl jeden Gast hier begrüßte. Er hätte sie so gerne einmal lächeln gesehen.

«Ich danke Ihnen erst einmal, Frau Riedmüller. Hier ist meine Karte. Wenn Ihnen noch irgend etwas einfällt, lassen Sie es mich wissen», verabschiedete er sich von ihr.

«Okay, mach' ich», betätigte Melinda. Sie fixierte für einen Moment die blauen Augen von Martin Cervinus und roch sein Aftershave, dessen Duft sie sehr mochte. Dann kamen ihr wieder die Tränen.

Nachdenklich ging Martin auf den Hof hinaus zu seinem schwedischen Cabrio. Per Knopfdruck öffnete er das Faltverdeck und setzte sich seine altmodische Piloten-Sonnenbrille auf. Gedankenverloren legte er den Rückwärtsgang ein. Er hatte nur zwei Meter aus der Parklücke zurückgesetzt, da riss ihn ein schrilles Wiehern direkt hinter dem Heck seines Wagens aus seinen Gedanken. Als er ruckartig den versäumten Schulterblick nachholte, sah er den mächtigen Rumpf eines schwarz-weiß gescheckten Pferdes, das sich, auf den Hinterhufen stehend, mannshoch aufbäumte. Es folgte ein schriller Schrei. So schnell er konnte, stieg Cervinus aus und stürmte hinter das Auto. Dort saß, neben dem Pferd, das er eben noch im

Rückspiegel gesehen hatte, eine Frau auf dem weißen Kieselboden. Ihre schwarze Reithose war auf Kniehöhe aufgerissen. Die Schürfwunde an dieser Stelle hatte bereits angefangen, zu bluten. In Martin Cervinus stiegen Angst und Schuldgefühle auf.

«Sind sie wahnsinnig, Mann?! Sie hätten mich beinahe umgebracht! Ihr arroganten Golfer denkt doch wirklich, dass die Welt nur euch gehört!», sagte sie, ohne ihn anzusehen. Sie setzte ihren Reithelm ab, der den Blick auf ihre zum Mozart-Zopf gebundenen pechschwarzen Haare freigab. Sie glänzten wie dunkle Seide in der Mittagssonne. Er wusste nicht, was er sagen sollte. Noch bevor er den Gedanken, dass zwei Unfälle auf einem Golfplatz doch wirklich ein wenig zuviel für einen einzigen Montagmorgen wären, zu Ende führen konnte, versuchte er, die Frau zu beruhigen.

«Es tut mir schrecklich Leid. Ich hatte Sie überhaupt nicht kommen sehen. Soll ich einen Arzt rufen? Im Golfclub ist zufällig gerade einer», antwortete Martin.

«Entschuldigen Sie, dass meine Stute keine Klingel hat! Wie konnten Sie mich denn nicht kommen sehen? Ihr Verdeck war doch unten! Und Ihren Golfer-Arzt können Sie sich in die Haare schmieren, Sie Arsch!»

«Ich verstehe, dass Sie sehr aufgeregt sind. Und ich möchte mich nochmals aufrichtig bei Ihnen entschuldigen. Kann ich sonst irgend etwas für Sie tun?», fragte er die junge, bildhübsche Frau. Die winkte ab. Als sie aufstehen wollte, unternahm Cervinus den etwas umständlichen Versuch, ihr dabei zu helfen. Und eigentlich hätte sie seine Hilfe gerne angenommen, denn ihre Knie zitterten wie Espenlaub. Trotzdem wandte sie sich ab.

«Lassen Sie mich, ich schaff' das schon alleine!», sagte sie in unmissverständlichem Ton zu ihm, um ein leises «…danke» nachzuschieben. Immerhin bemüht er sich offenbar ernsthaft, dachte sie. Da war sie von den Golfern schon ganz anderes gewöhnt. Schon oft war sie mit Leuten vom Golfclub, die sich den Parkplatz mit den Mitgliedern des Reitvereins teilten, aneinandergeraten. Und regelmäßig hatten diese sie, auch wenn sie im Recht war, aufs Übelste beschimpft. Dagegen war dieser blonde, gutaussehende Typ richtig nett. Jetzt erst bemerkte Cervinus, dass hinter dem Pferd der jungen Dame ein etwa sechs Jahre altes Mädchen auf einem Pony saß. Das Kind sah der Frau vor ihm ziemlich ähnlich und verfolgte die Szenerie erschrocken und schüchtern zugleich.

«Ihre Tochter?», fragte er.

«Ähm, ja», antwortete die Reiterin, während sie sich schon wieder auf ihr Pferd schwang.

«Hören Sie, hier ist meine Karte, wenn noch irgend etwas ist, rufen Sie mich bitte sofort an. Übrigens: mein Name ist Cervinus, Martin Cervinus.»

«Ist schon gut, ich bin in Ordnung», antwortete die Frau, nahm die Karte und steckte sie ungelesen in die offene Satteltasche.

«Würden Sie mir auch Ihren Namen verraten?», fragte er vorsichtig.

«Venus, einfach Venus … », antwortete sie und wies ohne irgend eine Verabschiedung ihr Pferd mit den Zügeln und einem kurzen Schenkeldruck an, sich von dem Unfallverursacher zu entfernen. Bereits nach wenigen Hufschlägen rutschte seine Visitenkarte aus ihrer Satteltasche und verschwand still im Straßengraben.

Der Tag begann tragisch. Dabei dachte Cervinus nicht an die SMS von Bernadette, sondern natürlich an den Todesfall auf der Fünfzehn, den er nun aufzuklären hatte. Allerdings schien er fast genauso tragisch weiterzugehen. Gott sei Dank hatte diese unbekannte und schöne Frau, die genauso hieß wie die eine Schwester dieser weltbesten Tennisspielerinnen, wohl tatsächlich nur eine Schürfwunde und einen Schrecken davon getragen – oder geritten, dachte Martin Cervinus. Doch er ärgerte sich maßlos, dass er aus Unachtsamkeit beinahe selbst einen schweren Unfall verursacht hätte. Trotz allem schien der erste Aufenthalt in Lindental nach so langer Zeit mit einer entspannten Heimfahrt zu enden, wie er sie seit mehr als fünf Jahren nicht mehr erlebte hatte. Martin fragte sich selbst, woran das lag, dass er so ruhig und tiefenentspannt blieb. Nach so einem Beinahe-Unfall wie eben hatten ihm nämlich sonst regelmäßig den ganzen restlichen Mittag über die Knie geschlottert und der Tag war im Eimer gewesen. Er vermutete, dass es wohl das Gefühl war, nach langer, langer Zeit erstmals wieder nach Hause gekommen zu sein, als er vorhin, erstmals nach fünf Jahren, den Golfplatz betreten hatte. Es war dieses Gefühl, die Natur, die sommerliche Landschaft und die darin so wunderschön eingebettete Anlage genießen zu können, auch wenn er heute einen Golfschläger nicht einmal aus der Nähe gesehen, geschweige denn mit ihm einen Ball geschlagen hatte.

In diese Vorfreude hinein platzte das Klingeln der Freisprechanlage von Martins Cervinus Saab. Auf dem Display erschien eine unbekannte Rufnummer. Er nahm ab.

«Martin Cervinus?!»

«Herr Kommissar, das ist ja erfreulich, Sie gleich am Telefon zu haben! Hier ist Joachim Hartmann», erklang eine erstaunlich entspannte, nasale Stimme.

«Herr Hartmann … geht es Ihnen etwas besser?»

«Na ja, lieber Herr Cervinus, der Schock sitzt mir immer noch in den Gliedern, aber es nutzt ja nichts, es muss ja irgendwie weitergehen, nicht wahr?!» Die Stimme des Anrufers hatte sich nun wieder etwas verfinstert, wahrscheinlich aufgrund von Cervinus Hinweis auf das morgendliche Geschehen.

«Dennoch möchte ich Ihnen anbieten, unser Gespräch von vorhin gleich morgen fortzusetzen. Vielleicht haben Sie Lust, dabei ein paar Löcher mit mir zu gehen?» Glücklicherweise kannte Cervinus die Strecke noch sehr gut und konnte sich daher voll auf den doch sehr überraschenden Anruf und das noch überraschendere Angebot von Hartmann konzentrieren. Respekt, der Mann ist ja schon ziemlich abgezockt, dachte Martin … da sackt der Golfpartner direkt neben ihm tot zusammen, und gerade mal zwei Stunden später ruft er mich an und fragt mich, ob ich mit ihm die nächste Runde gehen will – und das gleich morgen.

«Ja, aber sehen Sie sich denn imstande, morgen schon wieder zu spielen?», fragte Cervinus daher fürsorglich nach.

«Nun, ich sehe das wie ein Formel-Eins-Pilot, der ja auch kurz nach einem Crash gleich wieder ins Cockpit steigt. Man muss seine Ängste überwinden, sonst kapituliert man vor sich selbst, nicht wahr? Außerdem will ich als Eigentümer des Clubs ein Signal aussenden, dass es weitergeht. Die Anlage kann sich einen Stillstand nicht leisten.» Dieses Argument leuchtete ihm ein. Ihm war klar, dass es keine schlechtere Werbung für einen Golfclub gab als einen tödlichen Unfall und dass jeder Clubverantwortliche alles daran setzen musste, den Normalbetrieb schnell wieder aufzunehmen.

«Nun, wenn Sie es sagen: Ich könnte um sechs Uhr auf der Anlage sein. Ginge das?»

«Perfekt, lieber Herr Cervinus! Ich freue mich. Dann also um achtzehn Uhr auf der Eins? Neun Löcher sollten wir bis Sonnenuntergang schaffen. Ich wünsche Ihnen einen angenehmen Abend!» Der Kommissar verabschiedete sich ebenfalls und legte auf. Dass das Golfspiel mit solcher Wucht erneut in sein Leben treten sollte, war für ihn noch heute morgen undenkbar. Und dass er ausgerechnet über einen zu untersuchenden Unfall wieder zurück nach Lindental kommen würde, erschien ihm mehr als ein Zufall zu sein. Die Golf-Götter hatten offensichtlich einstimmig beschlossen, dass Martin Benedikt Cervinus wieder Golf zu spielen hatte.

Es war schon zehn nach sechs am folgenden Abend, als Cervinus sein angestaubtes Golfbag neben dem Abschlag der ersten Spielbahn abstellte. Er hasste es zwar, unpünktlich zu sein, aber heute ging es nicht anders: Ein sechsundsechzig Jahre alter Rentner wollte ohne Genehmigung des Gartennachbarn Äste von dessen Nussbaum abschneiden, die in seinen Garten hinein ragten. Ungünstigerweise hielt er sich an genau an dem Ast, den er gleichzeitig absägte, fest und stürzte in den überdachten Swimmingpool des Nachbarn. Schlimmer als der Armbruch, den er sich dabei zugezogen hatte war allerdings die Tatsache, dass er aufgrund der Verletzung Mühe hatte, sich über Wasser zu halten und beinahe ertrunken wäre. Erst der von anderen Anwohnern alarmierte Notarzt konnte den wild im Wasser herumschlagenden Mann retten. Die Frau des Nachbarn stand dabei die ganze Zeit am Beckenrand und beschimpfte den sprichwörtlichen „Einbrecher":

«Karl-Heinz, du Idiot! Du kommst sofort aus meinem Pool raus, das ist Hausfriedensbruch … was hast du mit unserem Nussbaum gemacht ... so ein Vandale ... und hör auf, so herum zu planschen, du Schwachkopf!!!»

Für die Polizei war der Fall klar, aber die Haftpflicht- und Unfall-versicherungen brauchen in der Regel Jahre für die Regulierung eines solchen Schadensfalls. Schon während der Befragung der resoluten Frau, die nicht im Traum auf den Gedanken gekommen wäre, dem an sich schon genug gestraften Nachbar Karl-Heinz aus dem Wasser zu helfen, dachte er voller Spannung – und auch ein bisschen Vorfreude – an die abendliche Golfrunde mit dem Club-Eigentümer.

6. Kapitel

«Einen schönen guten Abend, Herr Cervinus», begrüßte ihn Joachim R. Hartmann. «Wollen wir dann, Herr Kommissar?» Der Eigentümer des Golf- und Countryclubs war sehr auf Etikette bedacht, das fiel ihm auf, noch bevor sie begannen. Er fragte Cervinus nach dessen Ballmarke und nannte auch die seine.

«Ich bin Joachim.»

«Und ich Martin.» Hartmann verhielt sich wie jeder andere Spielpartner, der zumindest auf der Runde mit seinem Vornamen angesprochen werden wollte. Doch Martin hatte irgendwie Probleme, ihn auch zu duzen. Cervinus erinnerte sich dabei an die Visitenkarte von Hartmann und fragte bei dieser Gelegenheit:

«Übrigens, Joachim, wofür steht eigentlich das „R" hinter Ihrem Vornamen auf Ihrer Visitenkarte?"

«Für Rudolf, den Vornamen meines Vaters. Nun, dann wäre nur noch die Startreihenfolge zu klären, darf ich nach dem *Handicap* fragen?» erkundigte sich Joachim nach der Spielstärke von Martin. Dieser gab seine fünf Jahre alte Spielvorgabe von -20,4 an. Die 0,4 am Ende gaben seine letzten vier Turniere in Folge wieder, in denen er sein Handicap jeweils um 0,1 Punkte verschlechtert hatte.

«Aber das wird nicht meine aktuelle Spielstärke – oder sollte ich sagen: Spielschwäche – wiedergeben, Joachim. Ganz bestimmt nicht! Ich habe seit über fünf Jahren keinen Ball mehr geschlagen!» Ganz Gentleman ging Hartmann über diesen Hinweis auf Martins golferische Verfassung hinweg.

«Na, dann fange ich mal an. Ich wünsche ein schönes Spiel, lieber Martin!», sagte der Mann mit dem Vierzehner Handicap.

«Dito!», erwiderte Martin. Hartmann teete seinen Ball am Abschlag des Lochs Nummer Eins auf, führte einen kurzen Probeschwung aus und schlug mit seinem Driver ab, dessen anthrazitfarbene Lackierung im goldgelben Sonnenlicht des frühen Abends glänzte. Sein Ball zischte davon, flog links des zentralen Teichs hoch in den wolkenlosen, blauen Himmel und kam rund zweihundertzwanzig Meter weiter vorne in der Mitte des Fairways zum Liegen. Joachim Hartmann steckte seinen Schläger zurück in seine rot-weiße Profi-Golftasche und stellte sich wort- und regungslos neben den Abschlagsbereich. Nun war Martin an der Reihe, der sich sogleich hinter die gelben Abschlagsmarkierungen begab und ebenfalls seinen Ball aufteete. Er versuchte, sich irgendwie an die vor fünf Jahren zum letzten Mal durchgeführte Bewegung zu erinnern. Immerhin traf er mit dem Driver zumindest den Ball. Der landete aber nicht auf dem Fairway, sondern knapp links daneben im circa fünf Zentimeter hohen *Semi-Rough*. Nach diesem ersten Abschlag nach so langer Zeit war er absolut zufrieden. Mehr noch: Ein wohliges und erhebendes Gefühl durchlief seinen Körper. Ein Gefühl, an das er sich glatt wieder gewöhnen konnte.

Hartmann navigierte seinen Ball zielsicher vom Fairway auf das Grün und machte einen deutlich besseren spielerischen Eindruck, als es seine Spielvorgabe verriet. Er absolvierte das erste Loch nach zwei Putts in Par, während Martin drei Schläge brauchte, um das Grün zu erreichen und nach weiteren drei Putts den Ball im Loch versenkte. Der *Putter* fühlte sich noch sehr fremd für ihn an. Am Grünrand des ersten Lochs nahm Hartmann den Polizeibeamten zur

Seite und wies mit seinem Arm nach Norden in Richtung Waldrand jenseits der Platzgrenze:

«Sehen Sie diesen Wald- und Wiesenbereich dort oben hinter der Vierzehn und Fünfzehn? In weniger als eineinhalb Jahren werden Sie dort weitere neun Löcher spielen können. Sie sind einer der Ersten, dem ich das erzähle. Die Spielbahnen werde ich mitten in den Wald bauen lassen. Sie können dann selbst entscheiden, welche achtzehn Löcher sie spielen möchten, die Bahnen werden so angelegt, dass sie frei mit den ersten oder den zweiten alten neun Löchern kombinierbar sind. Ich will Ihnen ja nicht zu viel versprechen, aber glauben Sie mir: Es wird fantastisch!» Das war wirklich eine Überraschung für Cervinus. Von der Vergrößerung des Platzes und dem Ausbau um weitere neun Bahnen hatte ihm noch keiner erzählt.

«Oh, das ist ja interessant. Aber verträgt sich das überhaupt mit Ihrer ökologischen Ausrichtung?», fragte Martin spontan. Hartmann riss seine dunkelbraunen Augen weit auf und machte eine ausladende Bewegung mit seinen Armen.

«Absolut! Sehen Sie: Diese modernen Waldbestände sind mehr oder weniger Monokulturen. Ich muss den entfernten Baumbestand sowieso gemäß der Vorgaben der Naturschutzbehörde wieder andernorts ersetzen, aber damit will ich es gar nicht belassen. Ich werde dort oben Biotope anlegen, die zwar überhaupt nicht relevant für den Golfplatz sind und erst recht nicht als Wasserhindernis im Spiel sein werden, aber unzähligen Tier- und Pflanzenarten, die in der derzeitigen Landschaft überhaupt keine Chance haben, eine neue Heimat geben. Das wird biologisch einzigartig sein, sowohl auf einem Golfplatz als auch hier in der Region!» Hartmann strahlte bei seiner Schilderung, als habe er gerade die Zusage für den

Ryder-Cup erhalten. Martin hatte, während Joachim Hartmann seine Vision präsentierte, das Tee in seiner Hosentasche durch die Finger gleiten lassen und stach sich nun versehentlich in den Finger, als er es hervorholen wollte. Autsch! Dass diese Dinger aber auch immer so spitz und scharf sein mussten.

Hartmann hatte wieder die Ehre und schlug vom zweiten Tee, einem Par drei, ab. Wieder traf er sein Ziel, in diesem Fall das Grün. Der Ball schlug vier Meter hinter der Fahne auf und blieb augenblicklich dort liegen. Martin hob zum Zeichen des Respekts den Daumen in Richtung seines Mitspielers, der zufrieden nickte. Hartmann spielte das *Birdie*, Cervinus ein *Bogey*, nachdem auch er zwar das Grün traf, aber wieder drei Putts benötigte. Auf dem Weg zum nächsten Loch erläuterte Hartmann gegenüber dem Polizeibeamten seine weiteren Planungen zum Umbau der Anlage: Neue Driving-Range mit zwanzig überdachten Übungsplätzen, Vergrößerung der Golfschule, Einstellen eines weiteren Golflehrers, Verlängerung der bestehenden Bahnen auf Championchip-Format und natürlich das Akquirieren eines Turniers der europäischen Profi-Tour.

Das dritte Loch, ein Par vier, wand sich in den Hang der westlichen Talseite hinauf. Das Fairway knickte auf halber Strecke fast rechtwinklig nach rechts ab. Golfer nannten solch einen Verlauf „Dogleg", die Spielbahn glich aus der Vogelperspektive tatsächlich einem Hundebein. Hartmann produzierte hier seinen ersten nicht ganz so perfekten Schlag. Sein kleiner weißer Ball verschwand rechts im Rough. Das Resultat war ein gerade noch so gespieltes Bogey. Martin spielte nach absolut soliden Schlägen und nur zwei

Putts auf dieser Bahn sein erstes Par seit sechs Jahren. Das waren diese Momente, die sich für einen Rückfälligen als absolut fatal für die weitere Lebensplanung herausstellte. Jetzt hatte Cervinus wieder richtig Lust auf Golf.

Bei Hartmann änderte sich die Stimmung allerdings spürbar. Nachdem dieser auf dem folgenden Loch schon wieder seinen Abschlag gerade nach rechts ins hohe Gras verzog, hörte Martin ihn leise «Mierda!» sagen. Er überlegte: Hieß das nicht „Mist" auf spanisch? Das interessierte den Ermittler jetzt.

«Woher stammen Sie eigentlich, Joachim?» Hartmann lächelte verlegen.

«Oh, ich bin Deutscher. Meine Mutter sprach spanisch. Sie ist vor einigen Jahren gestorben. Aber dann und wann kommt die Muttersprache doch noch durch. Entschuldigen Sie mein unangemessenes Verhalten, mein Lieber.»

«Kein Problem», antwortete Cervinus. Gut, dass Hartmann nicht dabei war, als er vor einigen Jahren seine schlimmsten Stunden auf diesem Golfplatz hatte. Damals hatte er quasi jeden Schlag und jeden Putt so sehr verflucht, sodass jeder Mediziner davon ausgehen musste, dass er an dem Tourette-Syndrom litt. Der Ball von Hartmann war in dem Rough-Streifen verschwunden, der diese vierte Bahn von dem direkt angrenzenden Abschlag-Bereich der Fünf, die darunter verlief, trennte. Allerdings wurde diese Trennung auf der rechten Seite mit der Kennzeichnung einer Ausgrenze manifestiert. Im Turnier hätten nun beide Spielpartner genau prüfen müssen, ob der Ball jenseits der Ausgrenze lag und damit im Aus. Cervinus überließ es in dieser abendlich entspannten Runde seinem Gastgeber und dessen Ehrgefühl, um die Situation zu beurteilen. Er ging in einem Abstand von zehn Metern an der Stelle vorbei, an der Hartmanns Ball lag, und konnte sehr gut erkennen, dass dessen weiße Kugel gute fünf Meter jenseits der Ausgrenze lag. Doch Joachim Hartmann spielte den Ball im Aus, ohne Regung oder auch nur dem geringsten Anzeichen eines Zweifels. Er machte keinerlei Anstalten, zurück zum Abschlag zu gehen, um regelkonform und unter Addition von zwei Strafschlägen einen neuen Ball ins Spiel zu bringen. Martin zog die Augenbrauen hoch und spitze kurz seine Lippen. Hartmann widerlegte gerade das, was den Golfsport so besonders machte: Es gab keinen Schiedsrichter, keinen Linienrichter und keinen Videobeweis. Das war auch nicht notwendig. Solange jeder Spieler nur davon ausging, dass er sich nur selbst betrog, wenn er regelwidrig spielte. Hartmann zählte offensichtlich nicht zu den Männern, die mit Selbstbetrug Probleme hatten. Aber das Spiel war auch manchmal gerecht. So ergab es sich, dass Hartmann trotzdem sechs Schläge brauchte, weil er untypischerweise drei Putts benötigte und Martin dagegen mit zwei langen Schlägen und zwei Putts ein lupenreines Par spielte.

Die beiden Männer kamen zum Abschlag des sechsten Lochs, das parallel zum Unglücksloch vom gestrigen Tag in gegensätzlicher Richtung verlief. Sie überquerten den Fußweg, der gestern noch durch die Rettungs- und Leichenwagen genutzt wurde. Der Oberkommissar sah die Zeit gekommen, die Geschehnisse vom Vortag noch einmal zu besprechen. Diesmal hatte Cervinus die Ehre, zuerst abzuschlagen. Hartmann folgte ihm. Auf der Mitte des Fairways angekommen, sprach er ihn an.

«Die Fünfzehn liegt ja jetzt genau gegenüber, hinter diesem Wäldchen. Wie haben Sie die gestrige Situation erlebt?» Hartmann betätigte mit einem Tastendruck die Bremse seines Elektro-Trolleys und blickte auf die angesprochene linke Seite des Fairways. Die Bäume warfen von dort mittlerweile bereits recht lange Schatten auf die beiden Golfer.

«Na ja, wie ich schon sagte: Müller und ich schlugen vor Thomas Ranft ab. Beide hatten wir unsere Bälle nach links verzogen. Wir gingen beide zu dem Rough-Bereich, wo wir unsere Bälle vermuteten. Auf der Mitte des Fairways habe ich Thomas noch ein Zeichen gegeben, er solle noch etwas warten, weil wir die Bälle noch nicht gesehen haben und er daher vorsichtig sein sollte ...» Hartmann schluckte bei seiner Erzählung und holte aus seiner Golftasche ein schneeweißes, fein säuberlich gebügeltes Stoff-Taschentuch. Musste er sich nur die Nase putzen oder kamen ihm die Tränen?

«Dann, nur Augenblicke später, ich hatte mich gerade gebückt, um nach den Bällen zu suchen, sackte Herr Müller plötzlich zusammen. Das war's.» Hartmann schloss seine Augen für ein paar Sekunden. Cervinus sah den schwarzhaarigen Mann mit den grauen Strähnen, die wie mit dem Lineal durch den gegelten Schopf gezogen schienen, an und fragte weiter.

«Woher kannten Sie sich eigentlich? Wenn ich es richtig verstanden habe, hatte Herr Müller Sie gebeten, diese Runde mit ihm zu spielen?»

«Das ist richtig. Ich kenne ... kannte Herrn Müller über frühere Immobilienprojekte. Als er erfuhr, dass ich diese Anlage erworben hatte, rief er mich an, um hier einmal zu spielen. Wenn ich doch nur abgesagt hätte ...» Hartmann schloss wieder kurz seine Augen. Dann blickte er plötzlich wieder zu Cervinus herüber.

«Ach so, ich weiß nicht, ob es für Sie wichtig ist, aber eine Sache habe ich Ihnen bisher verschwiegen», ergänzte er. Cervinus horchte auf.

«Tatsächlich? Und was wäre das?»

«Nun, kurz bevor wir auf der Fünfzehn abschlugen, rief ich Herrn Grüner an. Ich wollte mich mit ihm bezüglich einer geschäftlichen Besprechung für den Mittag verabreden und wollte daher wissen, ob er im Club sei.» Das wusste Cervinus bereits von Grüner, daher war diese Information keine Überraschung für ihn.

«Und …?»

«Er nannte mir im Telefonat seine genaue Position – er stand wohl genau dort, wo wir jetzt stehen – auf dem Fairway des sechsten Lochs. Ich habe ihm allerdings nicht gesagt, wo wir uns befinden.» Cervinus zuckte mit den Schultern.

«Gut, ich danke Ihnen für die Information», sagte er, auch wenn er sich nicht vorstellen konnte, warum dieser Hinweis wichtig sein sollte. Nur einen Augenblick später schoss Cervinus der Gedanke an den „Getaway 1", den Golfball am Unglücksort und die gewohnte Marke von Bernd Grüner durch den Kopf.

Als die beiden Golfer den Bach überquerten, der das Fairway der Sechs kreuzte, erkannte der Oberkommissar, dass das Wäldchen auf der linken Seite durch Sturmschäden ausgedünnt war. Von hier aus konnte man durch die durch Blitze geborstenen, geschwärzten Baumstümpfe hindurch genau auf den Bereich sehen, wo gestern morgen Theodor Müller statt seines Golfballs den Tod fand. Cervinus nutzte den Weg bis zum Grün und zum nächsten Abschlag, um nachzudenken. Auf dem halben Weg zum Grün des achten Lochs, einem Par fünf, stellte er Hartmann die für ihn brennendste Frage:

«Sagen Sie, Herr Hartmann, ähm … Joachim, wie ist eigentlich Ihr Verhältnis zu Bernd Grüner?» Joachim Hartmann visierte sein Ziel an, zog ein Eisen mit der Nummer sechs aus seinem Bag, stützte sich auf diesem ab und sah Martin Cervinus an.

«Ich will – selbstverständlich – ehrlich zu Ihnen sein. Ich weiß sehr zu schätzen, was Bernd Grüner in den letzten Jahren für den Golfclub hier geleistet hat und welches Engagement er an den Tag legte. Aber wir haben unterschiedliche Auffassungen darüber, wie in diesen wirtschaftlich schwierigen Zeiten eine Golfanlage zum Wohle der Mitglieder, Mitarbeiter und der Investoren zu führen ist. Wir können einfach nicht so weitermachen wie vor zwanzig Jahren, in Zeiten, in denen die Anzahl der Golfer in Deutschland nicht wächst sondern eher zurückgeht. Da muss man sich schon hübsch machen für den Golfer.» Hartmann nahm den Schläger in die Hände und schlug mit diesem den Golfball aus rund hundertachtzig Metern auf das Grün, nur drei Meter von der Fahne entfernt. Martin nickte lautlos und konzentrierte sich zunächst darauf, seinen Ball über die gleiche Entfernung mit zwei Schlägen auf das Grün zu bringen.

Wenig später kamen sie am Grün des neunten und für heute Abend letzten Lochs an. Die Sonne war schon auf dem Weg, hinter den Hügeln rings um das Lindental zu verschwinden. Martin kniete sich auf dem Grün hinter der gedachten Linie zwischen Golfball und dem nur noch neunzig Zentimeter entfernten Loch hin, um noch einmal Richtung und Geschwindigkeit seines hoffentlich letzten Putts zu überprüfen. Falls er den Ball nun im Loch versenkte, hätte er nach über sieben Jahren wieder ein Birdie gespielt.

Darüber hinaus hätte er sein fünftes Loch gegen Joachim Hartmann und damit die komplette Partie gewonnen. Hartmann stand am Grünrand und beobachtete Cervinus bei der Vorbereitung auf den entscheidenden Putt.

«Lassen Sie sich Zeit, Martin. Übrigens: Herr Grüner hat Ihnen bestimmt schon erzählt, dass ich ihm gekündigt habe?»

Cervinus schob den Putt vorbei, und das nicht einmal knapp.

7. Kapitel

Joachim Hartmann hatte noch eine geschäftliche Verabredung, sodass sich die beiden Golfer, gleich nachdem auch der Club-Eigentümer das neunte Loch beendet hatte, voneinander verabschiedeten. Normalerweise war es üblich, dass der Sieger der Partie dem Unterlegenen nach der Runde noch ein Bier ausgab. Cervinus verzichtete allerdings gerne. Nicht nur aufgrund des weiteren Termins seines Kontrahenten, sondern auch, weil er in Ruhe nachdenken wollte.

Also setzte er sich in sein Cabrio, öffnete das Verdeck und drückte den Knopf am CD-Player für „Fly me to the Moon", so laut, dass Frank Sinatra trotz des Fahrtwindes noch zu hören war. Doch auch der größte Entertainer aller Zeiten konnte nicht die Worte von Joachim Hartmann in Cervinus Kopf übertönen: Hartmann hatte Grüner entlassen. Schlagartig war ihm klar geworden, warum Grüner so niedergeschlagen schien, warum er so verändert wirkte. Und einige Dinge, die am Montag auf dem Unglücksloch nicht zusammen passen wollten, musste er angesichts dieser Neuigkeiten nun nochmal neu überdenken, denn Eines war ihm nun klar: Bernd Grüner hatte ein Motiv, zumindest sehr sauer auf Joachim Hartmann zu sein. Wenn er tatsächlich auf dem Fairway der sechsten Bahn war, als Theodor Müller und Joachim Hartmann im Rough der gegenüberliegenden Fünfzehn ihre Bälle suchten, dann wären beide nur rund fünfzig Meter von Grüner entfernt gewesen. Wenn dieser in diesem Moment nun auf die Idee gekommen war, seinen

„Getaway 1" auf Hartmann zu feuern – und fatalerweise Müller traf? Cervinus musste sich den Unglücksball doch noch einmal näher anschauen. Insbesondere interessierten ihn die Fingerabdrücke auf der kleinen weißen Kugel, die soviel Unheil angerichtet hatte. Jetzt konnte er auch seine eigene Intuition besser verstehen, warum er Polizeiobermeister Reiter die Fingerabdrücke von Bernd Grüner hatte nehmen lassen. Oder war das alles ausgemachter Unsinn und der Unfall war einfach nur ein Unfall? Schließlich kannte und schätzte er Grüner bis zum Montag als absolut integren und fairen Menschen und niemand wäre, zumindest vor fünf Jahren, als Martin das letzte Mal in Lindental unterwegs war, auf die Idee gekommen, Bernd Grüner könnte ein anderes Ziel anvisieren als eine Fahne oder ein Loch. Zumindest musste Cervinus mehr über Bernd Grüner und mögliche Veränderungen in seinem Verhalten herausbekommen. Und dann war da noch etwas, was ihm während der Runde mit Joachim Hartmann aufgefallen war. Er wollte sich unbedingt merken, was, aber dummerweise kam er momentan nicht darauf … irgend etwas bei Hartmanns Schwung … Es waren einfach zu viele Puzzle-Teile die nicht zusammenpassten, da konnte schon einmal eines unter den Tisch fallen. Er würde es schon wiederfinden. Vielleicht schon morgen, wenn er den Gerichtsmediziner Dr. Wiesenholder besuchte. Schon oft hatte der Pathologe Licht ins Dunkel gebracht.

Einen Mediziner konnte er jetzt auch aus einem anderen Grund brauchen: Er merkte, dass er nach dieser ersten Runde Golf nach über fünf Jahren rückfällig geworden war, und zwar als Golf-Junckie. Die Kollegen von der Drogenfahndung hätten ihn garantiert erst einmal zur Suchthilfe geschickt. Statt dessen zog es Martin eher zum größten aller Golf-Dealer, nämlich zum Club-Pro. Denn dieses Mal wollte er es richtig angehen. Zunächst wollte er mit dem seit über zwanzig Jahren im Club arbeitenden Golflehrer McDermott die Gründe dafür erörtern, warum er damals so den Spaß am Golfspiel verlieren konnte. Cervinus konnte nicht mehr sagen, warum er vor fünf Jahren nicht stärker die professionelle Hilfe des Trainers in Anspruch genommen hatte. Es war wohl die krasse Selbstüberschätzung, dass er ein Autodidakt sei und als solcher sich den perfekten Schwung schon selbst beibringen könnte. Natürlich wollte er dabei aber auch die Gelegenheit nutzen, noch mehr über das Schicksal von Bernd Grüner zu erfahren. Wenn er dann auch noch Melinda vom Club-Sekretariat wiedersehen konnte, sollte es ein genialer Tag werden. Aber jetzt war erst einmal Feierabend. Früher hatte Martin auch nach einer Achtzehn-Loch-Runde Golf nicht genug bekommen können und sofort, nachdem er von Lindental in seine Zweizimmer-Eigentumswohnung in der Gießener Lonystraße zurückgekommen war, das Pay-TV angeschaltet, um sich die Übertragung des wöchentlichen Profi-Turniers in den USA anzusehen. Nicht so heute. Auch wenn fünf Jahre Abstinenz vom Golf viel zu lange waren: Diese Sucht, jeden Tag und jede Minute einer Freizeitbeschäftigung zu opfern, ohne aber noch irgendeine Freude oder Spaß zu empfinden, wollte er auch nicht mehr. Lieber wollte er sich diese neu wiedergefundene wunderbare Vorfreude auf die nächste Runde erhalten. Heute ging es erst mal wieder in seinen urigen Lieblingskneipenkeller in der historischen Altstadt des oberhessischen Fachwerkstädtchens Lich, um sich mit seinen Kumpels zum Darten zu treffen. Dart war zwar auch ein Zielspiel, kam auch aus England, aber man konnte dabei viel besser als beim Golf auch einmal einen „Schoppe petze". Und den hatte sich Martin jetzt wirklich verdient.

Es war schon neun Uhr am nächsten Morgen, als Martin Benedikt Cervinus die Augen aufsprangen. Statt seines altmodischen Radioweckers, der gewöhnlich um halb acht loslegte, hörte er die neun Glockenschläge der nahen Johanneskirche. So ein Mist. Das Gewitter musste in der Nacht den Wecker außer Gefecht gesetzt haben. Martin blickte sich um: Keine Spur mehr von Sarah, der Fünfundzwanzigjährigen mit den kupferroten lockigen Haaren, die vor weniger als fünf Stunden noch neben ihm eingeschlafen war. Ihr Duft schwebte aber noch im Schlafzimmer. Und ihr Slip lag noch im Bad unter dem Waschbecken. Genau dort, wo sie ihn heute Nacht fallenließ, bevor sie sich daran machte – um in der Dart-Sprache zu bleiben – Martins „Bulls-Eye" zu treffen. Kurz zuvor hatte sie sich mit ihm in Lich noch ein heißes Match geliefert. Martin hatte zwar verloren – er hatte noch nie ein Mädel kennen gelernt, das drei Pfeile hintereinander genau in der Mitte der Zielscheibe unterbrachte – aber zumindest eine Nacht mit ihr gewonnen. Martin entdeckte ihren pinken String-Tanga sofort, als er wie von der Tarantel gestochen in die Dusche sprang. Dr. Wiesenholder war zwar grundsätzlich ein patenter und netter Kerl, ein echter Oberhesse aus Rabenau-Rüddingshausen, zwar manchmal etwas kauzig, doch ansonsten ganz in Ordnung. Aber was er gar nicht leiden konnte, war Unpünktlichkeit. Und Cervinus wollte ja den Termin, nicht umgekehrt. Als er in der kleinen Küche seinen Kapselkaffee-Automaten bediente und gleichzeitig versuchte, sich seine Lederschuhe zuzubinden, sah er einen Zettel auf dem Esstisch liegen:

„Hi! Danke für die Dart-Session, war geil! Muss weg, meine Frau vom Flughafen abholen."

«Meine Frau?!?», schrie Martin durch das trockene Brötchen von gestern in seinem Mund, sodass die Krümel sich überall in der Küche verteilten. Cervinus hatte leider keine Zeit, sich selbst in den Hintern zu beißen oder Sarahs Unterhöschen aus dem Küchenfenster in das trübe Wasser der darunter vorbeifließenden Wieseck zu werfen, denn Dr. Ernst Wiesenholder wartete.

Also schwang sich Martin auf sein Fahrrad, mit dem er, viel schneller als mit dem Auto, die nur fünfhundert Meter durch die Stadt bis zum Polizeipräsidium im Schiffenberger Tal zurücklegte und nach wenigen Minuten auf dem Hof des hellgelb verklinkerten Geländes der Polizeizentrale ankam. Eine weitere Minute später stand er in der Tür des Obduktionsraums von Dr. Wiesenholder.

«Kerle, Kerle, Kerle, vom Tom Keller bin ich das scho gewieht, owwer von dir nuuch nejd … ihr glaabt doch wirklich all, doaß mei Patiente die meist Zäät hu, gelle, doas glaabt ihr wirklich?! Dej laafe em Ernst schuu neijd weg?! Schaam dich, Maddin!» Der hatte genau das befürchtet. Dr. Wiesenholder war wirklich geladen. Dass er ins tiefste Oberhessisch verfiel, war dessen Verärgerung geschuldet, die er von seiner Mutter kannte: Immer wenn es ernst wurde, sprach sie in mittelhessischem Platt zu ihm. Auch Elisabeth Cervinus predigte regelmäßig in reinstem Hochdeutsch zu ihrer Gemeinde, genauso hielt Dr. Wiesenholder seine Vorträge im Pathologie-Seminar an der Justus-Liebig-Universität zu Gießen ohne einen erkennbaren Akzent. Martin Cervinus bekam seine zweite kalte Dusche dieses Morgens auch deshalb in Rüddingshäuser Platt, weil dieser wusste, dass der Oberkommissar ihn auch verstand.

95

«Sorry, Ernst, es tut mir wirklich Leid, du weißt, dass es sonst nicht meine Art ist ...» entschuldigte er sich.

«Dadevo konn eich mir a nix kääfe ... hach ... druff geschisse ... jetzt kimm bei ...», befahl der weißhaarige Mediziner dem Unfall-Ermittler, näher heranzutreten. Cervinus befolgte die Anweisung des Pathologen und näherte sich dem in der Mitte des mit grellem Kunstlicht ausgeleuchteten Saales. Dort lag auf einem glänzenden Metalltisch der Leichnam von Theodor Müller. Dr. Wiesenholder stand auf Höhe des Kopfes und deutete auf die noch von Montag bekannte Wunde an der linken Schläfe.

«Also, Martin, die Verletzung hier am Fossa Temporalis sorgte tatsächlich durch den hohen Druck des Geschosses für einen traumatischen Schock im Bereich des Lobus Temporalis, der wiederum zum sofortigen Tode führte.» Cervinus beugte sich zu dem beschädigten Schädel Müllers herunter und betrachtete sich die Wunde aus nächster Nähe:

«Die Stelle, die getroffen wurde, ist die empfindlichste, die man am Kopf hat?»

«Exakt die Empfindlichste. Bei der genaueren Untersuchung der Haut über der Einschlagstelle habe ich darüber hinaus ein Muster kleinster, kreisförmiger Dellen entdeckt.»

«Die sogenannten Dimples des Golfballs, die das charakteristische Oberflächen-Muster ergeben?!»

«Ja, so ist es», bestätigte Dr. Wiesenholder. Er steckte beide Hände in die Taschen seines weißen Arztkittels und sah Oberkommissar Cervinus an. Seine hohe Stirn mit dem weißen Haarkranz schob er dabei zu Denkfalten zusammen.

«Nur eines scheint nicht ganz schlüssig: die Tiefe der Wunde. Es ist so: Die Art der tödlichen Verletzung spricht für einen Einschlag des eintreffenden Objekts mit einer Geschwindigkeit von mindestens 110 Metern pro Sekunde. Wenn aber das Unfallopfer tatsächlich von dem über 150 Meter weiter hinten abschlagenden Spieler getroffen und getötet worden sein sollte ... dann wär aach auch de guude aale Sir Isaac Newton von dem Appel, der ihm in seim Garte uff de Därtz gefalle sei soll, erschlaache worn! Un das wär schad gewese, er hätt dann nämlich net mehr die Schwerkraft entdecke könne», verfiel Wiesnholder bewusst in seinen Dialekt, um die Kuriosität seiner Feststellung zu unterstreichen.

«Was hat das denn mit Newton zu tun und warum hätte ihn der Apfel erschlagen?», fragte Cervinus verwundert.

«Alles, mein lieber Herr Oberkommissar! Ich habe nämlich mal in den weltweit gültigen Golfregeln nachgesehen: Ein Golfball darf nicht mehr als 45,93 Gramm wiegen und nicht mehr als 76,2 Meter pro Sekunde schnell sein, und damit meine ich ausschließlich die Startgeschwindigkeit. Selbst wenn der Ball also durch einen ordentlichen Hieb beschleunigt wird, hat er ab dem höchsten Flugpunkt nach einer entsprechenden Entfernung nur noch eine Maximalgeschwindigkeit von 32 Metern pro Sekunde.

«Und das ist zu langsam ...», ergänzte Cervinus.

«So! Wenn ich jetzt das zweite Newtonsche Gesetz bemühe, wonach Masse mal Beschleunigung gleich Energie ist, komme ich bei 150 Meter Abstand in keinem Fall auf die Kräfte, die diese Wundentiefe verursachen könnten.» Der Pathologe deutete mit seinem Zeigefinger, der in einem Gummihandschuh steckte, auf die tödliche Verletzung Müllers und fuhr fort.

«Ich sag dir eins: Das kriegt nicht mal dieses Golf-Ass hin, das mit seinem knallpinken Schläger den Ball regelmäßig über 300 Meter weit hämmert. Ich meine den, der letztens irgendwo zum

Polizisten ehrenhalber ernannt wurde!» Cervinus verkniff es sich, laut aufzulachen.

«Du meinst, weil der ein grünes Jackett überreicht bekam? Das war der Preis für den Sieg bei einem der wichtigsten Golfturniere der Welt! Aber egal.» Er überging geflissentlich den verwunderten Blick des Mediziners.

«Wie nah müsste denn die Entfernung eines Golfers zu Müller gewesen sein?», fragte Cervinus. Wiesenholder antwortete prompt.

«Nach Adam Riese und Sir Isaac nicht weiter weg als fünfzig, sechzig Meter. Und wenn, dann mit so einer Riesenkelle, die Ihr Driver nennt. Ein Eisen-Schläger kann diese Energien aufgrund fehlender Masse nicht erzeugen.»

«Aber Ranft war definitiv viel weiter weg», staunte Martin.

«Ebbe, Maddin, ebbe, bist goar nejd wink dumm …» grinste Ernst Wiesenholder ihn an. Cervinus fuhr sich durch seinen blonden und heute morgen in der Eile noch nicht frisierten Haarschopf.

«Das heißt: Die Dimple-Spuren zeigen, dass Müller von einem Golfball tatsächlich getroffen wurde. Aber der Schütze musste einen solch gewaltigen Drive geschlagen haben, dass dagegen sogar ein Tiger alt aussieht. Wobei ich über den mal gehört habe, dass der in seinen besten Zeiten schon mal über 80 Meter pro Sekunde bei seinen Abschlägen erreicht hat», sagte Martin.

«Mag sein, aber wie gesagt auch nur in dem Moment, in dem der Schläger auf den Ball trifft. Und auch bei einem Golf-Profi wirken bei zunehmender Strecke die sonstigen Kräfte entgegen wie Luftwiderstand und Rückwärtsdrall des Balles! Wenn dieser Ranft ein Amateur ist und der Ball den gewöhnlichen Normen entspricht – das überprüfe ich noch – dann ist es für ihn aus dieser Entfernung nahezu unmöglich gewesen, das Opfer tödlich zu verletzen.» Martin Cervinus biss sich auf die Lippe.

«Ach, apropos Ball … da fällt mir wieder etwas ein. Das hätt' ich fast vergessen …», wandte sich der Oberkommissar von der Leiche und Dr. Wiesenholder ab und begab sich zur Tür.

«Ähm, Danke erst mal, Ernst und nochmal Entschuldigung für die Verspätung, das nächste Mal bring ich 'ne Flasche von deinem Lieblings-Äppler mit! Ich muss los …» Er war schon auf dem Flur, als er den Pathologen ihm hinterher rufen hörte.

«Zwää Flasche', mindestens!»

Nur zwei Stockwerke über dem Obduktionssaal von Dr. Wiesenholder war die Spurensicherung untergebracht, die Cervinus nun anrief.

«Marcus, tu mir doch einen Gefallen und untersuche bitte mal den Golfball, den wir Euch vorgestern geschickt hatten, auf Fingerabdrücke von einem Bernd Grüner. Die Abdrücke habt Ihr auch schon vom Kollegen Reiter bekommen.» Der Angerufene von der SpuSi sagte die Untersuchung so bald wie möglich zu.

Martin Benedikt Cervinus nahm die Treppe bis in das dritte Obergeschoss des Präsidiums, in dem sich sein Büro befand. Aus diesem drang durch die geschlossene Tür deutlich hörbares Gejohle:

«*Tschü*, zu kurz.»

«Tom, du bist vielleicht ein Bewegungs-Legasteniker …»

«Mach du erstmal, *Dinnelo*!»

Cervinus betrat das Zimmer. Vor ihm standen drei Männer: Edwin Matthes vom Betrugsdezernat, Steffen Reiter, der Polizeiobermeister und Tom Keller von der Mordkommission. Der großgewachsene, durch tägliches Rudern auf der Lahn durchtrainierte Keller hielt drei gelbe Jonglier-Bälle mit freundlich lächelnden Smileys in seinen großen Händen. Die Knautsch-Bälle hatte Cervinus einmal bei einem De-Eskalations-Seminar geschenkt bekommen. Keller warf einen davon in Richtung eines vier Meter von ihm entfernten kleinen runden Besprechungstischs in der Sitzecke des Zweimann-Büros, das zurzeit aber von Cervinus allein genutzt wurde. Der Ball flog auf den Tisch, rollte aber über die hintere Tischkante und fiel herunter.

«Kommst genau richtig, Martin. Du bist dran!», sagte Keller zu Cervinus. Der wusste schon, was Sache war: Einmal wöchentlich knobelten die Kollegen aus, wer ein Frühstück ausgeben musste. Und diesmal war mal wieder die anspruchsvolle Disziplin „Bällewerfen" dran – es war sehr selten, dass einer der mit Sand gefüllten Bällchen auf dem kleinen Tisch liegen blieb. Also schnappte sich Martin die Bälle und legte los. Sein erster Wurf berührte nicht einmal den Tisch. Der Zweite flog darüber hinweg, traf das Regal dahinter und räumte die dort abgestellten drei Kaffeetassen ab.

«*Tschü Sillepin*, ich bitt' dich, Martin!» kommentierte Tom Keller lachend.

«Kommt, einen hab ich noch», machte sich Cervinus selbst Mut. Diesmal wollte er einen „Lob-Shot", einen hohen Wurf mit viel Rückwärts-Drall ausführen, den im Golf nur die Besten beherrschten. Der Ball flog allerdings mit viel zu viel Geschwindigkeit und in einer völlig falschen Richtung hoch gegen die Decke, traf von dort auf die Oberseite des an Kabeln herunterhängenden Neonlampen-Kastens, rollte auf diesem entlang und plumpste von dort genau auf die Mitte des Tisches.

«Yes, so wird das gemacht!», strahlte Schütze Martin und ballte die Faust.

«Also, ich hätte dann gerne zwei Mettbrötchen, eins mit Zwiebeln, eins ohne!» Die anderen drei schauten ihn fassungslos an und wussten nicht, ob sie lachen oder weinen sollten.

«Und du bist ganz sicher, dass du am Montag nicht der Golfer warst, der den Mann in Lindental auf dem Gewissen hat?!», frotzelte Tom Keller. Martin Cervinus konnte über diesen Scherz nicht einmal müde lächeln. Immerhin war es Keller, der Oberkommissar mit der dunklen Sechs-Millimeter-Army-Frisur, der sich bereit erklärte, zum Metzger zu spurten, denn getroffen hatte heute außer Cervinus keiner. Ihm war das sehr recht so, Tom konnte immer mal wieder einen Dämpfer seines ansonsten übergroßen Egos gebrauchen, dachte er. Martin war froh, den Kollegen aus der Mordkommission nicht jeden Tag sehen zu müssen, geschweige denn mit ihm zusammenzuarbeiten. Sie waren einfach zu unterschiedlich: Hier der schmale, blonde Cervinus, regelmäßig im Business-Anzug mit Manschettenknopf-Hemd vom englischen Herrenausstatter, zwar per Onlineversand, aber immerhin. Auf der anderen Seite der große, breite und muskulöse Tom Keller, eigentlich immer in Denim-Jeans und T-Shirt. Keller war sicherlich ein guter Polizist, loyal, ausgestattet mit einem sehr guten Einschätzungsvermögen für Menschen und deren Charaktere. Er galt als einer, der Profiler-Qualitäten hatte. Und er hasste es, wenn ihm ein Krimineller blöd kam. Da konnte es schon einmal passieren, dass ein Täter die Untersuchungshaft als Befreiung empfand, nachdem Tom den Fluchtversuch unterbunden und ihm die Handschellen, mit seinen gut hundertzwanzig Kilo auf dessen Rücken sitzend, angelegt hatte. Er kam aus einfachsten Verhältnissen aus der Gießener Weststadt, einem Gebiet, das für

Jahrzehnte als Problemviertel galt. Seit er Polizeibeamter war, kam er mehr oder weniger regelmäßig dorthin zurück, jetzt aber, um Kriminaldelikte zu verfolgen. Die Verbrechensrate war immer noch die Höchste aller Stadtviertel. Das Manische, diese nur noch in Gießen, Wetzlar und Marburg gesprochene Variante eines Soziolekts, der seine vielfältigen Wurzeln unter anderem in der Sprache der Sinti und Roma und des Jiddischen hatte, war quasi seine Muttersprache. Natürlich beherrschte Keller auch perfekt Hochdeutsch, aber Martin Cervinus hatte das Gefühl, dass Tom mit diesem Dialekt immer wieder darauf hinweisen wollte, wo er herkam. Er war sich nicht sicher, ob es Regionalpatriotismus war oder Keller einfach nur cool wirken wollte. Allerdings war er bei seinen Kollegen der Mordkommission sehr beliebt, ein echter Teamplayer, Sportskanone, trinkfest und ein Partylöwe … und er hielt sein Wort:

«Hier, Kleiner, damit du was wirst!», servierte Tom Keller zehn Minuten später dem sechs Jahre älteren Martin Cervinus zwei Mettbrötchen mit Zwiebeln. Wenn Keller aber mit etwas Recht hatte, dann damit, dass Martins kurzes Spiel noch ziemlich eingerostet war. Vor fünf Jahren hatte ihm der alte Schorsch, bereits damals einer der ältesten Aktiven im Golfclub, hierfür immer wieder gute Tipps gegeben. Martin hatte sogar noch seine Handy-Nummer. Und tatsächlich: Schorsch spielte immer noch und wollte auch heute Abend wieder ein bisschen trainieren. Wenn einer das nicht mehr nötig gehabt hätte, dann der Endsiebziger, dessen Nachnamen Martin Cervinus noch nie gehört hatte. Manche Dinge ändern sich glücklicherweise nie, dachte Cervinus und freute sich schon jetzt auf den Abend. Dabei traf es sich gut, dass er für die Zeit vor dem Treffen mit Schorsch die geplante Trainingsstunde mit Randolph McDermott vereinbaren konnte.

Er erreichte die Driving Range erst spät. Der Zwischenbericht über den Golf-Unfall, den sein Dezernats-Leiter unbedingt noch heute haben wollte, nahm mehr Zeit in Anspruch als geplant. Nun begrüßte der dreiundfünfzig Jahre alte Golflehrer McDermott seinen heutigen Schüler Martin mit einem kräftigen, aber nicht unangenehmen Händedruck. Der gebürtige Schotte mit dem ergrauten Neun-Millimeter-Haarschnitt, den lebhaften grünen Augen und zwei Challenge-Tour-Siegen lebte seinen Beruf und das Golfspiel. Das faszinierte Martin damals und noch heute an McDermott: während andere Pros vielleicht mehr oder weniger gelangweilt ihre Stunden mit ihren Schützlingen herunterspulten, das Geld einsteckten und nach dem letzten Klienten um achtzehn Uhr zusahen, dass sie vom Platz und in die nächste Kneipe oder sonst wohin kamen, blieb der Lindentaler Golflehrer auf der Driving Range und feilte an seinem eigenen Golfschwung oder ging für ein paar Löcher auf den Platz. Obwohl er lange keine Turniere mehr spielte und er keinem anderen mehr etwas beweisen musste. Er tat es einfach nur aus dem Spaß am Spiel an sich, aus dem Drang heraus, sich und seinen Schwung noch besser zu machen und ganz schlicht aus der Freude an seinem Leben mit und für den Golfsport.

«Okay Martin, let's go … take your Siebener Eisen, mach einfach mal drei swings und dann sehen wir, wo we can start …» Das Überraschende war für Martin: Auch wenn es Ewigkeiten her war, dass er einen Golfschläger in der Hand hatte, die Freude an dieser besonderen Bewegung war selten so groß gewesen wie an diesem sonnig fröhlichen Frühsommer-Abend. Auch wenn er, wie am Abend zuvor auch, immer mal wieder einen Luftschlag fabrizierte. Als er dann aber den Ball traf und dieser in einer zwar ungewollten, aber wunderschönen Kurve rechts startete, danach butterweich nach links driftete und genau auf der Ziellinie nach rund einhundertdreißig Metern landete, dachte er sich: Warum habe ich eigentlich aufgehört zu spielen?

«You denkst jetzt: Warum hast du nicht mehr gespielt, don't you?» An McDermott war scheinbar ein Profiler verloren gegangen, dachte Martin lächelnd und nickte nur.

«Weil du nickt mehr GESPIELT hast, you know?! Du hast forgotten, dass es ist only ein SPIEL! Wenn du Stress willst, dann lass dich scheiden oder verklag deinen Garten-Nachbarn, aber hier you want to play, or not? Okay and now ich habe ein paar Dinge gesehen about your swing. Let's have some fun ...» Nach einer dreiviertel Stunde hatte Martin Cervinus das Gefühl, er habe noch nie so gute Golfschläge gemacht, und wahrscheinlich war es auch so. Aber er hatte auch erkannt, dass man manchmal Hilfe von außen annehmen musste und nicht nur die Schwung-Fehler, die man sich selbst eingebläut hatte, durch stundenlanges Bälle-Schlagen auf der Driving Range perfektionieren. Cervinus übergab daher McDermott den nicht zu geringen, aber verdienten Stundensatz und wechselte das Thema.

«Sag mal, Randy, was hältst du eigentlich von dem neuen Eigentümer des Clubs, Herrn Hartmann?»

«Okay Sherlock, ich merke, jetzt geht's about your job ... ist das confidential ... ähm ... vertraulich?» Der Oberkommissar, der sich nun wieder im Dienst sah, bejahte dies.

«Well, es ist sicherlich absolutely okay, dass er aus dem Club mehr machen will. Aber you kannst nicht, wie sagt man in Deutsch? Ripp the heart out of the Golfclub ...» Cervinus sah McDermott verständnislos an.

«Das verstehe ich nicht, wieso reißt Hartmann das Herz aus dem Club, wenn er die Qualität des Platzes verbessern will?»

«Er hat bereits eine Menge Money hier reingesteckt und er will wohl noch viel more hier reinstecken. Er will ja nicht nur ein paar Grüns neu builden, er will aus dem Club einen der besten Deutschlands machen. Er will Golfer aus Frankfurt, Berlin und München hier spielen sehen – und he wants ein European Professional Turnier hier ausrichten!» Martin verstand die Welt nicht mehr. Da stand ein zweimaliger Sieger einer der höchsten europäischen Turnierserien und exzellenter Pro vor ihm – und beklagte sich darüber, dass der neue Club-Boss diese große, internationale Golfwelt hierher holen wollte, hier zu ihm.

«Das musst du mir aber jetzt mal erklären, warum du das nicht möchtest, Randy?!», erkundigte sich Martin.

«Es ist ganz simple: Look, ich denke, Hartmann ist keiner, der drauflegen möchte. Okay, er hat auch einen hohen Standard bei dem Thema Ökologie and so on, aber was glaubst du, wer das alles am Ende bezahlt? Who zahlt die Rechnung? Das Clubmitglied, or not? Die Mitgliedsgebühren werden gehen high, higher than der Funkturm auf'm Hoherodskopf. Dann werden nur noch die rich guys aus South Korea, New York und China hier spielen. Und glaubst du wirklich, diese Leute interessieren sich für das Club-Leben hier? Glaubst du serious, von den Leuten, die sich für VIPs halten, nimmt einer Golfstunden bei mir? Die meinen doch, sie würden sich blamieren, wenn man sie bei mir sieht. Die meinen, es nickt nötig zu haben. That is, was ich meine mit: „ripp the heart out". Diese Leute sind ganz anders als du oder Schorsch for example … aber wenn man spricht über the devil …», grinste McDermott und meinte damit „Putt-Teufel" Schorsch, der vom Übungsgrün aus

Martin und Randy zuwinkte. Cervinus verabschiedete sich von dem Golflehrer, nicht ohne eine weitere Stunde zu vereinbaren und ging zu Schorsch herüber.

Die seit drei Tagen ununterbrochen scheinende Frühsommer-Sonne war schon fast hinter der linken Talseite verschwunden. Die immer noch warmen Sonnenstrahlen färbten die schlohweißen Locken des kleinen Mannes in goldgelbem Licht.

«Ei, Guude, Martin! Das ist aber eine Überraschung, nach so langer Zeit», begrüßte Schorsch den Oberkommissar.

«Guten Abend, Schorsch – auf dich habe ich mich schon den ganzen Tag gefreut! Wie geht's dir denn?»

«Solange die Bälle noch ins Loch fallen, will ich nicht klagen. Na, wie wär's mit einem kleinen Putt-Wettbewerb, kannste' es denn noch?», lächelte der Champion der allerersten Lindentaler Club-Meisterschaft.

«Deshalb bin ich ja hier, um es wieder von dir zu lernen», lächelte Martin etwas verlegen zurück.

«Ich würde sagen, dann lass uns – wie sagt ihr jungen Leute heute: learning by doing machen.» Schorsch nahm einen Golfball, legte ihn auf den Boden und deutete auf ein Loch, das vier Meter von den beiden entfernt lag.

«Da rein, dann leg' mal los!», wies Schorsch auf das erste Ziel. Martin legte auch seinen Golfball vor sich ab und puttete ihn auf dem abschüssigen Rasen rund zwei Meter über das anvisierte Loch hinaus.

«Okay, dann gucke me' ma'», brummte Schorsch und versenkte seinen Ball mit exakt der letzten Umdrehung im Loch. Martin wunderte sich nicht im Geringsten. Er kannte keinen einzigen Spieler in Lindental, der jemals einen Putt-Wettbewerb gegen Schorsch gewonnen hätte, nicht einmal Bernd Grüner, der auch jetzt noch ein gutes, einstelliges Handicap hatte. Apropos, da fiel ihm etwas ein.

«Tja, so kenne ich dich. Aber sagt mal: ist dir in der letzten Zeit etwas an Bernd Grüner aufgefallen? Als ich ihn vorgestern wieder gesehen habe, kam er mir so verändert vor?» Schorsch blinzelte durch seine stahlgrauen Augen, als ob er geblendet sei, obwohl er gar nicht in die Sonne blickte.

«Hach, das ist ein Drama mit dem … Greif mal mit der linken Hand den Putter nicht so fest, lass lockerer, so … und ein bisschen weiter unten.» Schorsch zeigte Martin, wie er seinen Putter halten sollte.

«Fühlt sich viel angenehmer an …», bestätigte Martin.

«Aber du wolltest noch was anderes sagen, oder meintest du mit „Drama“ mich?», bohrte er nach. Schorsch reagierte auf seine Frage nicht im geringsten, sondern fuhr unbeirrt mit dem Coachen fort.

«Jetzt mach so mal ein paar Putts … besser, gell?!» Martin tat ihm den Gefallen, schaute aber währenddessen immer wieder zu dem alten Golfmeister herüber.

«Also, für mich ist der Bernd immer noch der Boss hier. Seit der alte Hammerschmidt zum Herrgott gerufen wurde – der baut ihm bestimmt jetzt dort im Himmel die schönsten Golfplätze seit der Schöpfung – und der Hartmann hier aufschlug, hat er wirklich einen Knacks gekriegt. Man hört aber auch die ein oder andere Sache von ihm, die damit nix zu tun hat.» Cervinus merkte zwar die positive Auswirkung seiner neuen Griffhaltung, konnte sich aber nicht so recht darauf konzentrieren.

«Was hört man denn so für Geschichten?»

«Denk dran: den Putter schön durchschwingen, nach hinten wie nach vorne, nicht so abrupt abstoppen … Naja, er musste wohl vor ein paar Monaten aus seiner schönen Wohnung im Hungener Schloss raus … man erzählt sich, er konnte die Miete nicht mehr bezahlen, Gott weiß, was der mit seinem Geld macht.» Na, den müsste er wahrscheinlich nicht fragen, wo Grüner sein Gehalt hinschaffte. Das würde er schneller rauskriegen, dachte sich der Oberkommissar.

«Komm, ein paar Löcher schaffen wir noch, bevor's dunkel ist», forderte Schorsch zum erneuten Duell, dessen Ausgang für Martin schon von vornherein klar war. Martin schlug den Ball, diesmal kam er bereits zwei Meter vor dem acht Meter entfernten Loch zum Stehen.

«Und was ist mit Joachim Hartmann? Wo kommt der eigentlich her? Weißt du das? Er hat mir von seiner spanischen Mutter erzählt …» Schorsch führte seinen Putt aus, der in einer Entfernung von nur dreißig Zentimetern hinter dem Loch ausrollte.

«Spanisch? Ich dachte, die kam aus Argentinien, na ja, da sprechen sie ja auch spanisch. Er ist wohl auch da geboren worden. Kam dann als junger Mann nach Deutschland, der Vater war wohl Deutscher.»

Martin lochte seinen Zwei-Meter-Putt mit einer starken Rechts-Links-Kurve und flott bergab mit Bravour ein. Schorsch wollte den Ball nur noch leicht antippen, um die kleine weiße Kugel ins Loch zu befördern.

«Aber seine dunklen Augen und seine Gestalt kommen mir so bekannt vor, als hätte ich ihn vor langer Zeit schon gekannt», sagte er in sich hinein und schob den Ball am Loch vorbei.

8. Kapitel

Schon wieder wurde er verfolgt. Diese Bremsen rasteten bei diesem Wetter geradezu aus. Und so oft er auch nach diesen blutsaugenden Plagegeistern schlug, er traf sie nicht. Der Himmel hatte sich seit dem Mittag von einem strahlenden Blau in ein bleiernes und schwermütiges Grau verwandelt, die freundliche Wärme in eine bedrückende, schwüle Hitze. Er stand am rechten Fairway-Rand hinter der großen Eiche, die zumindest in zwei Stunden, wenn das erwartete Gewitter seine Blitze in deren Krone jagen würde, einer der gefährlichsten Orte auf dem Platz werden würde. Dabei drehte er nervös den Griff des Siebener Eisens in seiner rechten Hand:

«Scheiße. Er wird alles ruinieren. In zwei Jahren hat er alles komplett gegen die Wand gefahren. Dieser größenwahnsinnige Idiot. Und der Vorstand macht schön alles hörig mit. Wie die sich an ihre Pöstchen klammern. Und mich grüßen sie nicht mal mehr richtig. Der Gustav nicht, die Thekla nicht und sogar der Alfi macht einen Bogen um mich. Als ob ich die Krätze hätte. Aber schon sehr bald wird sich das wieder ändern. Darauf freue ich mich jetzt schon: Wenn sie wieder zu mir zurückgekrochen kommen und mich zuschleimen. Tja, sie ahnen ja nicht, wie schnell sie mich wieder brauchen werden. Es muss jetzt nur diese eine Wette aufgehen. Diesmal wird es funktionieren. Natürlich ist es riskant. Aber was habe ich jetzt noch zu verlieren? Nix. „All in" eben. Beim Pokern würde ich jetzt aufstehen, mich hinstellen und darauf warten, welche Karten kommen. Und den

Fehler beim letzten Versuch mach' ich nicht nochmal. Wie sagt man so schön: Totgesagte schlagen länger. Ich muss es jetzt einfach durchziehen.»

Wieder fokussierte er sich auf sein Ziel. Bernd Grüner machte sich bereit zum Schlag.

Der Mann stand hinter einer der Buchen am rechten Fairway-Rand, seinen Schläger in der linken Hand:

«Es ist zwar anders, als geplant. Aber das ist jetzt nicht mehr von Bedeutung. Ich habe schon viel zu lange zugeschaut. Jahrelang musste ich tatenlos zusehen. Und wieder mache ich mir diese Vorwürfe: Hätte ich das Geschehene verhindern können? Nein. Ich konnte nichts tun. Hätten nur mal andere ihre Arbeit gemacht. Aber nun habe ich keine andere Wahl mehr. Und keine Zeit. Nur noch einen Grund mehr. Jetzt ist der Moment gekommen, endlich ist er da. Das Versprechen wird eingelöst ...

Wenn wir schreiten Seit' an Seit'
und die alten Lieder singen
und die Wälder wiederklingen
fühlen wir es muss gelingen
mit uns zieht die neue Zeit.»

Der Golfer blickte auf die sich über fünfzehn Meter vor ihm erstreckende Sandfläche und hieb seine Probeschwünge in den Sand neben den Golfball:

«Absoluta Porqueria!

Schon wieder dieser Topfbunker. Wird allerhöchste Zeit, dass die Bahn umgestaltet wird. Wie kann man einen Fairway-Bunker nur so tief planen. Was für ein Unsinn. Und wie oft muss ich diesem geistig Minderbemittelten von Woodcroft noch sagen, dass er mehr Sand hier rein machen muss? Der ist doch völlig überfordert. Na ja, das Thema hat sich in drei Monaten dann auch erledigt. Genauso wie bei diesem Golfromantiker und Nichtsnutz. Der lebt doch in einer Golfwelt, die es schon lange nicht mehr gibt. Komplett stehengeblieben. Wenn es nach ihm ginge, dann würden wir immer noch mit Persimmon-Schlägern und Ballata-Bällen spielen. Er hat's leider nie kapiert. Er hat meine Ressourcen lange genug verschwendet. Aber was soll's, den einen Gefallen hat er mir getan. Was stelle ich nur mit diesem Amtsschimmel an? Am besten eine Einladung ins „Herren-Haus". Und wenn das nicht reicht? Dann eben zum „Schwendnerjoch", mit professioneller Begleitung. Der ideale Ort, um so was ganz entspannt zu lösen. Und danach löse ich mein Versprechen ein, Padre.»

Joachim R. Hartmann visierte das Grün einhundertdreißig Meter vor ihm an, grub sich mit seinen braunen Edel-Golfschuhen etwas in den losen Sand ein, richtete sich aus und …

… bemerkte nicht einmal mehr, dass er mit dem Gesicht in dem weichen Sand aufschlug.

Es war schon kurz nach neun. Martin Benedikt Cervinus rieb sich seine überanstrengten, geröteten Augen und sah durch das Fenster in den bleischweren Abendhimmel über dem Polizeipräsidium. Am Horizont waren bereits die grell zuckenden Vorboten des nahenden Gewitters zu sehen. Schon seit drei Stunden schrieb er an seinem Untersuchungsbericht zu dem Unfall, den er heute Vormittag aufnehmen musste. Für den Unfallermittler war es schon ein Klassiker des technikgläubigen IT-Zeitalters: Ein Autofahrer hatte sich auf sein Navigationsgerät verlassen, das seinem Benutzer die Fahrt nach Gießen hinein über die Lahn via der Konrad-Adenauer-Brücke befahl. Nun war die alte, baufällige Brücke vor drei Monaten abgerissen und durch eine neue ersetzt worden, nur dreißig Meter weiter flussaufwärts. Das GPS-Navi, das bereits seit drei Monaten vergeblich auf ein Update wartete, und somit auch der Fahrer einer nagelneuen Oberklasse-Limousine, hatte sich allerdings konsequent für die Route über die alte Brücke entschieden. Nun stak das Auto quer im Fluss, nur das Heck ragte noch aus dem Wasser. Der Besitzer des Münchner Fabrikats konnte sich gerade noch aus dem sinkenden Auto retten, in dem er ein Paddel ergriff, das ihm ein schockierter, aber hilfsbereiter Ruderer durch das Seitenfenster entgegen hielt. Der Wassersportler hatte jetzt einen Zweier mit Steuermann, aber aus dem bayerischen Luxusgefährt im trüben Nass des mittelhessischen Flusses war ein Siebener ohne Steuermann geworden. Martin wollte gerade den Computer herunter fahren, als sein Handy klingelte. Es war Polizeimeisterin Anne Wieland.

Zwanzig Minuten später stand der Oberkommissar im Foyer des Golf- und Countryclubs Lindental. Draußen war es durch die stahlgraue Wolkendecke bereits stockdunkel geworden, das Donnergrollen war schon deutlich zu hören.

«Okay, Anne, wo ist Bernd Grüner?»

112

Die Polizistin hatte Martin Cervinus bereits über die wichtigsten Fakten informiert: Joachim Hartmann war vor einer halben Stunde mit einer schweren Kopfverletzung in einem Bunker auf der vierzehnten Bahn liegend aufgefunden worden – von Bernd Grüner. Hartmann war bewusstlos und mit dem Notarzt bereits auf dem Weg in die nächstgelegene Klinik nach Lich. Der Notarzt tippte auf Schädel-Hirntrauma.

«Der ist noch am Unfallort, Steffen ist auch da.», informierte Anne Wieland den Ermittler.

«Darf ich dich wieder mit dem Kart hochfahren?», strahlte die Polizistin Cervinus erwartungsvoll an.

«Nein!» Martin enttäuschte seine Kollegin nur ungern. Dieses Mal war es noch nicht einmal seine Beifahrer-Allergie, er hatte einfach nur keine Zeit.

«Ich fahre allein! Bleib du bitte hier und kläre ab, wer zur vermuteten Unfallzeit noch alles auf dem Gelände war, also dasselbe wie am Montag. Weißt du schon, wer noch da war?»

«Okay, Chef», bestätigte die Polizeimeisterin enttäuscht, ergänzte aber:

«Bisher wissen wir nur von dreien, die auf dem Gelände waren: Dem Platzwart, einem Herrn Morton Woodcroft und von einem älteren Herrn mit Vornamen Schorsch, seinen Nachnamen kennt hier keiner. Die Bedienung im Restaurant sagte mir, dass bei so einem schweren Gewitter im Anmarsch in der Regel keiner mehr Golf spielt – ist wohl wegen des Blitzschlag-Risikos zu gefährlich. Woodcroft war auf dem siebenten Loch unterwegs und dieser Schorsch sagte, er war auf dem Packing-Grün.»

«Putting-Grün, aber egal. Ich will erst mal zum Unfallort, mit den beiden anderen unterhalte ich mich nachher – oder morgen …

Wenn ich da oben fertig bin, möchte ich erst mal ins Krankenhaus zu Herrn Hartmann fahren», rief Cervinus der Polizistin im Laufschritt zu und war kurz darauf in der gewittergeladenen Dunkelheit verschwunden.

Auf der Highspeed-Cartfahrt zum vierzehnten Fairway überschlugen sich Martins Gedanken: Das war jetzt wirklich ein Zufall zu viel. Bernd Grüner findet den schwerverletzten Joachim Hartmann, an einer Stelle, die nur hundert Meter vom Unfallort vom Montag entfernt war. Und kein anderer Golfer weit und breit. Da konnte nur Eines verwundern: dass Grüner überhaupt und wohl recht schnell Notarzt und Polizei verständigt hatte. Er hätte ja auch warten können, bis alles vorbei war. Das musste er ihm zugute halten. Auf seine weitere Ausssage war Cervinus jetzt schon gespannt.

Nach drei Minuten, das Elektroauto stand noch nicht richtig, sprang er vom Fahrersitz auf das Fairway der Vierzehn. Die Kollegen von der Spurensicherung war bereits dabei, den Schauplatz zu fotografieren. Dieser befand sich am rechten Rand der Spielbahn. Direkt daneben lag das Waldgebiet, das nicht mehr zum Golfplatz gehörte. Wenn Cervinus sich richtig erinnerte, sollte genau in diesem Bereich die Erweiterung des Platzes um neun weitere Löcher erfolgen. Auf die Sandfläche fielen gerade erste, vereinzelte Regentropfen. In dem langgezogenen Sandbunker waren Fußspuren zu sehen, die von dem rechten Rand aus nur zwei Schritte hineinführten. Die Abdrücke wiesen das Profil von Golfschuhen auf. Direkt davor war der langgezogene Abdruck eines Körpers zu erkennen, der an der vordersten Stelle blutrot eingefärbt war.

«Kollegen, bitte schnell! Der Regen wird die Spuren sofort unkenntlich machen, denkt auch an den Sandrechen. Ich möchte Fingerabdrücke vom Griff und möglichst viele Fotos vom Bunker», forderte Cervinus die in weißen Hygiene-Anzügen gekleideten Kollegen von der SpuSi auf, vor dem Regen zu retten, was zu retten war. Die begannen allerdings bereits, ein weißes Regenschutzzelt über dem Bunkerbereich aufzubauen. Unter einem Baum am Waldrand stand Bernd Grüner. Er starrte mit leerem Blick vor sich hin.

«Guten Abend Herr Grüner», begrüßte Cervinus ihn mit ernstem Blick. Der Angesprochene antwortete nicht.

«Auch gut. Passen Sie auf: Ich hätte gerne von Ihnen in kurzen, knappen Worten gehört, was hier passiert ist, und zwar jetzt – bitte!», begann der Oberkommissar das Verhör.

«Ganz einfach: Ich komme vom Abschlag, sehe im Vorbeigehen den Hartmann da bewusstlos im Bunker liegen, blutet stark am Hinterkopf. Ich rufe den Notarzt und die Polizei an. Und jetzt sind Sie hier. Das war's», antwortete Grüner mit belegter Stimme. Martin Cervinus fühlte gleichzeitig Zorn und Ohnmacht in sich aufsteigen. Hatte Grüner ihm gerade schlicht und einfach die Wahrheit gesagt oder ihn komplett angelogen? Er hatte keine Ahnung. Er konnte es jetzt auch nicht überprüfen. Der wohl einzige, der ihm die Antwort darauf geben konnte, war jetzt im Licher Krankenhaus – und lebte hoffentlich noch.

«Na schön, Herr Grüner. Ich sehe, mit uns beiden hat das heute Abend keinen Sinn mehr, außerdem muss ich weg. Ich möchte Sie bitten, solange bei meinen Kollegen im Clubhaus zu bleiben, bis ich mich melde. Und darüber hinaus werden Sie sich auch in den nächsten Tagen zu unserer Verfügung halten! Damit meine ich: Wenn ich Sie anrufe, sind Sie erreichbar, ist das klar?», rief Cervinus durch den in diesem Augenblick einsetzenden Starkregen und den nun direkt von oben kommenden Donner. Blitze durchzuckten die Wolken und schlugen in dem Wald direkt hinter dem Golfplatz ein. Martin Benedikt Cervinus wurde von seinen Kollegen in der Regel als der netteste, umgänglichste und geduldigste Kollege beschrieben, den man sich vorstellen konnte. Aber heute Abend hatte dieser Cervinus frei. Heute hörte er sich eher wie Tom Keller von der Mordkommission an. Und das passte ja auch.

«Steffen, Ihr kümmert Euch um Herrn Grüner und geleitet ihn zurück zum Clubhaus. Ich muss in die Klinik, sehen, ob der Hartmann ansprechbar ist!», schrie der Oberkommissar seinem Kollegen zu und verschwand nur Sekunden später mit dem Cart in der Regenwand.

Als Cervinus in sein schwedisches Cabrio einstieg, fand er, es wäre an der Zeit, einmal das mobile Blaulicht auf dem Autodach aufzupflanzen. Bei seinen Einsätzen war es zwar selten. Aber heute Abend würde er sicherlich alle Verkehrsregeln auf der Fahrt ins fünfzehn Kilometer entfernte Licher Krankenhaus außer Kraft setzen. Er verwarf diesen Plan allerdings sofort wieder, als er bemerkte, dass die Magnetbefestigung sich mit dem Stoffdach nicht so recht vertragen wollte und raste ohne Warnlicht los. Während der Fahrt durch den Wolkenbruch erkundigte sich der Oberkommissar telefonisch über den Zustand von Joachim Hartmann: Er war seit einer halben Stunde in der Klinik und konnte stabilisiert werden. Aktuell wurde die Wunde genäht.

Acht Minuten später stellte Cervinus sein Auto direkt vor dem Eingang des Krankenhauses mit quietschenden Reifen ab. Er überlegte kurz, ob er den Aufzug in den vierten Stock zur Chirurgie nehmen sollte und entschied sich für die Treppe, wobei er jede zweite Stufe übersprang. Als er die Station erreichte, auf der Hartmann operiert wurde, wies er sich bei der Stationsschwester mit seinem Polizeiausweis aus und erkundigte sich, wie lange die OP noch dauern würde. Hartmann und damit auch Cervinus hatten wohl beide unverschämtes Glück: Die Kopfverletzung war wohl schwer, aber nicht lebensbedrohlich und nach dem Nähen der Wunde sollte er recht schnell wieder ansprechbar sein. Cervinus war beruhigt. Das hörte sich nach einer schnellen Klärung des Falles an. Er würde Hartmann, sofort nach dem er aufgewacht war, befragen, wer nun versucht habe, ihn umzubringen – das stand für den Oberkommissar mittlerweile fest – und den Täter noch in dieser Nacht festnehmen. Und Martin Cervinus war sicher, dass die Kollegen Anne Wieland und Steffen Reiter nicht lange suchen mussten, um den Täter in Gewahrsam zu nehmen. Bernd Grüner war ja schließlich noch im Golfclub.

Eine halbe Stunde später wurde das Bett mit dem noch schlummernden Joachim Hartmann aus dem OP-Bereich in den Aufwachraum geschoben. Dahinter erkannte Cervinus den Operateur Prof. Dr. Hans-Werner Schlumberger. Er hatte schon oft mit dem erfahrenen Arzt und Unfall-Chirurgen zu tun. Unfallopfer wurden aufgrund der großen Ambulanz-Station des Licher Krankenhauses relativ oft hierher gebracht.

«Ach, der Herr Cervinus mal wieder! Was macht denn der gute alte Ernst?» Schlumberger meinte damit seinen Medizin-Kollegen Dr. Wiesenholder.

«Tja, der hat es immer noch nicht geschafft, seine Patienten wieder zum Leben zu erwecken», antwortete Cervinus.

«Wenn es einer schafft, dann der Ernst! Sagen Sie ihm einen schönen Gruß, wenn Sie ihn wieder sehen», trug der Arzt mit Nickelbrille und weißem Schnauzbart dem Kommissar auf.

«Mach ich gerne, Herr Professor. Ich bin allerdings froh, dass ich wegen Herrn Hartmann nicht zu Dr. Wiesenholder muss, sondern mit Ihnen vorlieb nehmen darf», lächelte er.

«Tja, der Mann hat wirklich Glück gehabt. Wenn die Fraktur nur wenige Millimeter versetzt gewesen wäre, hätte Ernst sicherlich schon heute Abend zu tun gehabt», antwortete Prof. Schlumberger mit einem fachmännischen Blick über die Brillenränder.

«Wann wird er denn ansprechbar sein?», stellte Cervinus die für ihn aktuell drängendste Frage.

«Ich denke, in einer Stunde wird es soweit sein.» Cervinus überlegte, was bis dahin zu tun sei. Die Antwort darauf hatte er bereits nach wenigen Augenblicken.

«Herr Dr. Schlumberger, würden Sie mir kurz einmal die MRT-Aufnahmen von der Verletzung erläutern?»

«Ja, klar, kommen Sie mit in mein Büro … einen Kaffee? Sie sehen auch nicht mehr besonders frisch aus heute Abend …», bot der Chefarzt dem Polizeibeamten an.

«Gerne, danke Ihnen, der kommt jetzt genau richtig».

118

Im Büro von Prof. Dr. Schlumberger hing, eingerahmt in einen silbernen Bilderrahmen, ein Spruch, der Cervinus immer, wenn er bei dem Chirurgen zu Gast war, zum Lächeln brachte:

„Lächle und sei froh,
es könnte schlimmer kommen!
Und ich lächelte, und war froh,
und es kam schlimmer."

In Sekundenschnelle erschienen die Magnetresonanz-Aufnahmen vom Hinterkopf des Joachim Hartmann auf dem großen LCD-Bildschirm an der Wand.

«Also, wir haben hier einen Haar-Riss im Bereich des unteren Epicranius, also der Schädeldecke. Und hier noch eine kleinere, nur punktförmige Verletzung. Zudem eine schwere Gehirnerschütterung und ein subdurales Hämatom. Die Verletzung hätte schnell zum Tod führen können, wenn …», Prof. Schlumberger deutete mit dem Mauszeiger auf die entsprechende Stelle auf dem Bildschirm,

«… der Bereich des Occipitalis, des unteren Hinterkopfes, getroffen worden und die Einwirkung auf den Schädel mit nur etwas mehr Wucht geschehen wäre. Wie gesagt: das waren nur Millimeter», stellte der Arzt fest.

«Wie sah die Wunde genau aus?», fragte Cervinus nach.

«Nun, es waren wie gesagt zwei Verletzungen. Die Haut war auf einer Breite von rund fünfzig Millimetern aufgeplatzt. Eine weitere, nur circa ein Zentimeter kleine und punktförmige Verletzung hat der Patient hier erlitten, rund vier Zentimeter rechts von der größeren Wunde entfernt.» Wieder deutete der Arzt auf die benannten Stellen auf dem Monitor. Nun erkannte Cervinus es auch.

119

«Das sieht ja aus, als ob Herr Hartmann von einem Golfschläger und von einem Golfball gleichzeitig getroffen wurde?!», mutmaßte er.

«Das ist aber jetzt ziemlich spekulativ, Herr Oberkommissar. Nur aufgrund der ungefähren Ausmaße der Verletzungen kann man das natürlich nicht genau sagen. Sicher, die eine längliche Wunde würde auf ein Eisen passen und die punktförmige Verletzung auf einen Golfball, aber …?!», der Arzt blies zweifelnd die Backen auf.

«Schon, ist aber wahrscheinlich nicht weiter tragisch. Wir werden es ja genau wissen, wenn ich mit Herrn Hartmann gesprochen habe. Von daher gehe ich davon aus, dass wir hier sowieso bald Klarheit über den genauen Hergang haben.» Cervinus war zuversichtlich, zumindest diesen Fall schnell aufklären zu können. Er verabschiedete sich von Prof. Schlumberger und ging zurück zur Station, auf der Hartmann untergebracht war. Er wartete auf dem Flur, von wo aus man tagsüber einen wunderbaren Blick über das historische Fachwerkstädtchen mit dem fürstlichen Schloss, dem markanten Stadtturm und der überregional bekannten Brauerei hatte. Das Gewitter war mittlerweile weitergezogen und es regnete nur noch leicht.

Bald darauf führte eine Krankenschwester den Polizeibeamten in das Aufwachzimmer von Joachim Hartmann. Dessen Kopf war mit einem weißen Netzverband abgedeckt. Hartmanns Augen zuckten etwas, seine Hände bewegten sich leicht. Auf einem Monitor wurden die Vitalfunktionen des Patienten grafisch abgebildet, dazu ertönte ein Piepton in einem gleichmäßigen Rhythmus. Cervinus stellte sich an die Bettseite des einzigen Patienten im Raum.

«Herr Hartmann, ich bin es, Oberkommissar Cervinus. Können Sie mich verstehen?», sagte er leise.

«Ich bin ja nicht schwerhörig …», antwortete Hartmann mit trockener und schwacher Stimme, die Augen noch geschlossen. Das sollte wohl ein Scherz sein, dachte Cervinus.

«Na, auf die Ohren haben Sie ja auch nichts abbekommen», versuchte er den Scherz zu erwidern.

«Herr Hartmann, können Sie mir sagen, was passiert ist?» Es dauerte eine gefühlte Ewigkeit, bis der Patient antworte.

«Ich dachte, … dass Sie mir das sagen wollen. Wo bin ich hier eigentlich?», fragte der Patient. Cervinus stockte.

«Äh, Sie sind hier im Licher Krankenhaus. Wissen Sie denn nicht, was Ihnen passiert ist und wie es dazu kam?» Noch bevor er die Frage ausgesprochen hatte, befürchtete er schon, dass die Antwort Hartmanns darauf unbefriedigend ausfallen würde.

«Ich weiß nur, dass ich eben gerade noch meinen Abschlag rechts in das Rough der Zehn verzogen habe.»

«Der Zehn? Wir haben Sie im Fairway-Bunker neben der vierzehnten Spielbahn gefunden. Wissen Sie das denn nicht mehr?»

«Nun, mein lieber Herr Cervinus, ich befürchte, da muss ich Sie enttäuschen. Aber so, wie ich bis zum zehnten Abschlag gespielt habe, glaube ich nicht, dass ich die Erinnerung an die Löcher danach vermissen werde.»

Martin Benedikt Cervinus vermisste diese dafür umso mehr.

9. Kapitel

«Aber wollen Sie mir denn nicht ein wenig auf die Sprünge helfen und mir sagen, was mit mir passiert ist, Herr Kommissar?» Jetzt erst realisierte Martin Cervinus, dass Joachim Hartmann noch gar keine Ahnung von dem Anschlag auf ihn haben konnte, wenn er bis jetzt bewusstlos war. Zudem hatte er offensichtlich keinerlei Erinnerung an das Geschehene bis zu einer dreiviertel Stunde vor dem Unglück. Der Oberkommissar informierte also Hartmann darüber, dass er vermutlich Opfer eines Anschlags geworden war und über Art und Größe seine Verletzungen. Vorsichtig versuchte der Unfallermittler, mehr über die Umstände zu erfahren, die zu dem Vorfall an diesem Abend geführt hatten.

«Herr Hartmann, ich will Sie natürlich erst einmal zur Ruhe kommen lassen, aber können Sie sich vorstellen, dass es jemand auf Sie … dass jemand nicht gut auf Sie zu sprechen ist? Dass Ihr Verhältnis zu Herrn Grüner nicht das Beste ist, wissen wir ja schon …» Das Unfallopfer ließ seine Augen weiter geschlossen und antwortete langsam und leise. Man konnte ihm deutlich anmerken, dass das Sprechen ihn noch sehr anstrengte.

«Mir ist schon bewusst, dass ich nicht sonderlich beliebt bei einigen Mitarbeitern und Mitgliedern des Golfclubs bin. Das ist das Los desjenigen, der versucht, durch Veränderungen den Fortbestand eines Investments zu sichern. Und mir ist klar, dass neue Ideen selten gerne gesehen werden, erst recht, wenn dadurch Beteiligte selbst verändert werden, ob gewollt oder ungewollt.»

Cervinus dachte an seine unterschiedlichen Stationen innerhalb des Polizeipräsidiums in den letzten Jahren. Auch er *wurde* verändert. Auch ihm gefiel es nicht immer, versetzt zu werden, gerade als er jeweils das Gefühl hatte, eben erst angekommen zu sein. Aber ihm war auch bewusst, dass er diese Veränderungen zu akzeptieren hatte, das war nun mal das Los eines Beamten – und der Preis für eine auskömmliche Pension im Alter, ein vernünftiges Gehalt und den Feiertags- und Nachtzuschlag. Und diesen Nachtzuschlag wollte er sich jetzt erst einmal verdienen.

«Wer wird außer Bernd Grüner denn noch verändert, Herr Hartmann?», fragte er. Wieder dauerte es etwas, bis der antwortete.

«Das kommt darauf an, wer sich verändern möchte. Sie kennen bestimmt den Spruch: love it, change it, leave it …»

«Und wer ist für Sie im Bereich „leave it?», wollte Cervinus es nun konkreter wissen.

«Nun, die Vergrößerung der Platzes auf eine Siebenundzwanzig-Loch-Anlage hat sicherlich Auswirkungen auf die Golfschule, auf das Club-Sekretariat, auf die Greenkeeper. Natürlich auch meine Philosophie eines ökologisch nachhaltigen Platzkonzepts. Das Greenkeeper-Team muss sich da sicherlich am meisten umstellen und dieses scheußlich aggressive Spritzzeug durch neue, umweltfreundliche Innovationen ersetzen. Wer das nicht mitmachen will oder kann, der wird sich von selbst für „leave it" entscheiden.» Dem Oberkommissar kamen bei diesen Worten schlagartig die Worte von Anne Wieland in den Sinn, die ihm vor zwei Stunden im Vorbeigehen zugerufen hatte, dass der Head-Greenkeeper Morton Woodcroft während des Anschlags auf den Mann im Krankenbett nur rund achtzig Meter querab von dem vierzehnten Fairway auf Loch

124

Nummer sieben unterwegs gewesen war. Dieses Par drei lag vom Clubhaus aus betrachtet direkt längs vor der Vierzehn.

In diese Gedanken des Oberkommissars platzte die drahtige Krankenschwester hinein, die Hartmanns Tropf kontrollierte. «Herr Inspektor, für den Patienten wäre Ruhe jetzt sehr wichtig, bitte ...», sagte sie mit strengem Blick und schraubte leicht an der über Hartmann hängenden Infusion. Auch Cervinus reichte das zunächst einmal. Er verabschiedete sich von seinem Gesprächspartner im Krankenbett und verließ das Zimmer.

Als Nächstes rief er Polizeiobermeister Reiter an und bat ihn, Bernd Grüner gehen zu lassen. Der Clubmanager sollte sich allerdings nach wie vor unbedingt in den nächsten Tagen zur Verfügung halten. Mehr ging heute nicht. Mittlerweile war es viertel vor zwölf, für Martin Cervinus war es Zeit, erst einmal nach Hause zu fahren. Doch an Schlaf war für ihn die gesamte Nacht über nicht zu denken. Da er bis zum Sonnenaufgang kein Auge zu tun konnte, dachte er sich, dass er, nach zwei extragroßen schwarzen Kaffee, auch schon um halb acht Uhr morgens ins Polizeipräsidium fahren konnte. Als er fünf Minuten später die Tür seines Büros öffnete, blieb er in Schockstarre im Türrahmen stehen. An dem gewöhnlich verwaisten zweiten Schreibtisch im Büro saß Oberkommissar Tom Keller von der Mordkommission und versuchte offenbar erfolglos, seinen Laptop an das Netzwerk anzuschließen.

«Was ist denn das für'n *Tschund*? Ich schmeiß das Ding gleich aus'm Fenster ...» Neben ihm stand Oberkriminalrat Dr. Erich Mahler, der stellvertretende Polizeipräsident und Chef der Mordkommission. Genau der Mann, dem Cervinus damals während des

Polizei-Cups den Ball weggeschlagen und damit das Turnier ruiniert hatte.

«Guten Morgen Herr Cervinus. Gut, dass Sie schon da sind.» Es waren Dr. Mahlers erste persönliche Worte zu ihm nach über sechs Jahren.

«Ich habe von Herrn Sommer die Information erhalten, dass zu einem zunächst für einen Unfall gehaltenen Todesfall im Lindentaler Golfclub gestern ein Körperverletzungs-Delikt dazu kam. Er meint, die Situation sei nun völlig neu zu bewerten», führte der große, hagere Mann mit eleganter Hornbrille aus. Martin Cervinus hatte tatsächlich gestern Nacht noch eine SMS an seinen Chef Roland Sommer abgesetzt, mit genau dieser Information.

«Das deckt sich mit meiner Einschätzung, Herr Dr. Mahler», bestätigte er daher.

«Dann sind wir uns ja einig. Ich habe aufgrund dessen Herrn Keller angewiesen, Sie bei den Ermittlungen in diesen beiden Fällen zu unterstützen, unter seiner Leitung.»

«Unter seiner was?» Martin war entsetzt.

«Unter seiner Leitung, Herr Cervinus. Das ist keine reguläre Unfall-Ermittlung mehr, da sind Spezialisten gefragt. Keine Angst, Herr Keller wird Ihnen nichts wegnehmen. Das ist ja auch eher *Ihre*, wie soll ich sagen, Kernkompetenz, nicht wahr?!», bemerkte Dr. Mahler augenzwinkernd gegenüber Cervinus.

«Ich wünsche Ihnen beiden einen schnellen Ermittlungserfolg. Guten Tag die Herren», verabschiedete sich Dr. Mahler und entschwand aus dem Büro. Martin wusste genau, was dieser mit „seiner Kernkompetenz des Wegnehmens" meinte. Er hatte es ja geahnt, der Vizepräsident hatte das Vertauschen der Golfbälle beim Polizei-Turnier damals nicht vergessen. Und heute, nach über sechs

Jahren, erhielt Martin scheinbar die Quittung dafür. Oder war es einfach nur ein später, ironischer Seitenhieb? Denn andererseits hatte Dr. Mahler einfach Recht: Der Fall hatte mit dem offensichtlichen Anschlag auf Joachim Hartmann eine neue, düstere Qualität erreicht. Cervinus konnte sich nun nicht mehr vorstellen, dass der Todesfall von Theodor Müller am Montag und der schwer verletzte Eigentümer des Golfclubs von Donnerstag abend nicht zusammenhingen. Das war auch der Grund für seine schlaflose Nacht. Von ein bis vier Uhr morgens verfolgte er die Live-Übertragung des aktuellen PGA-Turniers in den USA, ohne heute Morgen sagen zu können, ob nun Jordan, Phil oder Rory gewonnen hatten. Normalerweise kannte er am nächsten Tag den Score jedes einzelnen Spielers der gesamten Top Ten, aber heute Nacht war er mit seinen Gedanken nicht eine Minute auf dem Platz in Pebble Beach, Kalifornien, sondern ausschließlich in Lindental in Oberhessen.

«*Tschund, Tschund, Tschund*!», rief Tom Keller, mit der Faust auf die Tischplatte schlagend, zu ihm herüber und machte Martin damit unmissverständlich klar, dass er sich nun zumindest nicht mehr allein den Kopf über den Fall zermartern durfte. Der Unfall-Ermittler ging zu dem Schreibtisch, der ab jetzt von Keller belegt war und steckte das Netzwerk-Kabel in die richtige Anschlussbuchse.

«So, jetzt können wir loslegen», stellte er fest.

«Okay, Danke. Der Netzwerk-Scheiß ist echt nicht mein Ding. Eins will ich dir gleich sagen: Ich hab mich für den Fall nicht beworben. Ich habe eigentlich besseres zu tun, als mit dir zu klären, wer von deinen Golf-Freunden einem anderen den Ball an den *Tschäro* drischt.»

«Gut! Dann sind wir ja schon zwei, die sich das hier anders vorgestellt haben. Und übrigens: Es sind keine Freunde von mir, um die es hier geht, okay?!», antwortete Martin trotzig. Er war fast schon wieder dabei, sich klaglos in die neue und ungewollte Konstellation mit dem neuen Kollegen zu fügen – wieder einmal. Aber dieser ungehobelte und arrogante Einstieg Kellers war einfach zuviel. Obwohl die Situation tatsächlich mittlerweile so unübersichtlich für ihn war und er daher grundsätzlich gar nichts dagegen gehabt hätte, dass ein anderer Kollege einen Blick auf den Fall warf, dass aber ausgerechnet Tom Keller dieser Kollege sein sollte, empfand er als eine Zumutung. Auf der anderen Seite hatte Tom einfach das gesagt, was er dachte, das tat er fast immer. Als Kellers Chef Dr. Mahler ihn heute morgen über seinen neuen Einsatzbefehl – und über seinen neuen Kollegen – informierte, war seine Begeisterung ebenso groß wie die von Cervinus. Tom hielt Martin für einen Schreibtisch-Tiger. Einen, der sicherlich schon in Panik verfiel, wenn er seine Dienstwaffe mit scharfer Munition lud. Tom fragte, sich, warum dieser Cervinus nicht beim Finanzamt oder bei der Sparkasse arbeitete. Vielleicht war er ganz ordentlich im Organisieren und im Beschriften von Aktendeckeln, aber Cervinus und Kriminalpolizei, das passte für ihn nicht recht zusammen. Tom Keller hatte es mittlerweile geschafft, sein Notebook hochzufahren.

«Wie auch immer. Was machen wir jetzt?», fragte er.

«Also, dann schildere ich dir wohl jetzt erst einmal den Stand der Ermittlungen ...», begann Cervinus, Keller in den Fall einzuweihen: über den Todesfall vom Montag, den psychisch völlig zusammengebrochenen vermeintlichen Verursacher Thomas Ranft und den Golfball, der bei Müller gefunden wurde und möglicherweise dem Club-Manager Bernd Grüner gehörte. Er fuhr mit dem Bericht über die Nähe Grüners zum Unfall-Fairway zur Tatzeit und dessen

Kündigung durch seinen neuen Chef und Eigentümer der Golfanlage, Joachim R. Hartmann, fort.

«Das Unfallopfer Theodor Müller war mit Joachim Hartmann also bekannt?», fragte Tom Keller nach.

«Ja, durch frühere Immobilien-Projekte. Müller hatte noch nie in Lindental gespielt und daher um die Runde gebeten, hat Hartmann ausgesagt.»

«Und du sagst, dieser Bernd Grüner zeigt sich im Vergleich zu früher stark verändert, kann sein Mietwohnung im Hungener Schloß nicht mehr bezahlen und ist umgezogen. Wohin?» Martin Cervinus schaute in seinem Notizbuch nach.

«Ähm, Troppbacher Weg 123 in Gießen», stellte er fest. Tom Keller grinste:

«*Tigema*! Der wohnt bei uns daheim!» Cervinus wusste sofort, was Keller meinte. Grüners neue Adresse war ein großes Mietshaus mit mindestens dreißig Mietparteien, mitten im Heimatviertel von Tom Keller, der Gießener Weststadt. Dieser setzte sich kerzengerade in seinem Stuhl auf.

«Na, da werde ich mich doch gleich mal umhören, was der da so macht», sagte er und scrollte in dem elektronischen Telefonverzeichnis seines Handys. Martin Cervinus musste in sich hinein lächeln. Wenn einer den neuen Wohnort von Bernd Grüner gut kannte, dann war es Tom Keller. Das konnte sehr nützlich sein, vielleicht erfuhren sie so schnell mehr über das neue Umfeld Grüners. Immerhin, einen Vorteil hatte es also schon einmal, dass der Kollege von der Mordkommission nun bei ihm im Büro saß.

«Aber was macht ein Mann wie Bernd Grüner in der Weststadt? Nichts gegen deine Heimat, Tom, aber es gibt schönere Ecken in

Gießen», fragte Cervinus seinen neuen Partner. Tom Keller nahm es tatsächlich nicht persönlich, sondern überlegte.

«Na ja, wenn es irgendwo in Gießen billige Mietwohnungen gibt, dann dort. Der muss echt Geldprobleme haben. Und dann ist er, wie du berichtest, ausgerechnet auch noch derjenige, der den schwerverletzten Hartmann findet. Dabei hasst er ihn wohl wie die Pest, erst recht nach der Kündigung. Was haben wir noch von ihm?» fragte Keller. Die Antwort darauf fiel Cervinus siedend heiß ein.

«Vielleicht die Fingerabdrücke auf dem Golfball! Mist, daran hatte ich heute morgen noch gar nicht gedacht!» Er sprang zurück zu seinem eigenen Schreibtisch, drückte die Kurzwahltaste des Festnetz-Telefons für die Spurensicherung und wartete.

«Marcus? Guten Morgen! Hier ist Martin. Wie sieht's denn mit Fingerabdrücken auf dem Golfball aus?» Martin Cervinus hörte gespannt zu, bedankte sich flüchtig und legte langsam den Hörer auf. Tom Keller sah interessiert zu ihm herüber.

«Und, was ist?», fragte Tom. Cervinus spitzte nachdenklich die Lippen:

«Der Golfball mit den Blutspuren des verstorbenen Theodor Müller trägt tatsächlich die Fingerabdrücke von Bernd Grüner!» Langsam wurde es eng für den Manager des Golf- und Countryclub Lindental, dachte Martin.

«Er war weniger als sechzig Meter von Theodor Müller am Montag entfernt. Der Golfball, der Müller offensichtlich getroffen hat, trägt seine Fingerabdrücke. Und ausgerechnet Grüner findet seinen Brötchengeber gestern Abend auf der Vierzehn in Lindental. Zudem sieht die Wunde an Hartmanns Hinterkopf so aus, als wäre er mit einem Golfschläger niedergeschlagen worden», fasste er noch einmal für Keller zusammen.

«Okay, Martin, lass mich mal ein bisschen telefonieren, mal sehen, was mit dem *Gaatsch* so los ist», sagte Tom zu seinem Gegenüber, während er einen abgespeicherten Kontakt in seinem Mobiltelefon aufrief und die Wähltaste drückte.

«Hey, Eddie, was *naascht*? *Tigema*, hast du mal was von einem Bernd Grüner gehört? Wohnt bei uns seit ein paar Wochen in de *Fore*.

…

Ja?! Aha, der *Ballemoss*, und was sagt die? Aha, von de *Moss verbuhlt* worn'?! ... hat *Kaijeff*? Bei wem? Beim *Bangomuij*!? Oh, das ist nicht gut!

…

Das ist mir klar, dass der dann schon die *Kur* gekriegt hat.

…

Was? Sogar sein *Wording* versetzt? Dann ist er ja wirklich *unterkünftig*.

…

Hier, *latscho* hast was *gewant* bei mir, *Rackelo*!»

Martin Benedikt Cervinus war zwar mittlerweile seit fast achtzehn Jahren Polizeibeamter in Gießen, aber selbst er hatte kaum ein Wort von dem verstanden, was Tom Keller gerade besprochen hatte. Dieser wusste das natürlich und begann, sobald er aufgelegt hatte, zu übersetzen: Er rief einen Bekannten an, der einen kannte, der eine Friseurin hatte und diese wiederum hatte gehört, dass Bernd Grüner von seiner Frau betrogen worden war. Doch nicht der Gehörnte hatte seine Frau aus der gemeinsamen Wohnung im Hungener Schloss geworfen, sondern sie ihn. Da sie nicht arbeitete, musste er die fünf Zimmer seiner Frau und auch noch seine eigene neue Unterkunft in der Weststadt bezahlen. Grüner sah sich wohl gezwungen, sich bei berühmt-berüchtigten Größen des Viertels, unter anderem bei einem Mann mit dem Spitznamen „Hasenscharte" Geld zu leihen. Er konnte nicht fristgemäß zurückzahlen und hatte dann durch die Geldeintreiber des ehrenwerten örtlichen Pfandleihers mehrmals Prügel bezogen. Sogar sein Auto hatte er schon versetzt.

«Also, wenn du mich fragst, Martin, dann ist der Grüner am Ende. Der hat nichts mehr zu verlieren», schloss Keller aus dem eben Gehörten.

«Und jetzt hat er auch noch die Kündigung bekommen», ergänzte Cervinus.

«Und ... was machen wir jetzt?», fragte Martin ratlos.

«Ganz einfach, wir holen uns jetzt diesen Herrn Clubmanager», antwortete Tom Keller.

Zehn Minuten später standen Cervinus und sein fast zwanzig Zentimeter größerer Kollege vor der zerschrammten Eingangstür des grauen Wohnsilos in der Troppbacher Straße. Über einigen Fenstern des siebenstöckigen Gebäudes waren verrußte Stellen zu erkennen, die auf den ein oder anderen Wohnungsbrand hinwiesen. Ein Klingelschild mit dem Namen „Grüner" war nicht unter den zweiunddreißig vergilbten Knöpfen zu erkennen. Während Martin überlegte, wo er nun klingen sollte, drückte Tom alle Tasten gleichzeitig. Er dröhnte in die Sprechanlage:

«Aufmachen, Polizei!»

«Dritte Tür links im vierten Stock» ertönte wenig später die Stimme von Bernd Grüner. Der Unfall-Ermittler war verblüfft.

«Woher wusstest du, dass nur Grüner antworten würde, Tom?»

«Ganz einfach: Niemand antwortet hier der Polizei. Hier denkt jeder außer dem neuen Mieter Bernd Grüner: Wenn die Bullen reinwollen, sollen sie doch die Tür aufbrechen.» Martin Benedikt Cervinus sah seinem Kollegen mit einem flüchtigen Blick des Respekts hinterher, Keller war da schon auf dem Weg in den vierten Stock.

Die dritte Tür links stand auf, als die beiden Polizeibeamten Grüners Wohnung erreichten.

«Kommen Sie rein», erklang tonlos dessen Stimme. Cervinus und Keller traten ein und sahen Bernd Grüner in dem Raum, der wohl vom Architekten als Wohnzimmer geplant worden war, auf einem einfachen Holzstuhl vor einem alten Küchentisch sitzen. Die Oberfläche des Tischs bestand aus dem Material, das Martin Cervinus noch vom Küchentisch seiner Oma vor dreißig Jahren kannte: Spanplatte mit grau kariertem Resopal-Überzug. Auf dem Tisch stand als einziger Gegenstand ein Laptop. Ansonsten war der Raum völlig leer. Keine Pokale aus Grüners siegreichen Zeiten. Keine Familienfotos oder Bilder. Kein Regal, kein Fernseher. Nichts. Allerdings roch Cervinus den frischen, klinisch-weißen Anstrich der Wände. Grüner stand von seinem Couch-Ersatz auf, als die beiden Ermittler das Zimmer betraten.

«Entschuldigen Sie, dass ich Ihnen noch keine Sitzgelegenheit anbieten kann, aber meine Möbel habe ich … sie sind noch mit dem Möbelwagen unterwegs», sagte Grüner zur Begrüßung. Keller ging an dem überraschten Bewohner vorbei, stellte sich vor das Notebook von Grüner und blickte diesen, während er ihm seinen Polizeiausweis zeigte, nicht eine Sekunde an. Statt dessen betrachtete er den Bildschirm des noch aufgeklappten Computers. Das Display zeigte die Internet-Seite eines Sportwetten-Anbieters. Auf der Anzeige des Wett-Konto-Guthabens konnte der Kriminalkommissar den Wert „1,35 Euro" ablesen.

«Na, läuft doch für Sie, Herr Grüner. Ich bin Oberkommissar Keller von der Mordkommission. Meinen Kollegen kennen Sie ja schon», stellte er sich seinem Gastgeber vor. Dieser machte ein säuerliches Gesicht und klappte mit einer überharten Bewegung das Notebook zu.

«Was kann ich für Sie tun? Sie kommen bestimmt nicht zum Kaffeetrinken?», entgegnete der schwarz gelockte Mann mit den dunklen, tiefen Augenringen.

«Nein, Herr Grüner, in der Tat nicht. Wir haben schlechte Neuigkeiten für Sie.» Cervinus war von dem Zustand Grüners geradezu erschüttert und sprach diesen wohl daher viel zu leise und vorsichtig an.

«Wobei, es dürfte keine Neuigkeit für Sie sein, dass es für Sie so langsam eng wird, enger als der Ausgang des Fußballspiels, den Sie falsch getippt haben!» Keller wies auf den geschlossenen Laptop auf dem Tisch.

«Ich kann Ihnen nicht folgen, meine Herren», antwortete Grüner mit ausdruckslosem Blick.

«Oh, da kann ich Ihnen behilflich sein. Sie wissen, dass der Golfball, der Theodor Müller traf, Ihrer ist? Natürlich wissen Sie das. Sorry, rein rhetorische Frage.» Keller nahm in seinem Verhör langsam Fahrt auf.

«Nein, das weiß ich nicht und ich glaube es auch nicht», reagierte Grüner genervt.

«Ach Herr Grüner, Sie enttäuschen mich. Ich habe Sie immer für einen aufrichtigen Ehrenmann gehalten. Wir haben Ihre

Fingerabdrücke auf dem Golfball gefunden. Hören Sie auf, uns veräppeln zu wollen», mischte sich Cervinus ein.

«Sie wollen damit sagen, meine Herren, dass Sie ernsthaft glauben, ich hätte etwas mit dem tragischen Tod von Herrn Müller zu tun? Was meinen Sie? Sie denken doch nicht wirklich, ich hätte den Mann aus einer Entfernung von mehr als zweihundertfünfzig Metern umgebracht? Entschuldigung, aber ...» Grüner lachte trocken auf.

«Nicht aus einer Entfernung von zweihundertfünfzig Metern. Das traue ich selbst Ihnen nicht zu. Aber aus fünfundfünfzig Metern sehr wohl. Wie viele Karriere-Asse haben Sie geschlagen? Elf?». Martin Cervinus glaubte schon, sich Bernd Grüner zurechtlegen zu können.

«Es waren zwölf in Turnieren. Inklusive der Privatrunden sind es einundzwanzig Asse», verbesserte ihn der Club-Manager nicht ohne den Anflug von Stolz.

«Danke für Ihre Ehrlichkeit, Herr Grüner. Wäre allerdings schön gewesen, Sie wären immer so ehrlich zu mir. Sie haben mich nämlich am Montag angelogen. Sie waren nämlich gar nicht so weit weg, wie Sie sagten, sondern eben nur fünfundfünfzig Meter von Theodor Müller entfernt.» Cervinus riss langsam der ansonsten sehr, sehr lange Geduldsfaden. Bernd Grüner blieb merkwürdig gelassen. Tom Keller trat nahe an ihn heran und sah ihm in die dunklen Augen.

«Sie sind pleite, Herr Grüner, Sie haben Ihr Leben nicht mehr im Griff und sind für einen normalen Job nicht mehr zu gebrauchen. Als Konsequenz erhalten Sie von Joachim Hartmann die Kündigung. Ihnen brennen die Sicherungen durch, Sie stellen sich auf die sechste Spielbahn und meinen, Hartmann mit einem Ass abgeknallt zu haben. Nur leider haben Sie nicht ihn getroffen, sondern den armen Theodor Müller.» Bernd Grüner atmete hörbar tief ein und wieder aus und richtete seinen Blick auf Kellers Kollegen.

«Herr Cervinus, ich bitte Sie. Ich habe Sie als sehr gewissenhaften und ordentlich arbeitenden Polizisten kennen gelernt. Als Golfer sind Sie vielleicht etwas zu verkrampft, aber sicherlich sehr akkurat. Das kann man von Ihrem Kollegen nicht gerade behaupten …» Als Tom Keller das hörte, schwoll seine Halsschlagader auf Feuerwehrschlauch-Dicke an.

«Sie haben doch bestimmt am Montag notiert, dass ich sagte, dass ich zwar auch auf dem Platz, aber keinesfalls in Reichweite zu dem Unfallort war», behauptete Grüner in einem belehrenden Tonfall.

«Ja, das weiß ich, aber …», unterbrach Cervinus ihn.

«Schön, dann sagen Sie das doch auch Ihrem Kollegen. Und ich sagte Ihnen doch auch, dass ich mit dem Hartmann, kurz bevor der Unfall passierte, telefoniert habe und dass er mich nach meinem Aufenthaltsort fragte. Das haben Sie sich doch auch notiert, oder nicht?!», behauptete Grüner ungeduldig.

«Doch, aber er sagte, Sie hätten ihm erklärt, dass Sie zu diesem Zeitpunkt genau auf der Mitte des sechsten Fairways waren. Exakt gegenüber des Tatorts», wand Cervinus ein.

«Ach, und das glauben Sie ihm so einfach?! Ich schwöre Ihnen: Ich sagte ihm, dass ich gerade auf der Sieben aufgeteet hatte, so wahr ich hier stehe.»

«Passen Sie auf, was Sie sagen, Herr Grüner, das kann vor Gericht teuer werden!» Tom Keller war kurz davor, die Geduld zu verlieren.

«Sie haben Recht, Herr Kommissar. Deshalb sage ich jetzt gar nichts mehr ohne meinen Anwalt. Sie haben nichts gegen mich in der Hand! Und ich werde einen Weg finden, um meine Unschuld zu beweisen!» schrie Grüner durch die leere Wohnung, so laut, dass es durch alle Zimmer hallte.

«Okay, Herr Grüner, wenn Sie uns verraten, wer außer Ihnen Herrn Hartmann gestern Abend auf einem ansonsten menschenleeren Golfplatz angegriffen haben soll, lassen wir Sie in Ruhe. Solange das nicht der Fall ist, halten Sie sich zu unserer Verfügung, klar?!», versuchte Cervinus das Heft wieder in die Hand zu nehmen. Doch Grüner verweigerte jede weitere Aussage. Die beiden Kommissare erkannten, dass eine weitere Befragung derzeit keinen Sinn machte, verabschiedeten sich grußlos von ihm und verließen die möbelfreie Wohnung. Im Treppenhaus schlug Keller mit der Faust so sehr auf den Lauf des Treppengeländers, dass die gesamte Metallkonstruktion vom Keller bis zum siebten Stock erbebte.

«Sag mal, hast du sie noch alle? Warum lässt du dich so von dem *Dinnelo* einwickeln?», herrschte Tom Martin an, noch bevor sie das Treppenhaus verlassen hatten.

«Weil wir nichts gegen ihn in der Hand haben! Was willst du machen? Ihm eine reinhauen? Außerdem glaube ich ihm. Und ich habe das Gefühl, dass er es nicht war.»

«Ach so, du glaubst ihm. Und dem Hartmann, der mit einem eingeschlagenen Schädel in der Klinik liegt, nicht? Na, dann ist ja gut», antwortete Tom übertrieben verständnisvoll und schüttelte den Kopf.

10. Kapitel

«Vielleicht hat Hartmann Grüner aber auch einfach nur missverstanden oder hat sich verhört. Warum sollte er mir da etwas Falsches erzählen? Er stand sicherlich noch unter Schock. Immerhin ist am Montag ein Mensch direkt neben ihm tot zusammengebrochen. Und ich habe ja schon am nächsten Tag mit ihm die Golf-Runde gespielt», wunderte sich Cervinus.

«Und was ist jetzt mit den Fingerabdrücken von Grüner auf dem Golfball, der zum Tod von Müller geführt hat?», fragte Keller nach.

«Das habe ich ja schon die ganze Zeit gesagt, dass das nichts heißen muss. Ranft konnte genauso gut ein falschen Ball gespielt haben.»

«Was meinst du damit – falscher Ball?», fragte Tom.

«Na, er konnte seinen eigenen Ball mit diesem verwechselt haben. Mir ist das auch schon einmal passiert, dass ich einen anderen Ball auf der Runde gefunden hatte, dachte, es wäre meiner und den dann fälschlicherweise weiter gespielt habe.»

Martin Cervinus musste wieder an dieses unglückselige Turnier mit Dr. Mahler denken. Das Ergebnis daraus saß wohl gerade neben ihm. Und genau dem, seinem neuen Chef-Ermittler, musste er nun jedes noch so einfache Detail über den Golfsport erklären. Für Cervinus war es eine Farce. Eigentlich hätte er sich darüber freuen müssen, dass Keller sich durch seine Unwissenheit bei Bernd Grüner fast bis auf die Knochen blamiert hätte. Aber das tat er nicht, die Lösung der mysteriösen Fälle ging jetzt vor.

Keller bewegte seinen breiten Rücken in dem für ihn zu engen Beifahrersitz hin und her. Die Juni-Wärme war schon deutlich zu spüren. Eine Klimaanlage hatte das Auto nicht.

«Bisschen eng die Sitze … komm, lass uns fahren», bat er Martin darum, den Motor zu starten.

«Was machen wir jetzt? Ehrlich gesagt bin ich ein bisschen ratlos», blickte Cervinus in das gebräunte Gesicht seines Kollegen.

«Solange Grüner uns das Gegenteil nicht beweisen kann, bleibt er ein ganz heißen Kandidat. Zumindest für den Anschlag auf Hartmann. Ich muss aber wohl erst einmal alle Beteiligten kennenlernen. Da du seit Montag nicht mehr mit dem Unglücks-Schützen, diesem Herrn Ranft, gesprochen hast, macht es sowieso Sinn, dass wir beide jetzt nochmal mit ihm reden. Dann kann ich ihn kennenlernen. Fahr schon mal los in seine Richtung, ich ruf den an. Mal sehen, ob wir jetzt gleich vorbei kommen können.» Tom Keller zückte sein Mobiltelefon. Thomas Ranft, der Referent von Joachim Hartmann und mutmaßlicher Unglücksschütze, wohnte in dem Dorf Hattenrod bei Reiskirchen. Von Gießen aus waren es mindestens zwanzig Minuten. Keller erreichte Ranft sofort und fragte ihn, ob er und Cervinus bei ihm vorbeikommen könnten. Ranft stimmte zu.

«Martin, halt an! Ich fahre. Wir müssen uns beeilen – und das kannst du nicht», wies Keller Cervinus an, nur eine Minute, nachdem er das Telefonat mit Ranft beendet hatte. Martin war überrascht und beachtete weiter die Tempo-dreißig-Geschwindigkeitsbegrenzung der Rodheimer Straße.

«Warum müssen wir uns beeilen, der läuft uns doch jetzt nicht weg?»

«Quatsch nicht, halt an!», herrschte Tom seinen Kollegen an. Der tat ihm widerwillig den Gefallen und fuhr mitten auf der Gießener

Lahnbrücke rechts ran. Keller sprang aus seinem Sitz, spurtete um das Auto herum und zerrte Martin vom Fahrersitz.

«Komm, mach hin, es ist mir echt Ernst!», trieb er nochmals Cervinus an. Dieser hatte keine Ahnung, was in Keller gefahren war. Jetzt war er in seinem eigenen Auto Beifahrer, noch dazu von dem, der im Präsidium dafür bekannt war, schon sportlich zu fahren, wenn er Zeit hatte. Und jetzt schien er überhaupt keine zu haben. Tom Keller gab dem Auto die Sporen. Er drehte das Cabrio mitten auf der Kreuzung vor der großen Einkaufsgalerie Neustädter Tor und raste mit Vollgas zurück in Richtung Weststadt und Autobahn-Auffahrt.

«Sag mal, was ist denn los, Tom? Hab ich was verpasst? Warum hast du's so eilig?», rief Cervinus seinem Kollegen durch das Dröhnen des fünfzehn Jahre alten Turbos zu.

«Ich habe keine Ahnung!», antwortete der, während er mit Tempo hundert die Autobahnauffahrt nahm. Cervinus hatte noch nicht einmal Zeit, sich auszumalen, wie sie im nächsten Augenblick aus der Kurve geschleudert würden, so sehr überlegte er, was Keller damit meinte.

«Ich habe nur so ein Scheiß-Gefühl. Und das trügt selten bei mir. Halt mal das Blaulicht auf dem Armaturenbrett fest, auf deinem Dach hält es ja wohl nicht!», versuchte Tom Keller, seine unerklärlichen Empfindungen zu erläutern. Martin Cervinus krallte sich indes am Griff der Beifahrertür fest. Wie gerne wäre er jetzt Beifahrer im E-Cart bei Polizeimeisterin Anne Wieland gewesen. In den nächsten zehn Minuten versuchte Tom Keller seinem Kollegen, dem mittlerweile jede Gesichtsfarbe abhanden gekommen war, zu erklären, was ihn dazu antrieb, die Festigkeit des Cabrio-Verdecks bei Tempo hundertachtzig zu testen. Und das auf der nicht besonders breiten und sehr kurvigen Landstraße von Reiskirchen nach Hattenrod. Thomas Ranft hatte sich schlicht und einfach seltsam angehört, als Tom sich bei ihm telefonisch als Kommissar der Mordkommission vorgestellt hatte. Obwohl Keller den Unfallbeteiligten vom Montag noch gar nicht kannte und gerade eben nur ein paar Minuten mit ihm telefoniert hatte, stieg eine undefinierbare Panik in ihm auf. Auf den folgenden Kilometern schien Tom den Elchtest bei doppelter Geschwindigkeit wiederholen zu wollen.

Nach nicht einmal acht Minuten blockierte das ABS-System des schwedischen Gefährts vor Ranfts Doppelhaushälfte in der kleinen Neubausiedlung von Hattenrod. Keller stürzte aus dem Auto, ohne die Fahrertür zu schließen und klingelte sofort Sturm. Niemand öffnete.

«Hinten rum, in den Garten!», rief Keller Cervinus zu, noch bevor dieser die Haustür erreicht hatte. Jetzt spürte auch Martin eine dumpfe Spannung in sich aufsteigen. Tom Keller war da schon an der Terrassentür auf der Rückseite des Hauses angekommen. Beide versuchten durch die Vorhänge zu erkennen, ob jemand im Haus war. Noch ehe Martin Cervinus sagen konnte, dass er meinte, durch die Fensterscheibe Ranft auf der Couch schlafend liegen zu sehen, hörte er seinen Kollegen schreien.

«Martin, weg da, ich schieße!» Mit einem lauten Knall und einem fast genauso lauten Bersten des Glases zersprang die Terrassentür und machte den Weg ins Innere des Hauses frei. Keller und Cervinus stürmten hinein. Vor ihnen lag Thomas Ranft, halb auf der Couch, halb auf dem Boden und röchelte. Über ihm an der Wand hing ein Fotoportrait mit seiner Frau und seinen beiden kleinen Kindern. Vor ihm stand der Wohnzimmertisch voll mit halbleeren Schnapsflaschen und Medikamenten-Packungen. Die Silberfolien der Tabletten lagen wild auf dem gesamten Wohnzimmer-Laminat verteilt. Tom umklammerte den Oberkörper des leichenblassen Ranft mit einem Arm und zerrte ihn hinüber in die Gästetoilette. Cervinus hatte Mühe, hinterher zu kommen. Ranft röchelte immer stärker und atmete schwer. Tom hielt dem nahezu bewusstlosen Mann den Kopf über das Klo und steckte ihm zwei Finger tief in den Rachen, worauf sich Thomas Ranft sofort in die Toiletten-Schüssel übergab.

«Martin, Notarzt, schnell!» Erst in diesem Augenblick fing Cervinus Hirn nach einer gefühlten Ewigkeit an, wieder normal zu funktionieren. Blitzschnell drückte er die Notruftaste seines Handys und bestellte den Rettungsdienst.

«Hmm, Hchh, wer sind Sie?!» Thomas Ranft kam nach zwei Minuten wieder zu sich.

«Ihr Schutzengel. Sorry, meine Flügel hab ich heute morgen vergessen. Ruhig atmen, ganz ruhig … alles ist in Ordnung», sprach Tom Keller gelassen und betont entspannt zu ihm. Nun erblickte der Gerettete das zweite Gesicht vor ihm.

«Sie sind der Polizist von Montag, nicht wahr?» Ranft erkannte Cervinus wieder.

«Ja, der bin ich. Und ich hatte Ihnen zwar gesagt, Sie sollen zur Ruhe kommen. Aber doch nicht so!», erwiderte der leise. Ranft starrte an den Köpfen der beiden Ermittler vorbei.

«Sie hätten sich nicht so beeilen müssen. Es wäre besser so gewesen. Ich kann doch mit dieser Schuld nicht weiterleben. Wenn ich nicht gewesen wäre … hätte ich ihn nicht erreicht, ihn nicht

143

eingeladen … nicht abgeschlagen, als die beiden … Scheiße …»
Ranft rannen Tränen über die gelblich blassen Wangen.

«Aber wenn es überhaupt so war, dann war es reiner Zufall, ein Unfall eben. Theodor Müller hätte früher oder später sowieso mit Ihnen gespielt. Er war es doch, der mit Ihnen in Lindental eine Runde gehen wollte», versuchte Cervinus ihn zu beruhigen.

«Aber wir haben ihn doch eingeladen … mein Chef wollte ihm eine ganz besondere Freude machen. Müller schwärmte doch die ganze Zeit von Lindental. Von dem Kurs, der bald von der europäischen Profi-Tour gespielt wird. Hartmann wollte ihm unbedingt die Ehre erweisen, den Platz persönlich vorzustellen.» Martin verstand nicht ganz und hätte am liebsten sofort seine Notizen geprüft. In diesem Moment klingelte es an der Haustür. Keller machte auf und ließ den Notarzt und die Rettungs-Assistentin herein. Die hatten den Mann, der gerade versucht hatte, sich das Leben zu nehmen, in Windeseile aus dem Haus und in den Krankenwagen gebracht. Tom und Martin blieben zurück und sahen dem mit Blaulicht und Martinshorn davonbrausenden Transporter hinterher.

«Wir müssen das hier aufklären. Das sind wir ihm schuldig», erklärte Tom Keller und meinte den Patient im Rettungswagen.

«Und Theodor Müller. Der hatte nämlich keinen Schutzengel in Jeans und Muscle-Shirt», fügte Martin Cervinus hinzu. Tom Keller entging dieser Anflug von Anerkennung nicht.

Auch wenn Tom erstmal mächtig „*Budlack*" anmeldete und auch Martin spürte, dass er seit Stunden nichts mehr gegessen hatte, fuhren sie nur schnell durch das Drive-In des nächst gelegenen Fast-Food-Restaurants und aßen die Pommes und die Cheeseburger während der Fahrt zurück ins Präsidium. Dort angekommen, klärten sie die weitere Vorgehensweise.

«Viel haben wir noch nicht über Theodor Müller, oder?» fragte Tom seinen neuen Kollegen. Dieser informierte ihn über das bisher Bekannte: Müller war ledig und kinderlos, wohnte in Offenbach, war von Beruf Geologe und Gutachter im Grundstückswesen. Er hatte insbesondere für die Bundesimmobilien-Agentur und dabei auch ein paar Mal mit Joachim Hartmann zusammengearbeitet. Daher wohl auch das fatale Treffen mit dem neuen Eigner des Golfclubs.

«Okay, dann werde ich bei meinem Kumpel Fred Elsässer von der Offenbacher Kripo anrufen. Der soll uns mal die Polizeiakte und den ganzen üblichen Kram über Müller rübermailen», kündigte Tom an. Martin blätterte sein Notizbuch durch.

«Übrigens ist es so, wie ich es noch in Erinnerung hatte: Hartmann sagte mir, dass Müller sich quasi selbst eingeladen hatte», ergänzte er und sah seinen Kollegen an. Tom Keller hatte seine Füße auf dem Schreibtisch abgelegt und blickte skeptisch herüber.

«Macht das einen Unterschied?»

«Wahrscheinlich nicht», befand Martin, der währenddessen im Büro auf und ab tigerte und dabei seine Notizen studierte. Ihm fiel dabei eine weitere Möglichkeit ein, mehr über das Todesopfer zu erfahren.

«Gut, wenn du bei den Kollegen der Kripo anrufst, erkundige ich mich mal beim Offenbacher Golfclub. Da war Müller nämlich Mitglied.»

Einige Telefonate und zwei Stunden später tauschten die beiden ihre Erkenntnisse aus.

«Nichts. Gar nichts. Nicht mal ein Strafzettel wegen falsch Parken. Seine Polizeiakte ist leer wie mein Konto am Neunundzwanzigsten. Und weißt du was, Martin? Beruflich ist das beim Müller wohl ähnlich gewesen. Ich hab' nämlich auch bei der Bundes-Immobilienverwaltung angerufen. Für die hat er wohl ziemlich viele Gutachten erstellt, aber: immer super-sauber. Die haben mir den Müller als absolut kompetenten, verlässlichen und sehr genauen Gutachter beschrieben. Ist auch nie auf irgendwelche Deals eingegangen oder hat sich in die eine oder andere Richtung bewegen lassen. So wie ich das raus gehört habe, war er denen sogar zu pedantisch. Die wollen ja auch ihre Grundstücke und Gebäude schnell auf den Markt bringen und loswerden.»

«Und wenn dann so ein Tausendprozentiger daher kommt, der in jedem verstopften Abfluss-Kanal einer alten Bundeswehr-Kaserne eine Gefährdung für das Grundwasser sieht, dann wird er denen eher auf die Nerven gegangen sein», ergänzte Cervinus.

«Und, Tom, was soll ich sagen: so, wie Müller im restlichen Leben war, so war er wohl auch als Golfer: Immer korrekt, immer höflich, aber auch pedantisch bei der Befolgung der Golfregeln. Ganz typisch!» Er sah Theodor Müller als eindrucksvollen Beleg für die weit verbreitete These, dass Menschen auf dem Golfplatz genau so sind, wie im normalen Leben auch. Oder sie zeigten zumindest beim Golfspiel ihr wahres Ich, auch wenn sie es in anderen Lebenssituationen noch so gut verbergen konnten.

«Früher oder später kommt auf den Fairways und Grüns der wahre Charakter des Spielers zum Vorschein!», behauptete er.

«Aha. Und wie wäre ich dann deiner Meinung nach als Golfer?», fragte Tom Keller spitzbübisch grinsend.

«Du wärst sicherlich auch ein absolut ehrlicher Spieler. Ich gehe mal davon aus, dass du regelmäßig den „*Longest Drive*" abräumen würdest, aber genauso oft deine Schläger, wenn's mal nicht läuft, in den Teich schmeißt. Aber du hättest einen großen Vorteil auf dem Golfplatz: es würde keinem auffallen, wenn du fluchst, weil kaum einer Manisch versteht!», lachte Martin.

«Ja, kann sein. Aber so schnell wirst du mich nicht dazu bekommen, Golf zu spielen. Ich treibe lieber Sport», antwortete der große, muskulöse Kollege. Tom sah sofort, dass Martin es überhaupt nicht mochte, wenn er das Golfspiel nicht als Sportart Ernst nahm.

«Ja, das war ja klar, das musste ja kommen. Was meinst du denn, lieber Tom, wie viel Kalorien du in einer Stunde beim Golfen verbrennst? Ich sag's dir: es sind über vierhundert! Klar, beim Fußball sind es mit sechshundert noch ein bisschen mehr und beim Joggen sind's achthundert, aber du spielst ja bei achtzehn Loch auch vier bis fünf Stunden und nicht nur neunzig Minuten.»

Auch wenn er es nicht zugeben wollte: Dieser Vergleich beeindruckte Keller schon. Er zog allerdings schon immer die Ruderpaddel jedem anderen Sportgerät vor. Schon als kleiner Junge war er im Boot auf der Lahn unterwegs gewesen. Für die Bewohner der Weststadt war der direkt angrenzende mittelhessische Fluss das natürlichste Freizeit- und Sportgebiet. Er war gerade wieder deutscher Vize-Meister im Zweier geworden und trainierte mittlerweile die Jugendlichen des Gießener Ruderclubs. In der folgenden Woche stand die Europa-Meisterschaft der U 16-Ruderer in Oxford an, und Tom Keller war mit seiner Mannschaft dabei.

«Gut, Martin. Dann machen wir das so: Ich komme mal mit dir auf den Golfplatz, Spielen. Und du steigst mal zu mir in den Zweier, da machen wir dann Sport!»

Cervinus nahm das Angebot gerne an.

«Aber was wir zu aller erst machen sollten, ist auf unsere Zusammenarbeit anzustoßen. Wie sieht's aus: morgen Abend im „Loftikus"?», bot Tom Keller Martin Cervinus an.

«Geht klar! Samstag passt, Tom», willigte der ein. Nach diesem holprigen Start der Zusammenarbeit hielt er es tatsächlich für das Beste, im Verhältnis zu Tom die Reset-Taste zu drücken. Schließlich kamen sie nicht darum herum, nun zusammenzuarbeiten. Da war so ein gemeinsamer Kneipenabend vielleicht genau das Richtige.

«Sehr gut. Da werden wir mal schön Einen *schwächen*!», sagte Tom und verabschiedete sich, es war mittlerweile fünf Uhr nachmittags, ins Wochenende.

11. Kapitel

Martin Cervinus las noch die letzten Mails, darunter die Nachricht, dass Thomas Ranft in das Psychatrische Krankenhaus der Justus-Liebig-Universität in Gießen eingeliefert worden war. Die behandelnden Ärzte hielten weitere Befragungen medizinisch für nicht vertretbar, voraussichtlich für die nächsten drei Wochen. Weitere Informationen waren von Ranft in naher Zukunft also nicht zu bekommen. Nach diesem sehr ereignisreichen Tag wollte Martin nur noch eines, hinaus auf den Golfplatz und ein paar Löcher in der Abendsonne mit einem Golf-Freund gehen, den er seit über fünf Jahren nicht mehr gesehen hatte: Richard Steiner.

Eine Stunde später betrat er das Clubhaus, um sich im Sekretariat für die Runde anzumelden. Melinda Riedmüller stand am Faxgerät und drehte ihm den Rücken zu.

«Das macht fünfundsechzig Euro, Herr Cervinus!», sagte sie, ohne sich umzudrehen.

«Ähm, auch wenn ich mich wieder im Club zum nächsten Monat anmelde?»

«Für Sie – ja!»

«Okay …», seufzte Cervinus und zückte seine Brieftasche.

«Nehmen Sie ec-Karte?» Endlich drehte sich Melinda um und nahm wortlos die Scheckkarte vom Tresen. Cervinus war verwundert. Er hatte das Gefühl, als ob sie ihn wie einen behandelte, der Bälle von der Driving Range geklaut hatte. Und das betrübte ihn sehr. Er hatte sich so gefreut, sie wieder zu sehen. Vor allem hatte er sich darauf gefreut, sie heute vielleicht zum ersten Mal lächeln zu sehen.

«Habe ich irgend etwas falsch gemacht, Frau Riedmüller?» Sie schaute ihn immer noch nicht an, sondern feuerte die Karte in das Lesegerät. Ihre Finger zitterten vor Aufregung.

«Nein, Herr Kommissar. Nichts haben Sie falsch gemacht. Leute wie Sie machen ja keine Fehler. Fehler machen für Sie immer nur andere …»

«Wie, ähm, wie meinen Sie das?», fragte er erstaunt. Nun blickte sie ihn an. Ihre grünen Augen, die Martin wie zwei leuchtende Jadesteinchen erschienen, fixierten ihn voller Wut und Aufregung.

«Sie glauben wirklich, Sie hätten die Weisheit gepachtet oder? Sie denken: Oha, der Grüner war auch auf dem Platz. Er mag den Hartmann nicht. Dann hat er bestimmt versucht, ihn abzuknallen! Und weil er beim ersten Mal nicht den Richtigen getroffen hat, versucht er's einfach drei Tage später nochmal?! Genau das denken Sie doch!!!», platzte es aus ihr heraus.

«Ich … ähm … nein, das ist …» stammelte Martin wie ein kleiner Schuljunge. Er fühlte sich, als ob er gerade eine schallende Ohrfeige gefangen hätte, ohne irgendeine Ahnung, wofür.

«Ich will Ihnen mal was sagen: Bernd Grüner könnte nicht mal einer Fliege etwas zu Leide tun. Sie kennen ihn doch auch von früher?! Aber wahrscheinlich denken Sie nur daran, schnell irgendeinen Täter aus dem Hut zu zaubern und den Fall abschließen zu können. Warum verdächtigen Sie nicht gleich Joachim? Wäre doch noch viel einfacher für Sie, schließlich stand er bei Herrn Müller, als er … und wie praktisch für Sie, er kann sich im Krankenhaus nicht mal gegen Sie wehren! Wissen Sie, was Sie sind? Sie sind ein Spinner!»

Tränen liefen ihr über die vor Wut roten Wangen. Sie knallte die Bankkarte zurück auf den Tresen und drehte sich wieder zum Faxgerät um.

«Ein schönes Spiel, Herr Kommissar!», sagte sie leise, die Tränen hatten ihre Stimme bereits erstickt.

Wortlos betrat Cervinus die Club-Terrasse. Selten hatte er sich so mies gefühlt. Natürlich hatte Melinda Riedmüller komplett übertrieben und Martin konnte sich nichts vorwerfen. Die Frage für ihn war eher die, warum Melinda so emotional reagiert hatte. Und er merkte, dass es ihm überhaupt nichts ausmachte, dass sie ihn „Spinner" nannte. Diese Frau durfte ihm alles an den Kopf knallen. Er hätte sie gerne nur einmal lächeln gesehen.

Beim Überqueren des Weges zur Driving Range sah er auf dem Übungs-Grün Morton Woodcroft, den Chef der Platzpfleger. Dieser überwachte gerade das Stechen von neuen Löchern auf der Übungsanlage für das Training mit dem Putter. Sein Mitarbeiter Bill war dabei, mit einem langstieligen Gerät die runden Grassoden auszustechen, die Kunststoff-Locheinsätze einzulegen und schließlich die Loch-Innenwände mittels eines weiteren Spezialgeräts mit weißer Farbe zu streichen. Cervinus hatte sich zwar vorgenommen, spätestens jetzt für den Rest des Abends nicht mehr an den Fall zu denken. Doch die Befragung des Chef-Rasenpflegers, der an beiden Schicksalstagen auf dem Gelände war, stand sowieso noch aus. Ob er jetzt mit Woodcroft sprach oder, wie eigentlich geplant erst am Montag, war eigentlich auch egal.

«Hello Mister Woodcroft!», begrüßte er den Chef der Landschaftsgärtner.

«Do you have a second? I'm Martin Cervinus from the Gießen Police Department …»

«Guten Abend. Sie sind also der Herr Oberkommissar. Ich dachte mir schon, dass Sie mich irgendwann aufsuchen würden», entgegnete der rotbärtige kleine Mann aus Lafayette, Louisiana, in bestem Hochdeutsch.

«Wollen wir einen Moment …?» Cervinus wies auf einen Bereich etwas abseits vom Putting-Grün und außer Hörweite von Bill.

«Ist schon in Ordnung. Bill ist erst seit acht Wochen hier in Deutschland. Er versteht noch so gut wie kein einziges Wort von Ihnen. Aber das ist auch nicht schlimm, solange er mich versteht. Und selbst das fällt ihm manchmal schwer. Er kommt von der anderen Seite der Staaten, aus Oregon», grinste Woodcroft durch sein mit Goldzähnen gespicktes Gebiss. Der Head-Greenkeeper sah zu Bill hinüber.

«Hey Bill, more paint, the hole has to shine like the moon at midnight!» Der Angemotzte prüfte das Pinselgerät und wiederholte das Streichen des Lochs. Cervinus wusste noch von früher, dass Woodcroft ein absoluter Perfektionist war. Seit der Südstaatler mit der gemütlichen Gestalt der Chef der Platzpfleger war, befand sich der Golf- und Countryclub Lindental in einem äußert gut gepflegten Zustand. Die Grüns waren überregional für ihre Schnelligkeit und Treue berühmt. Aber so, wie er mit Bill umging, war Woodcroft wohl nicht nur ein absoluter Perfektionist, sondern auch ein perfekter Absolutist. Er hätte auch gut als Chef der Landschaftspfleger in die Gärten von Versailles gepasst.

«Gut. Es wird Sie dann sicherlich nicht überraschen, wenn ich gerne noch einmal über Montag und Donnerstag mit Ihnen sprechen möchte. Sie waren ja an beiden Tagen hier auf der Anlage unterwegs?», begann Martin seine Befragung.

«Ja, das stimmt. Am Montag morgen war ich gerade mit meinem morgendlichen Rundgang fertig, als das Unglück auf der Fünfzehn passiert sein muss.»

«Waren Sie nach Beendigung Ihres Rundgangs dann nochmals auf den Platz?», fragte der Oberkommissar nach.

«Ja. Ich bin dann nochmal hoch zur Sieben. Das Bewässerungs-System ist da oben seit einer Woche verstopft und bei der Trockenheit ist das tödlich für das Bermuda-Gras. Aber so langsam kriegen wir den Dreck da wieder raus.» Cervinus dachte einen Moment lang nach. Dann fiel ihm eine Frage ein, auf deren Antwort er besonders gespannt war.

«Als Sie bei der siebten Spielbahn waren, haben Sie da Herrn Grüner gesehen?»

«Herrn Grüner?» Er drehte sich wieder zu Bill um und sah, wie dieser ein neues Loch ausstach.

«Bill, not there, ten inches left! Sorry, Herr Cervinus, was hatten Sie gefragt?» Der hatte das Gefühl, dass Morton Woodcroft die Frage sehr wohl mitbekommen hatte. Er wiederholte sie dennoch.

«Ah, yes, no ... also ähm ... nein, den habe ich nicht gesehen.» Plötzlich kam der sonst so selbstbewusste Amerikaner Martin Cervinus bemerkenswert unsicher vor.

«Also nein, aha. Und am Donnerstag? Was haben Sie an diesem Abend gesehen? Sie hatten ja meiner Kollegin Wieland schon gesagt, dass Sie in der Nähe des Fairways waren, auf dem Hartmann angegriffen wurde.» Mist, ärgerte sich Cervinus. Er hatte sein Notizbuch nicht dabei.

«Da war ich auch am siebten Fairway. Ich hatte Angst, dass die gerade reparierte Leitung durch den erwarteten Sturzregen wieder außer Gefecht gesetzt würde. Ich wollte sie noch schnell isolieren.» Woodcroft holte ein Taschentuch aus seiner Latzhose hervor und schnäuzte sich die Nase.

«Der Ort, wo Hartmann niedergeschlagen wurde, liegt ja nicht weit von der Sechs entfernt. Haben Sie Ihren Boss nicht von dort aus sehen können?»

«Nein. Habe ich nicht.»

«Zu keinem Zeitpunkt an diesem Abend?»

«Nein. Es dämmerte ja schon. Und wenn ich mit der Sprinkleranlage beschäftigt bin, kriege ich ja sonst nichts mit», antwortete Woodcroft und drehte sich wieder zu seinem Kollegen um.

«Hey, Billie, what are you doing there? Ten inches left, not right!» Martin Cervinus schürzte seine Lippen und dachte nach. Wenn er mehr über das Verhältnis von Woodcroft zu seinem neuen Boss Joachim Hartmann erfahren wollte, musste er vielleicht das Pferd von hinten aufzäumen.

«Gut Mister Woodcroft. Wenn Sie mir nur noch eine Frage erlauben: Was halten Sie von dieser neuen ökologisch-nachhaltigen Ausrichtung der Golfanlage, die Herr Hartmann umsetzen möchte?»

«Herr Hartmann?» Woodcroft pfiff kurz, aber heftig durch seine Jacketkronen.

«Lindental ist seit über fünf Jahren das artenreichste Gebiet im ganzen Ostkreis Gießen. Auf der Anlage wachsen einundzwanzig Pflanzenarten der roten Liste. Und die Naturschutzbehörde kommt schon seit langer Zeit zu mir und Bernd Grüner und fragt uns, wie wir es geschafft habe, dass sich hier die seltensten Schmetterlinge angesiedelt haben. Wir haben unterirdische, kaputte Wasserrohre zum Beispiel einfach in offene Gewässer verwandelt. Aber nicht wegen der Regenwürmer. Es ist einfach billiger, die Röhren nicht ausbuddeln zu müssen. Ich sage Ihnen was: den ersten Öko-Preis hat Hartmann entgegen genommen, da war er erst seit zwei Wochen Eigentümer. Wenn Sie mich fragen, dann hätte Bernd ihn bekommen müssen. Und einen Preis für smartes und vorausschauendes Golfplatz-Management dazu.» Morton Woodcroft hatte sich geradezu in Rage geredet, sodass er nicht einmal mehr auf seinen jungen Mitarbeiter Bill achtete, der aufgrund seiner leichten Rechts-Links-Schwäche gerade ein weiteres Loch, nur vierzig Zentimeter vom vorherigen entfernt, aus dem Boden schnitt. Martin Cervinus sah dies, während er Woodcroft an dessen Gesicht vorbei über die Schulter sah und dachte: Oh Billie-Boy, das ist gar nicht gut! Gleich darf ich erleben, wie der arme Billie von seinem Chef ungespitzt in genau das Loch gerammt wird, das er gerade gebohrt hat. Der Oberkommissar erkannte, dass dies sicherlich der beste Zeitpunkt war, das Gespräch zu beenden. Er hatte zunächst einmal genug erfahren. Weit mehr, als er erhofft hatte. Fünfzig Meter entfernt sah er Richard Steiner auf dem ersten Abschlag warten. Martin bedankte sich bei Morton Woodcroft, verabschiedete sich und machte sich auf zu seiner Golfrunde. Er schaute nicht mehr auf die beiden Greenkeeper hinter ihm zurück, hörte jedoch, wie der Chef seinem Mitarbeiter seine Sicht der Dinge vortrug.

«You're such an idiot! What is this: Snooker? Swiss Cheese? I'll tell you: i'll screw your low-brained head off and put it in this hole you just made. Now come on and fix it!»

Martin Benedikt Cervinus hatte Richard Steiner seit über fünf Jahren nicht mehr gesehen. Eben seitdem er die Golfschläger in die

155

Ecke gestellt hatte. Richie gehörte zu jenen Golfern, die Martin von Beginn an sehr respektierte. Der 45-Jährige, der mit der Seitenscheitel-Frisur und dem schmalen Oberlippenbart an eine Mischung aus Clark Gable und George Clooney erinnerte, hatte diese Lockerheit – im Golfschwung wie auch im gesamten Spiel – die Martin imponierte. Gerade, weil er wusste, dass ihm selbst diese Lockerheit abging. Richard war erfolgreicher Unternehmer, er hatte allein und von der Pike auf seine kleine und vom Vater übernommene Baufirma zu einem großen, überregional tätigen Bauträger-Unternehmen gemacht. Aber wo andere durch den Reichtum und den Aufstieg in höchste gesellschaftliche Schichten irgendwann abhoben und meinten, „auf dicke Hose" machen zu müssen, blieb Richard Steiner aus dem kleinen Dörfchen Birklar bei Lich einfach er selbst. Das war es, was Martin am meisten beeindruckte. Und Richard Steiners schier unendliches Fachwissen über den Golfsport, über Schwungtechnik und Ausrüstung. Am liebsten spielte Richie immer noch mit den altehrwürdigen Persimmon-Hölzern und *Wedges* von Schlägerbauern, die es schon lange nicht mehr gab.

«G'noab'd, Maddin!», begrüßte Richard seinen Spielpartner in breitem Oberhessisch. Auch wenn er im Berufsleben als hoch eloquent, in bestem Hochdeutsch und mit den feinsten Manieren auftrat, war er hier in Lindental einfach „de' Richie aus Birkl'r". Als Martin dem kleinen und schmächtigen Mann die Hand gab, stellte er sich, wie so oft in diesen Tagen, die Frage, warum er all diese netten Bekanntschaften, diese entspannten Abende in netter Gesellschaft mit diesen angenehmen und interessanten Gesprächen damals so plötzlich aufgegeben hatte. Wirklich nur, weil der ein oder andere Schlag nicht mehr funktionieren wollte, weil dieser oder jener Ball am Loch vorbei ging? Was für ein Blödsinn, dachte er.

«Guten Abend, Richard, ich freue mich unheimlich, mein Lieber!», bekannte er.

«Uff geht's, aweil wird neijd lang geschwetzt, eich spill en „Pingleast 3" un wünsch uus e schie Spiel!»

«Alleweil, du hast Recht, Richard, auch dir ein schönes Spiel!» Und so legten die beiden auf dem ersten Abschlag an einem wunderschönen, wolkenlosen Frühsommerabend los. Wieder einmal bemerkte Martin, wie gut er spielte, wenn er nicht auf seinen Schwung oder die Putt-Technik achtete, sondern wenn er sich die Zeit nahm, in die sanft grüne Landschaft zu schauen, die frische Luft zu genießen und nebenbei mit Richard über die unterschiedlichsten Themen zu reden. Als sie das zweite Grün erreichten, blickte Martin über die heute besonders schnelle Putt-Fläche zurück zum Clubhaus, das an dieser Stelle nur fünfzig Meter entfernt war.

«Morton Woodcroft mag ein komischer Kauz sein, aber er ist ein Meister seines Fachs, oder nicht?!», stellte er fest. Richard rückte seine schwarze Baseball-Kappe zurecht.

«Ja, die Grüns sind in den letzten Jahren nochmal besser geworden. Obwohl er weniger Leute hat. Und wenn er welche kriegt, dann solch „begnadete" Greenkeeper wie den guten Billie.»

«Wie das denn, Richie? Ich dachte, Hartmann hat besonders viel in die Platzpflege investiert?» Richard Steiner schob seinen Putt aus drei Metern mit der exakt richtigen Geschwindigkeit und Richtung ins Loch.

«Ich glaube, das sieht der gute Morty Woodcroft anders. Bernd Grüner tut für ihn wohl beim Budget, was er kann, aber er darf seit Hartmanns Einstieg so gut wie nichts mehr allein entscheiden.» Martin spielte seinen Putt aus zwei Meter fünfzig zwar vorbei, war aber dennoch zufrieden, den Ball aus dieser schwierigen Bergablage mit nur zwei Putts für ein Bogey hinbekommen zu haben.

«Grüner und Woodcroft verstanden sich wohl schon immer prächtig, nicht wahr?», fragte Martin seinen Spielpartner.

«Die beiden haben, natürlich mit dem wunderbaren Wolfgang Hammerschmidt, schließlich aus dem Club das gemacht, was er heute ist. Der alte Wolfgang hatte sie ja selbst noch eingestellt, ziemlich zum gleichen Zeitpunkt. Zwischen Grüner und Woodcroft hat noch nie ein Blatt Papier gepasst. Ich glaube, weder der eine noch der andere werden hier noch lange bleiben, wenn das so weitergeht.» Martin Cervinus verstand, dass Richie Steiner offensichtlich ein sehr treffendes Bild von der Situation hatte. Nur wusste er wohl noch nichts von der tatsächlichen Kündigung von Grüner durch Hartmann.

Die beiden Golfer spielten in die Abendsonne hinein. Als sie auf dem fünften Fairway ankamen, auf dem Hartmann in der Runde mit Martin seinen Ball ins Aus geschlagen hatte, aber dennoch regelwidrig weiterspielte, hielt Cervinus an.

«Hast du schon mal mit Joachim Hartmann gespielt, Richard?»

«Ja, einige Male. Einmal hatte ich das Vergnügen, mit ihm ein Herrengolf-Turnier im Lochspiel-Format zu spielen. Da war er noch nicht lange Eigentümer.» Steiner presste seine Lippen zusammen und visierte die Fahne von der Mitte des fünften Fairways an.

«Und …?», bohrte Martin nach. Richard konzentrierte sich ausschließlich auf die gedachte Fluglinie seines Balles und sah Martin daher nicht an.

«Er spielt sehr professionell ... du weißt ja, im Lochspiel geht es nur darum, im direkten Vergleich mit dem Gegenspieler das Loch zu gewinnen, egal mit wie vielen Schlägen ...»

«Hauptsache einen weniger als der Gegenspieler», ergänzte Martin. Richard spielte seinen Ball. Er kam nur zwei Meter vom Loch entfernt auf dem Grün zum Liegen.

«Genau. Und Hartmann tat alles, um genau das zu erreichen. Damit meine ich die ganze Klaviatur der Golfpsychologie. Du weißt schon: beim Putten zum Beispiel zusehen, dass man zuerst spielt, sodass der Druck des letzten Schlags auf dem anderen lastet und so weiter. Damals kannte er mich noch nicht und meinte, er könnte es bei mir probieren.» Martin schlug seinen Ball ins Rough links des Grüns.

«Was zu probieren?»

«Mich psychologisch zu beeinflussen. Zum Beispiel einen „gut gemeinten Ratschlag" zu geben.» Richard formte virtuelle Anführungszeichen mit seinen Fingern.

«So wie auf dem vierzehnten Abschlag, dem Loch, wo er gestern niedergeschlagen wurde. Da sagte er zu mir: „Ich will Sie ja nicht belehren, aber der Fairwaybunker rechts am Waldrand ist so tief, da versinkt man ja geradezu, den versuche ich immer zu vermeiden." Er meinte dann auch: „ich sage mir dann immer: nicht nach rechts! nicht nach rechts! nicht nach rechts! Man muss sich selbst richtig programmieren, mein lieber Herr Steiner!"» Er imitierte dabei die nasale Stimme Hartmanns. Martin verstand sofort.

«Das ist aber ziemlich plump. Ist doch klar, dass man sich mit so etwas zwar programmiert, aber völlig falsch und negativ. Und das geht dann in den allermeisten Fällen schief.»

«Ganz genau. So etwas kann einen Anfänger komplett aus dem Konzept bringen», bestätigte Richard und lief neben Martin zum Grünrand.

«Es ist ja wie bei dem alten Psycho-Kindertrick, wenn du jemandem sagst, er soll zehnmal hintereinander „weiße Kuh" sagen und ihn dann fragst, was die Kuh trinkt. Die meisten sagen dann: Milch. Genauso programmierst du dich natürlich negativ und genau in die falsche Richtung, nämlich beispielsweise nach rechts, wenn du dir eben selbst vorsagst: „nicht nach rechts."»

Martin legte seinen Chip aus dem Rough am Grünrand mit nur einem Meter Entfernung an die Fahne. Wenig später machte sich Richie daran, seinen recht einfachen und geraden Bergauf-Putt zu spielen. Die kleine weiße Kugel lief direkt auf das Loch zu, streifte allerdings nur haarscharf die rechte Lochkante, tänzelte auf dieser entlang und blieb zwei Zentimeter links neben dem Loch liegen.

«Gewirrer hej nochemoal awwer aach! Es kann awwer doch kaaner mehr anstännisch Löcher steche, freuer hat me noch e Brett ums Loch erim geläächt unn dann irscht ausgestoche, awwer das kricht der Ami-Dabbes von Bill natürlich neijd hie!!!» Daraufhin lachte Martin lauthals los und Richard tat es einen Augenblick später auch.

Nach dem siebten Loch vereinbarten Martin und Richard, nicht auf der Acht auf der Seite rechts des großen Sees, sondern auf der näher gelegenen Vierzehn weiterzuspielen. Martin passte das sehr gut, konnte er so doch heute Abend noch einmal Hartmanns Unglücks-Fairway begutachten.

«Diese ganzen Psycho-Spielchen helfen Hartmann allerdings selbst herzlich wenig, sonst würde er nicht regelmäßig rechts in dem Bunker landen. Naja, mit dem starken Griff als Linkshänder kann der auch praktisch nur die rechte Fairwayseite anspielen», stellte Steiner fest.

«Das habe ich am Dienstag auch so erlebt!», bestätigte Cervinus Richies Einschätzung.

Steiner hatte seinen Drive wieder einmal mittig auf dem Fairway untergebracht. Cervinus tat es ihm gleich. Er sah sich wieder einmal bestätigt, dass er selbst als eher deutlich verbesserungswürdiger Golfer regelmäßig besser spielte, wenn man im Sog eines solchen Asses wie Richard unterwegs war. Die beiden hielten dennoch kurz inne, als sie den Ort des Anschlags auf Joachim Hartmann erreichten.

«Er wollte ja schon den ganzen Bunker von Woodcroft einebnen lassen, aber da hat sich Andy mal original auf die Hinterbeine gestellt und ihm – vor zig Leuten mitten in der Lobby im Clubhaus – gesagt, dass er sich nicht so „childish" anstellen soll. Er sei schlimmer als der frühere US-Präsident Eisenhower, der tatsächlich im Augusta National Golf Club einen bestimmten Baum fällen lassen wollte, nachdem er regelmäßig dort rein traf. Der Baum wurde als „Eisenhower-Tree" weltberühmt. Seitdem nennen wir diesen Bunker hier „Hartmann-Bunker"!», grinste Steiner.

«Ich habe den Eindruck, seitdem hat der Hartmann so richtig den Hass auf Woodcroft.»

«Und umgekehrt!», vermutete Cervinus. Er und Richard beendeten die Neun-Loch-Runde im goldgelben Schein der Lindentaler Abendsonne und vereinbarten, dass sie am Sonntag die restlichen Neun spielen wollten.

«Weißt du was, ich bin morgen Abend mit einem Kollegen im Gießener „Loftikus", wenn du Lust hast, komm doch vorbei. Ich geb Einen aus!» Martin Benedikt Cervinus hatte allen Grund, seinen Spielpartner zum Bierchen nach Gießen einzuladen, denn er hatte heute zum ersten Mal Richard Steiner im Lochspiel geschlagen. Dieser nahm die Einladung mit einem Lächeln an. Dieser „Dreier-Flight", der am morgigen Abend in dem Gießener Biergarten zusammen mit Tom Keller und Richard Steiner an den Start gehen sollte, versprach für Martin ein unterhaltsamer Abend zu werden.

12. Kapitel

Das Gießener „Loftikus" befand sich auf dem Dach eines vierzehnstöckigen Hochhauses mitten in der Innenstadt der mittelhessischen Metropole. Es war einer dieser perfekten Juniabende, an die man sich im dunkeln Winter gerne zurück erinnerte und dann froh war, an diesem Abend im „Loftikus" gewesen zu sein. Die großzügige Dachterrasse über dem Bürogebäude war brechend voll. Pärchen lagen nebeneinander in chilligen Sonnenliegen und ließen sich Cocktails servieren. Die hochgezogenen Glaswände ermöglichten einen unbehinderten Blick über das gesamte Gießener Land, wo die Burgen über Vetzberg, Gleiberg und Staufenberg sich wie an einer Perlenschnur am Horizont aufreihten. Das weiche, goldfarbene Sonnenlicht beleuchtete im Osten die Klosterruine auf dem Schiffenberg, weiter in der Ferne den Vogelsberg mit dem Hoherodskopf sowie im Westen den Dom der mittelalterlichen Goethe-Stadt Wetzlar.

Martin Benedikt Cervinus trat etwas verspätet um zwanzig nach Acht aus dem Aufzug auf die Terrasse. Obwohl er die kürzeste Anreise hatte – das „Loftikus" lag nur zwei Straßen von seiner Wohnung entfernt – war er der letzte der drei Männer. Tom Keller und Richard Steiner hatten schon das zweite Pils in Arbeit. Martin entdeckte die beiden an einem der modernen Holztische nahe des Terrassenrandes. Direkt unter ihnen floss der von hier oben aus gemütlich wirkende Verkehr rund um der Berliner Platz und das brandneue Rathaus der Lahn-Stadt.

«Servus, Martin, hier bist du richtig!», wurde er von Tom Keller begrüßt.

«Guude'!», grüßte ihn Richie Steiner.

«Hallo! Na, ihr habt euch ja schon kennengelernt!,» wunderte sich Martin darüber, dass die beiden schon voneinander wussten.

«Wer kennt nicht Richie Steiner?!»

«Und wer in dieser Stadt hat noch nix von Tom Keller gehört?!», antworteten die beiden. Cervinus hätte es sich auch denken können: Tatsächlich war Tom Keller in Gießen bekannt wie ein bunter Hund, ein Hans Dampf in allen Gassen. Und auch wenn die Stadt mittlerweile fast neunzigtausend Einwohner hatte, galt sie für die hier Aufgewachsenen immer noch als Dorf. Auch seine sportlichen Erfolge hatten Tom in der gesamten Region bekannt gemacht. Dass andererseits der erfolgreiche und sympathische Unternehmer Richard Steiner in der Stadt erkannt wurde, war ihm sowieso klar.

«So, auf, wenn du uns einholen willst, musste dich aber in die Riemen legen, heut heisst's: net schwach wern, sondern *schwäche!*», rief Tom seinem blondschopfigen Kollegen zu. Trinken auf Kommando hasste der gewöhnlich, aber ein paar Gläser gingen an diesem Abend, der wie gemalt schien, schon. Außerdem musste er ja nachher nur unten aus dem Aufzug fallen und war schon fast zuhause.

«Na dann, ich hätte gerne auch ein Pils», bestellte Martin sein erstes Bier. Es sollte nicht das letzte heute Abend sein. Die drei unterhielten sich über das aktuelle Sportgeschehen, über die Lokalpolitik und spaßten über die Szenen, die sich vor ihren Augen auf der Terrasse abspielten: da machte eine Frau ihrem Ehemann auf offener Bühne eine Szene, weil der sich wohl noch fünf Minuten vorher mit seiner neuen Freundin getroffen und geturtelt hatte und offensichtlich nicht davon ausgegangen war, dass seine Geehelichte heute Abend hier aufkreuzen würde. Tom grinste Martin über den Tisch an. Der Ruderer aus der Weststadt hatte schon sein viertes Pils und seinen dritten Jackie-Cola hinter sich und ein frisches Glas Gerstensaft schon wieder vor sich.

«Siehste, Martin ...», Tom gab sich keine Mühe mehr, seinen Schluckauf zu unterdrücken, «... das ersparst du dir doch alles noch. Kannst froh sein, dass deine Beziehungen nicht länger als eine Nacht halten ... wenn überhaupt!»

«Hey, pass auf!», warnte Martin seinen Kollegen, halb im Spaß, halb im Ernst.

«Was denn, hab ich mal wieder die Wahrheit gesagt? Du weißt, ich bin dein ganz persönlicher Profiler ... ich verstehe nicht, warum du es nicht richtig krachen lässt. Na ja ... bist einfach nicht der Typ dafür ...» Tom Keller war seit drei Jahren fest liiert. Trotzdem dachte er nicht im Traum daran, deshalb monogam zu leben. Der seit fünfzehn Jahren glücklich verheiratete Richie nahm Martin dagegen in Schutz.

«Hey, Tommy ... loss'n gih ... ein jeder wie er maach un will ...», auch er sprach mittlerweile mit einem deutlich vernehmbaren Zungenschlag.

Martin ließ nachdenklich seinen Blick über die sanften Hügel des Gießener Landes schweifen. Das Dumme war, Tom hatte Recht. Sein Beziehungsleben war eine einzige Katastrophe. Das musste sich ändern. Es war wirklich einmal an der Zeit, Klarheit zu schaffen. Und bei seiner letzten Bekanntschaft, der süßen, rothaarigen Sarah, wollte er damit beginnen. Vielleicht hatte er einfach nur etwas falsch verstanden. Oder sie hatte sich vertippt, als sie „meine

Frau" schrieb und vielleicht „eine Frau" meinte. Er wählte in seinem Telefon das Adressbuch aus und wischte bis zu den Einträgen mit „R" für eine SMS an Sarah Riedmann:

„Hi,
sorry, tut mir wahnsinnig leid,
wenn ich was falsch gemacht habe.
Würde gerne nochmal bei Null anfangen.
Und mich sehr über ein Treffen freuen,
als wär´s das erste Mal.
:-)
LG! M. B. C. "

Martin Cervinus war seit den letzten drei Getränke-Runden auf dieses geradezu süchtig machende, aber alkoholfreie Grapefruit-Bier umgestiegen. Er brauchte nicht unbedingt Alkohol, um an so einem Abend Spaß zu haben. Und seine Whiskey-Ration hatten sowieso dankenswerterweise seine beiden Kumpels übernommen.

«Hey, Marty McFly, du warst doch bestimmt auch … noch nie Treppe-Steigen, oder täusche ich mich, Hmm?», grinste der bereits ordentlich angeheiterte Tom seinen Ermittler-Kollegen an. Er lag richtig. Dass Martin von sich aus in einen Puff gegangen wäre, sah er bisher noch nicht als notwendig an. In der Polizei-Ausbildung bei der Sitte in Frankfurt war man sowieso nicht umhin gekommen, mal das ein oder andere Etablissement zu durchsuchen, die Zuhälter hochzunehmen und die freizügigen Bordell-Mitarbeiterinnen zu filzen.

«Unser ehrenwerter Herr Hartmann hat's da ja am besten. Der kann so etwas als „Privatentnahme" deklarieren», grinste Richie Steiner süffisant und formte mit seinen Fingern Anführungszeichen.

«Warum denn das …?», fragte Tom überrascht, wobei Martin dieselbe Frage auf der Zunge lag.

«Na, wisst Ihr nicht, dass Hartmann, noch bevor er in den Golfclub eingestiegen ist, einen ganz anderen Club gekauft hat: das „Herren-Haus"!?», wunderte sich Steiner. Das war ja einmal eine interessante Information, dachte Martin Cervinus. Er hatte sich sowieso gewundert, ob die Golfanlage Hartmanns einziges regionales Investment war. Aber solch eine Kapitalanlage war ihm bisher nicht in den Sinn gekommen, wenn er an den Investor dachte. Auch wenn er es gegenüber Tom und erst recht nicht gegenüber Steiner zugeben wollte: die ungelösten Fälle, die sich auf Hartmanns Anlage ereignet hatten, beschäftigten ihn gedanklich permanent, selbst heute Abend, wenn eigentlich Abschalten angesagt war. Erst recht, nachdem Tom und er Thomas Ranft gerade noch so davon abhalten konnten, sich umzubringen. Nichts bewegte Martin Cervinus daher zurzeit mehr, als so viele Informationen wie nur irgend möglich über die Beteiligten zu erhalten. Wenn er nun über das Umfeld des Anschlagsopfers Joachim Hartmann mehr heraus bekommen konnte, konnte er möglicherweise auch mehr über mögliche Motive für das Attentat auf ihn in Erfahrung bringen. Außerdem hatte er heute Abend, es war mittlerweile nach zwölf, schon genügend Jackie-Cola intus, um sich zu einer für ihn ungewöhnlichen Idee hinreißen zu lassen.

«Na, das würd' ich mir gerne mal ansehen! Warum fahren wir jetzt nicht einfach mal hin?» Keller und Steiner schauten sich völlig überrascht in ihre schon glasigen Augen.

«Du willst heute Nacht mit uns *buje* fahren? Du weißt schon, welchen Beruf du ausübst?!», fragte Tom ungläubig.

«Ja, und genau deshalb will ich dahin – weil es Hartmanns Puff ist. Reine Routine-Befragungen ... außerdem ist es vielleicht besser, etwas über Hartmann zu erfahren, ohne dass er dabei ist – schließlich ist er ja noch in der Klinik», erklärte Martin. Tom und Richie sahen sich wieder an, schauten dann gleichzeitig zu Cervinus herüber und grinsten ihn selig an.

«Reine Routine ... Hihihi ... hey *Rackelo* ... das war die erste gute Idee in dieser Woche von dir!», rief Tom Keller lallend, während er versuchte, von der Bank aufzustehen, jedoch noch zwei weitere Anläufe dazu brauchte.

«Ich komm' mit. Alleweil wird ingelocht!», fügte der nicht weniger umständlich aufstehende Steiner hinzu.

«Genau das sag' ich dann auch deiner Frau, wenn sie mich fragt, wo ich mit dir heute war, Richie!», antwortete Martin und tippte dabei auf seinem Handy die Nummer des Mini-Car ein.

13. Kapitel

Das Nobel-Bordell „Herren-Haus" befand sich in einer alten Villa aus der Gründerzeit, mitten in einem ansonsten unbewohnten Waldstück zwischen Laubach und Schotten im Vogelsberg, eine halbe Stunde von Gießen entfernt. Obwohl es so abgelegen war, musste Martin dem Taxi-Fahrer nicht einmal die Adresse nennen. Diese Route hatte jeder Personen-Beförderer im Kreis Gießen im Kopf. Als sie um kurz vor eins das Eingangstor des Park-ähnlichen Geländes erreichten, die Whiskey-Verkoster Richie und Tom waren zwischenzeitlich eingenickt, sah Martin aus dem Autofenster. Die Fahrt durch den der Villa vorgelagerten Park, der ihn eher an den Lustgarten eines französischen Landschlösschens erinnerte, dauerte gut zwei Minuten. Das frisch renovierte und in hellem Weiß getünchte Haupthaus wurde mit roten und lila Farbtönen angestrahlt. Der ebenfalls in atmosphärisches Licht getauchte, breite Haupteingang, der über eine steinerne, zwölf stufige Treppe zu erreichen war, lag direkt vor einem Wendekreis. Der Mini-Car-Fahrer hielt direkt vor dem Portal an und kassierte bei seinen Fahrgästen.

«Ähm, wollen Sie auch mit?», wunderte sich Richard Steiner, als er den Taxifahrer noch vor ihm und seinen beiden Begleitern die Treppe hinauf gehen sah.

«Nee, aber für jeden Fahrgast, den ich hierher bringe, krieg' ich 'ne Prämie!», grinste der Chauffeur, verschwand hinter der schweren Eichentür und ließ Martin, Tom und Richard auf der Treppe zurück. Nun war Martin auch klar, was Tom vorhin meinte, als er ihn fragte, ob er schon einmal „Treppe-Steigen" war. Ein Butler in einer roten Uniform wie vor einem Hotel in den Zwanziger Jahren begrüßte die drei neuen Gäste wortlos mit einer einladenden Handbewegung. Martin war durchaus beeindruckt. Das war schon etwas anderes als die Hinterhof-Freudenhäuser in der Frankfurter Kaiserstraße, die er von seiner Polizei-Ausbildung kannte. Richard, der ebenfalls noch nie ein solches Etablissement besucht hatte, fragte sich wohl eher, was man aus dieser Immobilie noch machen konnte. Die Bauträgerschaft für ein Bordell hatte er bisher noch nicht übernommen, das hätte seine Susi nicht mitgemacht. Tom Keller aber kannte sich aus und übernahm, obwohl zu dieser Stunde und bei seinem Pegel nicht mehr ganz auf der Höhe des Geschehens, die Führung.

«Hier *Rackelos*, wir müssen erst mal Eintritt zahlen», erklärte er und trat an das gleich rechts des Eingangs befindliche vergoldete Gitter, hinter dem ein Mann in einem silbern glitzernden Smoking saß und den Eintrittspreis für die Gäste aufrief: fünfundsechzig Euro – pro Person.

«Kannst ja versuchen, das als Spesenrechnung einzureichen!», lallte Tom lachend zu Martin. Bevor sie in den eigentlichen Aufenthaltsbereich des Gebäudes vorgelassen wurden, sprach ein weiterer Page sie an: Die Kleiderordnung sah vor, dass die Besucher nur in Smoking, Hut und Fliege erscheinen durften. Das Ausleihen der Kleidung kostete zwanzig Euro extra. Bei Tom Keller, der mit Anzug und Schleife aussah wie ein mutierter Orca, ging der oberste Hemdknopf nicht zu – trotz XXL. Martin und Richard stand der Smoking allerdings ausgezeichnet. Kurz darauf betraten sie eine große, prächtige Halle. Der ehemalige Festsaal der Villa bot einen erstaunlichen Anblick: Von dem Glasdach des drei Stockwerke hohen Saales hingen drei riesige Kristall-Kronleuchter herunter.

Direkt darunter in der Mitte der Halle befand sich eine langgezogene Bar, die von allen vier Seiten angelaufen werden konnte. Alles war im Stil der „goldenen zwanziger Jahre" des letzten Jahrhunderts dekoriert. An den Wänden hingen Gemälde vom Luftschiff „Hindenburg", von einem Autorennen auf dem Berliner „Avus" und vom Potsdamer Platz des Vorkriegs-Berlin. In Richtung der dem Eingang gegenüberliegenden Terrasse mit drei Meter hohen, großen Fensterfronten befanden sich zwei Whirlpools. Links und rechts des Saals führten mindestens zehn Türen zu den dahinter liegenden Räumen. An den Türen waren in goldenen Metall-Lettern Planeten-Bezeichnungen und Namen aus der Antike angebracht wie „Terra, Aphrodite, Sirene oder Casiopeia". Gedämpfte Lounge-Musik und eine sanfte, goldgelbe Ausleuchtung lieferten eine entspannte akustische und optische Untermalung. Die Mitarbeiterinnen in diesem Haus verteilten sich dabei auf den gesamten Raum: Die meisten Damen hatten lediglich eine Feder-Boa um den ansonsten nackten Oberkörper geschlungen oder eine Feder an einem seidenen Haarband als einzigem Kleidungsstück aufzubieten. Die Damen des Herren-Hauses schenkten Cocktails aus, saßen mit anderen Männern an der Bar und unterhielten sich oder tummelten sich draußen im Jakuzzi mit ihren potenziellen Kunden.

Richard hatte aufgrund seines ordentlichen Alkohol-Pegels den Punkt erreicht, an dem er gedanklich nicht mehr bei seiner Frau weilte, sondern nur noch im Hier und Jetzt. Er verschwand in Richtung einer blonden Schönheit. Tom Keller war schon zu besoffen, um sich einer Hausangestellten anzuvertrauen. Den Rest seines Bewusstseins, den er für heute Nacht noch nicht durch Jackie-Cola getilgt hatte, fixierte mit starrem Blick eine der in den Ecken des Saals stehenden Striptease-Stangen. Er folgte Martin, der sich mit ihm zu einer rothaarigen Schönheit an die Bar setzte.

«Na, blonder Adonis, dich habe ich aber noch nie hier gesehen!», begrüßte diese Martin Cervinus. Es war auffallend für ihn, wie einstudiert und gefühllos sich ihre Ansprache anhörte. Da war null Prozent Emotion, kein echtes Gefühl, obwohl sie Martin betörend anschaute und lächelte.

«Stimmt, ich bin neu hier … wie heißt du?»

«Ich bin Vega … wollen wir?», kam sie ohne Umstände zum Kern ihres Geschäfts. Martin stockte entgeistert. Er war über das Tempo und die Direktheit, mit der sie ihr Business abwickelte, schockiert. In diesem Moment kam Richard lallend und grinsend mit der Blondine im Schlepptau an.

«Hey … Kumpel, ich … ich bin dann mal … weg … Oh, du hast ja auch schon … schon jemand gefunden!»

Er holte zwei Fünfzig-Euro-Scheine hervor und legte sie vor der roten „Vega" und Martin auf den Tresen.

«Hier, wir haben für unseren Martin zusammengelegt, er hat das noch nie gemacht … Viel Spaß, Martin! Bis in, na ja, zehn Minuten dann, länger wird's bei dir ja nicht dauern … Hahaha!» Einen Augenblick später war Richard lallend und lachend mit „Aphrodite" in ihrem Zimmer verschwunden.

«Ähm, ich muss mich für meinen Kumpel entschuldigen, er hat schon ein bisschen zuviel … und nein, ich möchte nicht …» Er brach den Satz ab, denn ihm gefror augenblicklich das Blut in den Adern: Mit Schwung öffnete sich die Tür des Zigarren-Salons, durch die zwei Männer in Frack und Zylinder schritten. Der Geruch schwerer kubanischer Zigarren umgab sie auf ihrem Weg durch den

Saal. Der eine, ein großer, schlanker Mann mit schwarzen Haaren und grau-weißen Strähnen setzte sich drei Meter von Martin entfernt auf einen Barhocker. Er trug unter seinem Hut eine merkwürdige, schwarze Bandage, die einem dünnen Turban ähnelte. Links neben ihm zog ein circa sechzigjähriger Mann mit mächtigem Bauch und einer leuchtend roten, fleischigen Nase einen Hocker zu sich heran und setzte sich darauf. Der gut gebräunte Schlanke mit dem Kopfverband bestellte für beide einen Schampus. Es war Joachim R. Hartmann. Blitzschnell zog Cervinus seinen Zylinder auf und tief in sein Gesicht. Er überlegte. Was sollte er tun? Er wollte unbedingt vermeiden, dass der Mann, den Martin noch in der Klinik wähnte, ihn hier sah. „Vega" war inzwischen gegangen und hatte sich einem anderen Gast zugewandt.

«Ist wohl besser, ich verschwinde auch mal kurz», raunte er dem schlafenden Tom zu, steckte die beiden Fünfziger von Richard ein und verließ seinen Kollegen in Richtung einer der Zimmertüren mit Planeten-Namen. Er steuerte dabei die nächst gelegene Tür an. Wieder stockte ihm der Atem: auf der Tür stand in goldenen, angeleuchteten Lettern

„Venus"

Auf dem Planeten „Venus" war alles weiß. Das Bett, der große Flokati auf dem Parkettboden und auch die Sex-Spielzeuge wie Bänder oder Handschellen, die auf einem Beistell-Tisch lagen. Nur die indirekte Beleuchtung des Zimmers strahlte in einem angenehm gelblich warmen Ton. Das Kaminfeuer, das trotz der warmen Juni-Nacht flackerte, sorgte für ein zusätzliches Wohlfühl-Ambiente. Eine Frau mit langen, schwarzen Haaren saß auf dem Bettrand. Als Kopfschmuck trug sie ein für die zwanziger Jahre typisches

173

Häkelnetz. Er erkannte sie sofort: Es war tatsächlich die Frau, die er hinter dem Türschild vermutet – und das hatte er befürchtet.

«Hallo, schöner Mann, was kann ich für dich tun? Wie hättest du es gerne?», fragte die ihren blonden Kunden völlig ungerührt. Martin merkte ihr an, dass sie sich intensiv bemühte, so erotisch und anziehend wie nur möglich zu erscheinen. Aber obwohl er sie tatsächlich erotisierend und wunderschön fand, konnte und wollte er nicht darauf eingehen, trotz seines Alkohol-Pegels, den er schon deutlich bemerkte, auch wenn er nur die erste Hälfte des Abends mit seinen Kollegen mitgehalten hatte.

«Ich würde mich gerne nur ein wenig mit dir unterhalten.»

«Unterhalten, so, aha …», wiederholte Venus Martins Worte. Solche Typen hatte sie schon oft auf dem Zimmer. Männer, die nach zwanzig Ehejahren scheinbar keine Themen mit ihren Frauen fanden, verlernt hatten, sich offen und ehrlich mit ihren Lebenspartnerinnen auseinanderzusetzen, nicht mal mehr fähig waren, zuhause zu äußern, was sie an ihren Frauen störte. Und natürlich erst recht nicht, was sie zu einer Prostituierten wie Venus trieb, zu der sie nur kamen, um eben mit ihr zu reden – zum ganz normalen Tarif. Manche ließen über die Jahre ein Vermögen dafür hier. Aber egal, die Kohle fragte nicht nach dem Grund. Passte nur nicht zu diesem eigentlich süßen und gut aussehenden Typen neben ihr auf der Bettkante. Und es kam ihr heute Abend sowieso gelegen, nicht in die Vollen gehen zu müssen.

«Na schön, dann erzähl mir mal was …» Sie legte sich seitlich aufs Bett und blickte ihn an.

«Du erkennst mich nicht, oder? Ich glaube nicht, dass du mich ansonsten so ansprechen würdest?!»

«Wer sagt, dass ich dich nicht wieder erkenne? Du bist der Mann, der mich am Montag beinahe umgebracht hätte», antwortete Venus in fast flüsterndem Ton. Martin schluckte, obwohl sein Hals plötzlich komplett ausgetrocknet war. Jetzt erst bemerkte Martin die hautfarben überschminkte und daher fast nicht erkennbare Schürfwunde an ihrem Knie.

«Geht es dir gut?», fragte er.

«Halb so wild, war nur ein Kratzer. Ich hätte dich sowieso nicht zurückrufen können, ich muss deine Karte verloren haben.» Martin betrachtete sie nun genauer. Er entdeckte unter ihrer Feder-Boa, die auch sie als einziges Kleidungsstück trug, ein kleines, nur briefmarkengroßes Tattoo auf ihrem linken Rippenbogen, direkt unter ihrem Herz: drei chinesische Schriftzeichen. Es war ihr einziges Tattoo, außer ein paar römischer Zahlen, die er direkt darunter erkennen konnte:

XIII.VI.MMIX

Martin blickte erst auf die Schriftzeichen und dann in die silbern funkelnden Augen von Venus, die für ihn schon die ganze Zeit eine unbekannte Traurigkeit hinter der erotisierenden Fassade verbargen.

«Ein Name? Muss dir viel bedeuten, wenn du ihn direkt auf deinem Herzen trägst …» Er überlegte einen Moment, dann hatte er verstanden.

«Deine Tochter! Sie hat heute Geburtstag? Heute ist der achte Juni!», sprach er das aus, was er eben gerade aus dem Zahlenrätsel geschlossen hatte.

«Raus!», zischte Venus ihren Kunden unvermittelt an. Der befolgte ihren Befehl und erhob sich von der Bettkante, auf der er immer noch gesessen hatte. Als er die Tür erreichte, änderte sie plötzlich ihre Meinung.

«Nein, bleib. Es tut mir Leid. Du hast bezahlt und deine Zeit ist noch nicht um, bitte!» Venus hatte Tränen in den Augen, in ihrem Blick hatte sich schlagartig Verzweiflung breitgemacht und die bis jetzt verborgene Traurigkeit trat nun offen zu Tage.

Während dessen brachte „Aphrodite" mit Hilfe eines Stier-nackens vom Security-Service Richard Steiner nach nur fünf Minu-ten Aufenthalt wieder in die große Halle zurück und setzte ihn auf einen Barhocker. Richard hatte das Glas Whiskey in dem ganz in rot gehaltenen Zimmer der blonden Aphrodite noch nicht ausgetrunken, da war er schon auf dem Bett eingeschlafen, noch ehe er irgend eine Leistung des Hauses in Anspruch hätte nehmen können. Der erwar-tete „Geschäftsbesorgungs-Vertrag" war nicht zustande gekommen und die Blondine hatte keine Verwendung mehr für ihn. Johnny Walker war wohl heute Nacht nicht Richards bester Freund, sondern eher der seiner Frau, mit der er nächste Woche den fünfzehnten Hochzeitstag zu feiern gedachte. Nun saß er wieder neben Tom Kel-ler. Der hätte zu gerne einmal an einer dieser Pole-Dancing-Stangen getanzt, auch wenn er sicherlich dabei in seinem Outfit ausgesehen hätte wie ein Kaiser-Pinguin auf LSD, aber die Schwerkraft und die Coacktails im „Loftikus" hatten ihn besiegt. Mit dem Kopf auf dem Tresen schlummerte er friedlich und fest.

Steiner spürte einen unsichtbaren Wecker in sich klingeln und öffnete seine zum Nickerchen bereiten Augen wieder etwas. Das ist doch der Schlömer!, dachte er. Wendelin Schlömer war Regional-Direktor der staatlichen Grundstücks-Verwaltung in Hessen. Steiner hatte schon einige Male mit ihm zu tun, wenn er Grundstücke vom Bund für neue Bauträger-Projekte erwerben wollte: ehemalige Kasernengelände der Amerikaner, die nach deren Abzug an die Bundesrepublik zurück gegeben wurden, aufgegebene Verwaltungsgebäude oder einfach unbebaute Wald- und Wiesenstücke, die sich noch in Staatsbesitz befanden. Und jetzt sah er auch die zweite Person links neben Schlömer, die vorher noch von dem massigen und quasi außer Betrieb befindlichen Körper von Tom Keller verdeckt wurde: Joachim R. Hartmann. Doch auch wenn Steiner nun versuchte, seine durch all die Jackie-Cola verlorenen Kräfte zu mobilisieren und mitzubekommen, was der Club-Besitzer mit dem Chef der Immobilien-Agentur hier im „Herren-Haus" besprach, er konnte Tom Keller nicht wegzaubern. Es war nicht viel, was er mitbekam. Um von den beiden Männern nicht erkannt zu werden, zog er den ausgeliehenen Homburger tiefer ins Gesicht.

«Ich bewundere dich, Joachim, wie du das Ganze durchstehst. So eine Woche wünscht man keinem …»

«Darauf trinken wir, lieber Wendelin, ich danke dir sehr!»

Sie stießen mit ihren Gläsern an. Richard versuchte Tom Kellers Körper etwas aus dem Weg zu schieben, aber es gelang ihm nicht.

«Und ich kann dich ja verstehen, Joachim, aber du musst mich auch verstehen. Ich kann das doch nicht einfach ganz ohne machen. Auch ich habe Vorgaben einzuhalten. Das ist nicht mehr wie vor zehn Jahren. Da konnte ich so etwas noch alleine entscheiden.»

«Aber ich tu dir doch nur einen Gefallen! Was willst du denn sonst damit machen, Wendelin? Das nimmt dir doch kein anderer ab … absolut wertlos?!»

«Das weiß ich doch. Aber trotzdem: Besser wäre es, wir warten den nächsten Schritt einfach ab … ich bestelle ein Neues, das kommt ja auch schon in vierzehn Tagen … kann das nicht solange …?» Hartmann fasste sich an seinen verletzten Schädel. Er wurde so leise, dass Steiner ihn nun fast gar nicht mehr hören konnte.

«Die von der Tour wollen doch die Zusage … daran soll es nicht … hundert für deine … und hundert für dich …» Schlömer schaute in sein Schampus-Glas und brummte vor sich hin.

«Ich weiß nicht … denk an meine Pension …» Hartmann schien einen Moment lang nachzudenken.

«Weißt du was, wir sollten das vielleicht an einem anderen Ort … wie wäre das, Wendelin? Ich glaube, du könntest auch einmal eine Auszeit … in einer dreiviertel Stunde sind wir hingeflogen … und diesen heißen Planeten … die nehmen wir auch mit … da hast du mal so richtig schön Wellness … ist genial da ... die haben sogar eine … zur Zwölf, ist einzigartig in der Welt!»

Langsam brummte Richie Steiner der Schädel. Wo blieb nur Martin? Für so lange reichte das Geld doch gar nicht?!

Es war das allererste Mal, dass sie im Job in Tränen ausbrach. Aber sie konnte sie einfach nicht mehr zurückhalten. Die Tröpfchen rannen an ihren Wangen herunter, verwischten das für Martins Geschmack viel zu starke und dunkle Make-Up und legten eine natürliche Schönheit bei der jungen Frau frei, die wie ein heller Sonnenstrahl durch eine bleischwere Regenwolke hindurch schien. Martin hockte wieder auf der Bettkante und wusste nicht recht, was er nun tun sollte. Wie fremdgesteuert versuchte er das Gespräch mit der achtundzwanzig Jahre alten Prostituierten mit einer Frage weiterzuführen.

«Wie ist eigentlich dein richtiger Name?» Auch diese Frage hatte sie noch nie einem Freier beantwortet, doch heute war alles anders, er war anders.

«Szenifer.» Sie rollte sich herüber zum Nachtschränkchen, auf dem neben den Kondomen auch Taschentücher lagen und schnäuzte sich die Nase.

«Und ja, du hast Recht. Meine Tochter hat heute Geburtstag, ihren sechsten. Und ich bin hier und beglücke irgendwelche notgeilen Freier.» Sie zog sich ihren seidenen Morgenmantel über und verschränkte ihre Arme vor ihrem Körper.

«Mich inklusive», ergänzte Martin. Fast hatte er sie damit zum Lächeln gebracht.

«Was meinst du, warum ich dich nicht rausgeschmissen habe, sobald ich dich erkannt hatte? Heute Abend bist du das kleinste Übel», bekannte sie, jetzt ebenfalls mit einem ironischen Unterton. Er konnte sich langsam vorstellen, was in der schönen Frau vorging, die an diesem Ort einer Tätigkeit nachging, wo man am Geburtstag seiner eigenen Tochter sicherlich zuallerletzt sein wollte.

«Aber konntest du nicht einfach frei nehmen?»

«Kannst du es, wenn die Hälfte deiner Kollegen krank ist und der Chef darauf besteht, dass der Geschäftsbetrieb weitergehen muss? Und ich brauch die Kohle. Das hier ist eine Firma wie jede andere auch. Fast …» Szenifer fing wieder zu weinen an. Martin Benedikt Cervinus hätte nichts lieber getan, als sie tröstend in den Arm zu nehmen, doch er merkte, dass es wenige Orte gab, wo es mehr fehl am Platz gewesen wäre.

«Und der Vater deiner Tochter? Ist er jetzt bei ihr?» Szenifer schaute Martin mit einem Blick an, der zwischen Wut und Resignation lag.

«Theresia hat ihn nie gesehen. Und das ist auch gut so. Er hat mich ausgenutzt, und als es kompliziert wurde, hat er mich fallen gelassen. Ich komme aus Albanien, bin mit Achtzehn von dort dort nach Deutschland geflüchtet. Ich hatte aber von Anfang an keine Chance auf einen Asylantrag. Theresias Vater bot mir an, mich zu heiraten und mir dadurch den Aufenthalt in Deutschland zu sichern. Damals war das das Einzige, was ich wollte. Als Gegenleistung musste ich für ihn arbeiten, natürlich als Prostituierte. Nur wenig später bekam ich Theresia. Ich studiere nebenbei an einer Fern-Uni Betriebswirtschaft und Pflegemanagement. Aber das kostet wahnsinnig viel Geld, und Theresia will ich alles ermöglichen, was eine Mutter ihrem Kind nur bieten kann. Und Joachim behandelt uns gut. Ab und zu begleite ich ihn und Geschäftspartner von ihm. Er bezahlt solche Jobs sehr großzügig. Ich habe schon viel Schlimmeres erlebt als das hier. Deshalb werde ich hier weitermachen, bis …» Szenifers Blick wurde plötzlich zuversichtlicher und hoffnungsvoll.

« … bis ich meinen Abschluss habe. Und ich werde das schaffen, bei Gott, ich werde es schaffen!» Martin war von ihr beeindruckt, wie er es noch nie von jemandem gewesen war. Was für eine starke, stolze und selbstbewusste Frau saß da wohl vor ihr. Szenifer hatte sich wieder gefangen. Sie empfand es als ungeheure Befreiung, ihre Geschichte diesem Mann erzählt zu haben. Aus einem komplett unerfindlichen Grund hatte sie das Gefühl, dass dieser schüchterne, aber nette und hübsche Blondschopf der einzige Mensch auf der Welt war, dem sie sich so anvertrauen konnte. Vielleicht war es aber einfach dessen Körpersprache, die ihr signalisierte: Bei mir bist du sicher und ich werde dich nicht anrühren. Zumindest solange du es nicht möchtest und auf gar keinen Fall in dieser Nacht.

«So, jetzt musst du aber auch etwas über dich erzählen! Du heißt also Martin … keine Angst, wir haben hier so was wie ein Beichtgelübde!», lächelte sie. Und Martin erzählte. Er erzählte so ziemlich seine komplette Lebensgeschichte, ohne auch nur eine seiner Pleiten, sein Pech und seine Pannen in Sachen Frauen auszulassen. Szenifer lächelte mal bei der einen Stelle, mal lachte sie laut bei einer anderen Anekdote laut auf.

Nach zwei Stunden, es war circa halb drei Uhr morgens, kamen er und Szenifer aus der „Venusfalle" wieder in die große Halle zurück. Vorher hatten sich Martin und Szenifer einen kleinen Spaß ausgedacht, mit dem sie die Reaktion seiner Kumpel ein wenig testen wollten. Richie und Tom hatten sich zwischenzeitlich jeweils drei Espresso, aber auch wiederum drei Whiskey einverleibt und glaubten schon, Martin wäre vielleicht schon alleine nach Hause gefahren. Daher trauten sie ihren Augen nicht, als der plötzlich wieder, quietschvergnügt und mit einem Grinsen von einem Ohr zum anderen, neben den beiden an der Bar saß. Szenifer warf die beiden Fünfziger, die Richard für Martin spendiert hatte, auf den Tresen, gab Martin einen Kuss auf den Mund und sagte zu dessen Freunden:

«Hier, euer Geld zurück. Euer Kumpel war so gut, eigentlich müsste ich ihn bezahlen!» Den Gesichtsausdruck von Tom Keller und Richard Steiner würde Martin Benedikt Cervinus so bald nicht vergessen.

Das Erstaunen über das, was sich gerade vor ihren Augen zugetragen hatte, hielt über die gesamte Rückfahrt an. Dennoch vergaß Richie Steiner nicht, seinen beiden Nachtschwärmer-Kollegen von dem Gespräch zwischen Wendelin Schlömer und Joachim Hartmann zu berichten, das er mitbekommen hatte.

«Mann Richie, jetzt reiß dich mal zusammen, das ist wichtig. Was hast du noch mitgekriegt … und schlaf' nicht wieder beim Erzählen ein!», löcherte Martin seinen Golfkumpanen ungeduldig. Der kämpfte, wie auf der gesamten Fahrt, mit seiner Muttersprache, und versuchte so gut es ging, alles, was er gehört hatte, zu wiederholen.

«Tom saß … halt dazwischen, ich hab wirklich nicht alles mitgekriegt … Oh, oh, macht mal das Fenster auf. Schnell!» Zu spät. Immerhin wurde sein Kopf etwas klarer und seine Erinnerung etwas besser, als Richie sich, noch bevor das Seitenfenster herunter gelassen war, übergeben hatte. Den Reinigungszuschlag für das Mini-Car übernahm er natürlich.

Als Martin in Birklar seinen Spielpartner, in dem Glauben, Richie würde das Schlüsselloch nicht mehr treffen, zur Tür brachte, öffnete schon dessen Frau Susi den Eingang zu der großzügigen Villa der Familie Steiner.

«Wo um alles in der Welt kommt Ihr denn um diese Uhrzeit her?», fragte sie Martin, der versuchte, ihren etwas derangiert wirkenden Mann in der Senkrechten zu halten.

«Och, wir haben Einlochen geübt – Indoor, hat aber bei Richie heute nicht so gut geklappt …», und beeilte sich, zurück zum Mini-Car zu spurten, um weiteren und unbequemen Nachfragen der völlig verdatterten Frau Steiner zu entgehen.

14. Kapitel

«Na, was ist denn mit euch heute los, ihr habt ja nicht mal den Tisch getroffen! Aber ich will mich nicht beschweren ... von dir, Martin, hätte ich dann gerne ein Mett-Brötchen und von dir, Tom, eins mit Leberkäse», freute sich Steffen Reiter, dass er nach fünf sieglosen Wochen das Bälle-Werfen für sich entschieden hatte. Keiner seiner Kontrahenten, weder Cervinus noch Keller, hatte auch nur ein Mal getroffen. Obwohl beide den Sonntag zum Ausschlafen hatten, war die Müdigkeit von Samstag Nacht beiden noch deutlich anzumerken. Dabei hatte Martin noch das bessere Los gezogen. Tom durfte am Sonntag morgen um neun Uhr zum Geburtstags-Brunch seiner Schwiegermutter in Spe in Kassel erscheinen. Er musste also um sieben Uhr aufstehen, nach nur drei Stunden Schlaf. Martin hätte zwar noch länger ausschlafen können, aber er wollte nicht. Um halb neun sprintete er bereits aus dem Haus durch die noch verschlafene Innenstadt, um den Alkohol und die Müdigkeit beim Joggen um den Schwanenteich aus den Knochen zu laufen. Und um nachzudenken. Vor allem über das, was Richard Steiner ihnen im Mini-Car bezüglich des mitgehörten Gespräches von Hartmann und Schlömer berichtet hatte, aber auch, ob Sarah sich nochmal bei ihm melden würde. Nach seinen Erfahrungen mit Mädels in der letzten Zeit war dieses kuriose Wiedersehen und die Stunden bei Szenifer allerdings das interessanteste, traurigste und zugleich lustigste „Date" seit langem.

Er hatte Tom am Sonntag Nachmittag nochmals von dem, was Richie mitgehört hatte erzählt. Denn sein Partner war im Taxi Nachts zuvor viel zu besoffen, um irgend etwas mitbekommen zu können. Aber nun, auf dem Weg vom Metzger zurück zum Präsidium, wo sie die Maurer-Marmelade für Steffen Reiter geholt hatten, war Gelegenheit, die Ermittlungserkenntnisse der letzten Tage noch einmal gründlich auszutauschen.

«Dieser Platzpfleger Morton Woodcroft versteht sich also prächtig mit dem Clubmanager Bernd Grüner, hält ebenfalls so rein gar nichts von Hartmann, hat kein vernünftiges Alibi für keinen der beiden Anschläge und will nicht mal Grüner am Donnerstag auf der vierzehnten Spielbahn gesehen haben, wo dieser ja offensichtlich auf Hartmanns Fersen gewesen ist?!», versuchte Tom Keller das von Cervinus mit dem Greenkeeper geführte Gespräch nachzuvollziehen. Er biss im Gehen in sein Stück Fleischwurst. An seiner Seite schlürfte Martin seinen Coffee-To-Go.

«So ungefähr. Aber es würde mich schon konkret interessieren, was Joachim Hartmann nun genau mit Schlömer besprochen hat. Das musst du dir mal vorstellen: Da liegt der halbtot mit einem Haarriss am Schädel in der Klinik und ist schon zwei Tage später wieder im „Herren-Haus"?! Dieses Treffen mit Schlömer muss also wahnsinnig wichtig für ihn gewesen sein.»

«Oder er hat's wahnsinnig nötig gehabt», antwortete Keller grinsend. Cervinus ignorierte Toms nicht ganz ernst gemeinte Vermutung und fuhr unbeirrt fort.

«Was will Hartmann von diesem Typ? Und wohin hat er Schlömer eingeladen und wozu? Was hat er noch gesagt: „Einzigartiges und irgendwas mit Zwölf?!" … Autsch!»

Martin hatte sich den Mund an dem heißen Kaffee verbrannt. Er schüttelte verärgert den Kopf und dachte weiter laut nach.

«Hört sich schon nach irgendetwas Spektakulärem an.»

«Aber dieses Spektakel kann überall liegen. Wenn Hartmann sagt, dass sie nur eine Dreiviertelstunde fliegen, bis sie da sind …», ergänzte Tom.

«Stimmt. Was Richie mitbekommen hat, hört sich unterm Strich doch sehr nach einem Deal an, den Hartmann noch nicht eintüten kann, weil Schlömer noch nicht sicher ist, ob er ihn eingehen soll», überlegte Cervinus.

«Naja, ich denke mal, dass der Schlömer ein gewiefter Taktiker ist, der den Preis für ein Grundstück oder eine Immobilie hochtreiben will», entgegnete Tom.

«Mann, Richie verträgt aber auch wirklich nicht besonders viel, das ist doch ein Mann vom Bau! Hätte er mal ein bisschen mehr mitgekriegt, wären wir jetzt schon weiter», ärgerte sich Tom.

«Das sagt der Richtige …», feixte Martin. Es war das erste Mal, dass Tom Keller dem nichts entgegen zu setzen hatte.

Als Martins Mobiltelefon klingelte, musste er erst einmal überlegen, wie er es aus dem Sakko bekommen sollte. In der einen Hand hatte er das Frühstück für Polizeiobermeister Reiter, in der anderen den Kaffee-Becher. Er entschied sich dazu, alles Tom in die Hand zu drücken, denn er wollte sich beeilen, das Gespräch anzunehmen, vielleicht war es ja Sarah …

Es war Marita Kammer. Die Dezernats-Sekretärin bat die beiden, sich zu beeilen. Sie hatten Besuch im Präsidium.

«Ich habe eine Überraschung für Sie, meine Herren!» Bernd Grüners Augen funkelten im Licht der Neonlampen des fensterlosen Befragungsraumes.

«Schauen Sie doch einfach mal, was ich für Sie habe …» Der Clubmanager nahm sein Smartphone aus der Hosentasche und wischte zweimal über die Oberfläche. Dann zeigte er Martin Cervinus und Tom Keller die Anrufhistorie:

Montag, 9:12 Uhr,
eingehender Ruf,
Joachim Hartmann

Keller zuckte kurz mit seinen durchtrainierten Schultern.

«Ja … und?» Grüner wischte zwei weitere Male über das Display des Telefons und startete eine App.

«Kennen Sie die, Herr Cervinus? Ich tippe mal auf ja, Sie waren doch auch immer ein Freund von Trainingshilfen. Das ist die „FairwayFinderProGolf-App".» Martin kannte diese Anwendung tatsächlich. Mit diesem Programm konnte man per GPS-System genau festhalten und abspeichern, von welcher Position aus ein Golfschlag ausgeführt wurde und auf welcher Position der Ball landete und weitergespielt wurde. Man konnte zusätzlich auch den verwendeten Schlägertyp und den Score abspeichern.

«Aber was automatisch und unabänderlich abgespeichert wird, ist die genaue Position und Uhrzeit, zu der man sich an einem bestimmten Ort befunden hat. Und jetzt sehen Sie mal …»

Martin Cervinus erkannte auf der angezeigten Grafik die stilisierte Form der siebten Spielbahn des Lindentaler Golfclubs, die blaue punktförmige Markierung für die GPS-Position von Bernd Grüner

186

genau auf dem Abschlag dieses Lochs, das rund 260 Meter vom Unfallort entfernt war und darunter die Echtzeitdaten:

G+CC Lindental,
Champions-Course
Abschlag: Gelb

Montag, 09:16 Uhr
Tee Nr. 7, PAR 3, Länge: 132m, Verwendeter Schläger: Eisen 8

Montag, 09:21 Uhr
Grün Nr. 7, Putt, Länge: 4,23m, Score: 2, Birdie

Cervinus sah seinen Kollegen an. Der unternahm größte Anstrengungen, die unsichtbaren Fragezeichen auf seiner Stirn nicht offenbar werden zu lassen, er konnte mit den Angaben schlichtweg nichts anfangen. Martin aber verstand sofort. Grüner konnte unmöglich von dem Abschlag der Sieben das Unglücks-Fairway der Fünfzehn anvisiert, geschweige denn jemanden dort getroffen haben. Bernd Grüner hatte den beiden Ermittlern soeben ein ziemlich gutes Alibi präsentiert, nicht durch einen menschlichen Zeugen, sondern durch einen „elektronischen Caddie". So nannte man auch diese Apps. Im wahrsten Sinne des Wortes hieb- und stichfest, dachte er. Keller ahnte nur, was das alles zu bedeuten hatte.

«Interessant, interessant. Sie verstehen sicherlich, wenn wir diese ähm … Information … erst einmal überprüfen, Herr Grüner. Meine kleine Schwester schreibt Ihnen so eine Software in fünf Minuten, von daher ist hier wirklich die Frage nach der Echtheit der Daten zu stellen», sagte Tom, um seine Verständnis-Lücken zu kaschieren.

«Prüfen Sie ruhig, prüfen Sie. Aber, Herr Cervinus, tun Sie mir und sich einen Gefallen und stecken Sie nicht zu viel Energie in die Idee, dass ein Golfer jemanden vorsätzlich durch einen Golfschlag ermorden will und dabei aus Versehen einen anderen umbringt. Ob jetzt aus fünfzig oder zweihundert Metern Entfernung ist da doch völlig Schnuppe», antwortete Grüner gelassen.

«Sie halten sich trotzdem weiter zu unserer Verfügung, Herr Grüner!», rief Keller dem Clubmanager hinterher, als der zufrieden den Flur hinunter in Richtung Ausgang schritt.

«Sag mal, Martin, könnt ihr Golfer auch Deutsch?»

«Das sagt der Richtige, Tom. Du *Dinnelo!*», grinste Cervinus ihn an. Tom reagierte genervt.

«Was ist?!», fauchte er.

«Nichts, Herr Profiler», antwortete Martin. Es tat gut, Tom zu zeigen, dass auch er mehr Menschenkenntnis hatte als ein Aktendeckel.

Komm, jetzt trau dich halt. Er ist über seinen Schatten gesprungen, dann kannst du das auch. Da kommt endlich mal einer, der den Mut hat, auch mal einen Fehler zuzugeben – und du lässt ihn ein ganzes Wochenende schmoren. Na ja, wahrscheinlich hat er sowieso keine Lust mehr, nachdem, was du ihm alles an den Kopf geknallt hast. Von wegen „Spinner" und so. Was soll's, mehr als „Nein" sagen kann er nicht. Also: Soll ich oder soll ich nicht?

Erneut klingelte Martins Handy. Die Zentrale rief den Unfall-Ermittler zu einem Vorfall in einem Handwerks-Betrieb nach Lich.

«Das war's mit dem Frühstück für mich. Die Woche fängt ja wieder mal prima an», rief Martin seinem Kollegen zu und machte sich auf direktem Wege auf zu seinem Auto.

Zwanzig Minuten später stand Martin Benedikt Cervinus in der Werkhalle der Möbel-Polsterei, mitten in der romantischen Licher Altstadt mit seinen teilweise über siebenhundert Jahre alten Fachwerkhäusern, dem Meister gegenüber.

«Also wenn ich Sie richtig verstehe, dann haben sich Ihre beiden Auszubildenden gegenseitig mit Pressluft-Tackern beschossen. Der aus dem ersten Lehrjahr hat den aus dem zweiten Lehrjahr ins Knie getroffen und umgekehrt der ältere den jüngeren „Stift" da, wo er schon einen Stift hat?» Der beleibte Mann mit der Vollglatze hielt sich konsterniert einen Verband an seine Nase. Er wollte den Streit der Lehrlinge – die beiden waren in dasselbe Mädel verknallt – schlichten und geriet dabei zwischen die Fronten. Nun hatte der Chef der beiden zwei zusätzliche Löcher in der Nase.

«Also sonst geht's noch, Herr Turmann?!» Diese Dinger sind ja lebensgefährlich!», äußerte Oberkommissar Cervinus sein Unverständnis über den Umgang der Handwerker mit ihren Werkzeugen. Er nahm eine der Pressluft-Klammergeräte in die Hand. Das Gerät ließ sich tatsächlich wie eine Waffe greifen.

«Da braucht's gar keine Gewehrkugel, um jemanden umzubringen. Wie Sie das der Berufsgenossenschaft erklären wollen, ist mir ein Rätsel.» Der Kommissar fürchtete dabei am meisten den ganzen Schreibkram, den er mit diesem Klammer-Gefecht haben würde. Dabei wollte er sich doch voll und ganz auf die beiden Vorfälle im Golfclub konzentrieren. Immerhin hatte er es von hier nicht so weit nach Lindental. Es stand noch die Befragung von Schorsch aus, der auch am Donnerstag auf dem Gelände war. Es war zwar unwahrscheinlich, dass der Golf-Altmeister, wenn er ausschließlich auf dem Übungs-Grün war, etwas von dem Anschlag auf Hartmann auf der Vierzehn mitbekommen konnte. Aber der Ermittlungserfolg war bisher so übersichtlich, dass er in jedem, der zur Tatzeit auf dem Gelände war, den vielleicht rettenden Strohalm sah. Cervinus verabschiedete sich von dem Handwerksmeister, dessen Nase schon auf das Doppelte angeschwollen war und lief zurück auf die Hauptstraße. Beim Einsteigen in sein Auto fiel ihm ein Werbeplakat für ein Restaurant im von hier nur zehn Kilometer entfernten Hungen auf:

Neueröffnung: Die Wein-Tenne. Erlebnisgastronomie.
Internationale Weinkarte. Regionale und französische Küche.
Freier Zugang zum ersten Schäferei-Museum Oberhessens.

In diesem Moment vibrierte wieder Martins Telefon.
«Hallo? Frau Riedmüller?! Das ist ja eine Überraschung!
…
Äh … meine SMS … ja, ähm, ja, genau …
…
Sie wollen...ähm, ja?! Ja, doch, klar, warum nicht.
…
Ich soll vorschlagen … ok, ähm … wie wär's mit der *Wein-Tenne* in Hungen?
…
So um acht?
…
Ja, Klasse, ich freu' mich, sehr sogar!

...
Ja, Ciao, bis nachher!»

Martin hatte ein neues Date. Eigentlich nichts Ungewöhnliches für ihn. Aber mit Melinda?! Plötzlich dämmerte es ihm: In Windeseile checkte er seinen SMS-Ausgang:

Gesendet:
Samstag,
23:11 Uhr,
Empfänger:
Ried-
müller,
Melinda.

Als er das las, lachte er laut auf. Seine Mutter, Pfarrerin Elisabeth Cervinus, hätte jetzt sicherlich gesagt: „tja, bei manchen SMS tippt der liebe Gott ein bisschen mit!" Eines stand für ihn fest: Es würde sicherlich das spannendste Abendessen seit langem werden. Und vielleicht würde er Melinda jetzt endlich einmal lächeln sehen.

Eine Viertelstunde später hatte er den Ortseingang von Lindental erreicht. Er hatte Schorsch auf der Fahrt angerufen und mit ihm vereinbart, ihn bei sich zu Hause zu besuchen. Daheim war Schorsch aber weniger in seinem Wohnzimmer, sondern am liebsten – wenn er nicht gerade auf dem Golfplatz war – in seiner Garage. Ein Auto stand dort allerdings schon seit Jahrzehnten nicht mehr. Der kleine, weiß gelockte Mann hatte hinter dem Metalltor eine Golfschläger-Werkstatt eingerichtet, die in ganz Mittelhessen einzigartig war. Als Cervinus den zweitliebsten Freizeitplatz von Schorsch betrat, stand ihm für einen Moment lang der Mund offen: Alle Wände waren von oben bis unten komplett mit Drivern, Eisen und Puttern bedeckt, die fein säuberlich an speziellen Vorrichtungen angebracht waren. In der Mitte des Raumes stand eine lange Werkbank mit unterschiedlichsten Werkzeugen und Maschinen. Mit einem Gerät konnte man einen Schlägerschaft auf ein halbes Grad genau biegen, mit einer anderen Vorrichtung konnten Putter-Griffe aufgezogen werden und mit einer weiteren konnte die Unterkante eines Schlägerkopfes individuell auf die Schlaggewohnheiten eines Golfers angepasst und geschliffen werden.

«Wow!», konstatierte Martin.

«Den Rest habe ich im Keller hinter der Garage.» Schorsch deutete auf die rückwärtige Tür, die die Garage mit dem Untergeschoss seines Hauses verband.

«Wie, noch mehr Schläger?!», wunderte sich der Kommissar.

«Ich hab' ja auf dem Übungs-Grün deinen Putter-Schaft gesehen und da hab' ich mir gedacht, vielleicht willst du den mal ausprobieren ...» Schorsch nahm einen Putter-Griff von der Werkbank und hielt ihn Martin hin. Der Griff bestand aus weichem Korkmaterial, das sich für Martin Cervinus warm und weich anfühlte und dennoch die Portion Gefühl vermittelte, die er bei sich schon seit Jahren vermisste.

«Hab' ich selbst aus Korkeiche gepresst und geformt, so einen kriegst du sonst nirgendwo!», fügte er, nicht ohne ein stolzes Funkeln in seinen blauen Augen, hinzu.

«Oh, das ist ... wow ... was willst du denn dafür haben?», fragte Martin überrascht und erfreut zugleich.

«Ich will dich nur den Ein-Meter-Putt beim sechsten Loch des Übungs-Grüns dreimal hintereinander machen sehen, das reicht mir … und ein Pils!» Schorsch grinste wie ein Schuljunge.

«Komm, ich zeig' dir noch was …» Er führte Martin durch die Tür in einen der dahinter liegenden Kellerräume. In diesem Zimmer stand nur eine einzige Maschine, vier Meter vor einer Wand, die vollständig durch eine Leinwand bedeckt war. In einem Metallarm des koffergroßen Geräts war ein Golfschläger, ein Eisen Sieben, eingespannt. Auf der Leinwand waren Kreise ähnlich einer Zielscheibe aufgemalt.

«Ein Golf-Roboter!», stellte Martin völlig erstaunt fest.

«Sag bloß, den hast du auch selbst gebaut, Schorsch?»

«Selbstverständlich!» Seine Augen leuchteten nun wie Feuer vor Stolz.

«Dieser gewöhnliche amerikanische Schrott ist doch überhaupt nicht genau genug, das bringt doch gar keine anständigen Messergebnisse!», fügte er hinzu. Cervinus musste fast grinsen, als er das hörte. Er hatte nämlich erst vor ein paar Tagen davon gehört, dass ein von einem amerikanischen Unternehmen entwickelter Golf-Roboter bei einem Show-Event auf einem offiziellen Turnier der US-Profi-Tour in Phoenix in Arizona ein Hole-In-One geschlagen hatte. Wenn Schorschs Maschine noch präziser war, dann war sie wohl noch treffsicherer als ein Scharfschützen-Gewehr.

«Ich hab die Maschine so konzipiert, dass ich sie auch auf die Driving Range mitnehmen kann, diese industriellen Teile sind ja viel zu groß und taugen trotzdem nichts. Kannst ja gerne mal deine Schläger mitbringen, dann gucken wir mal, wie zielgenau die sind.»

«Und Du kannst das Teil auch auf meine Schwunggeschwindigkeit einstellen?», wollte Martin wissen.

«Ja klar, kein Problem. Ich habe eine Schnittstelle zu einem Laptop eingebaut, darüber kann ich das steuern.» Martin war baff. Dass der fast Achtzigjährige sich neben der Mechanik auch noch mit Mikroelektronik auskannte, hatte er ihm dann doch nicht zugetraut.

«Wahnsinn! Hmm, es fällt mir ja schwer, jetzt auf ein ganz anderes Thema zu kommen, Schorsch, aber es hilft ja alles nichts …», begann der Oberkommissar trotzdem seine Befragung zu den Vorkommnissen am Donnerstag. Der beantwortete geduldig seine Fragen. Er war nach eigenem Bekunden ausschließlich auf dem Übungs-Grün unterwegs und hatte aufgrund des aufziehenden Gewitters an jenem Abend auch nicht mehr vorgehabt, auf den Platz zu gehen.

«Eine Frage hätte ich noch zu dem Attentat auf Hartmann am Donnerstag …», sagte er zu dem Rekord-Clubmeister.

«Ich kenne keinen, der sich besser mit Formen und Ausgestaltungen von Golfschlägern auskennt. Kannst du dir vorstellen, dass ein Holz, Eisen oder Putter zwei Kopfverletzungen gleichzeitig verursachen kann, wobei die eine mit fünfzig Millimetern in etwa so breit ist wie die Schlagfläche eines Eisens, die zweite aber nur punktförmig ist, ungefähr einen Zentimeter im Durchmesser misst und vier Zentimeter neben der größeren Wunde liegt?», beschrieb er Hartmanns Verletzungen. Der Schlägerbauer überlegte und blickte dabei auf den Golfschläger-Roboter.

«Na ja, es gibt zwar einige Putter-Modelle, die mittlerweile die wildesten Formen haben und eher aussehen wie eine Bratpfanne oder eine am Schaft aufgespießte Vogelspinne. Die nennt man bezeichnenderweise auch „Spider"-Putter. Nenn' mich altmodisch, aber mein Fall sind diese Teile nicht. Es gibt aber immer mehr Golfer, die sich mit so einem Ding sicherer fühlen, weil sich diese

Modelle nicht so leicht von der korrekten Put-Linie verziehen lassen sollen. Diese Putter haben dann auch ziemlich spitze Flügel an den Außenkanten der Schlagfläche. Aber auch wenn du mit so was auf jemanden einschlägst, müsstest du eigentlich nur eine Wunde erzeugen können und nicht mehrere. Es sei denn, du schlägst halt zweimal zu, einmal mit der breiten Schlagfläche und einmal mit der Spitze oder so. Aber so richtig kann ich mir es nicht vorstellen.»

«Siehst du, Schorsch, das ist mein Problem: ich auch nicht. Ich überlege schon die ganze Zeit ...»

«Ich habe auch etwas nicht aus meinem Kopf bekommen, Martin. Ich habe dir doch Anfang der Woche erzählt, dass der Hartmann mich mit seinen dunklen Augen sehr eindringlich an irgend jemanden von früher erinnert. Ich glaube, ich weiß jetzt, an wen, auch wenn es eigentlich gar nicht sein kann!» Cervinus verließ mit seinem Blick die Leinwand mit der aufgemalten Zielscheibe und fixierte nun das sonnengegerbte Gesicht des älteren Mannes. Der erwiderte den Blick und sah Martin an.

«Es gab vor Jahrzehnten einen Metzger hier im Ort, der hieß auch Hartmann. Ist in den fünfziger Jahren gestorben. Ich weiß noch, wie ich als kleiner Bub immer von meinen Eltern losgeschickt worden bin, um dort Rinderknochen zu holen. Meine Mutter hat die dann ausgekocht, mehr konnten wir uns nicht leisten. Dieser Metzger Hartmann hatte so dunkle Augen, dass ich damals als Kind immer Angst davor gehabt hab', da hinzugehen. Ich hab' immer Albträume von seinem Gesicht gekriegt. Die ganze Familie hatte bei uns in Lindental den Namen „Schwarze-Metzgersch‴ – wegen des Gesichts. Und weißt du was: Der neue Club-Eigentümer hat genau diese dunklen, fast schwarzen Augen.» Schorsch zog die Augenbrauen hoch.

195

«Aber eigentlich kann er gar nichts mit dieser Familie zu tun haben, der ist ja mit seinen fünfzig Lenzen viel zu jung.»

«Und du hattest mir doch auch erzählt, dass der gar nicht von hier stammt?», erinnerte sich Martin.

«Wie war das, er kommt aus Argentinien?»

«Ja, nur die Familie seines Vaters war wohl irgendwie deutschstämmig. Bei Joachim Hartmann hört man eher den spanischen Akzent seiner Muttersprache heraus, gelle?»

«Ja, jetzt, wo du es sagst, schon. Insbesondere wenn er einen Schlag verzogen hat und dann flucht. Was ist eigentlich aus der Metzgerei geworden?»

«Tja, wie so oft: Der Sohn war bei der Wehrmacht und ist im Krieg gefallen. Manche sagten sogar, dass er bei der SS war. Schon in der Hitlerjugend soll er sich als besonders fanatischer Nazi gezeigt haben. Nachdem der alte Hartmann in Sechsundfünfzig gestorben war und sein Rudi nicht wieder zurück kam – andere Nachkommen hatten die nicht – war die Metzgerei verwaist. Es ist das halb verfallene Haus direkt am Dorfplatz, das einzige, das nicht restauriert wurde. Seit sechzig Jahren hat da keiner mehr gewohnt», stellte Schorsch fest.

«Aber was soll's, wahrscheinlich ziehe ich nur die Verbindung zu unserem Herrn Hartmann, weil er zufällig denselben Nachnamen hat», sinnierte er vor sich hin.

Martin hob einen Golfball vom Kunstrasen-Teppich auf, der in dem Raum mit dem Golf-Roboter verlegt war und drehte ihn unbewusst beim Nachdenken in seiner Hand.

«Sag mal, was weißt du eigentlich über diesen Schäfer Wolf, Schorsch?» Der Clubmeister von 1976 reagierte überrascht und lief rot an.

«Halt mich bitte nicht für senil oder so, aber auch der erinnert mich an jemanden aus alten Zeiten. Genauso weiß ich aber selbst am besten, dass ich auch diesen Mann gar nicht von früher kennen kann. Der Schäfer ist ja erst vor zwölf Jahren aus dem Osten hierher gekommen. Das hat er mir selbst mal in schönstem Sächsisch erzählt. Ab und zu laufen wir uns über den Weg, wenn er ein ausgebüchstes Schaf auf dem Golfplatz sucht und ich meinen ausgebüchsten „Getaway" auf seinen Schafweiden. Einmal war er sogar mal mit seiner Herde hier am Haus vorbeigelaufen und ich habe ihn auf einen Kaffee eingeladen. Er war ganz fasziniert von meiner Werkstatt und dem Golfschläger-Roboter hier.» Martin lächelte verständnisvoll.

«Kein Problem! Ich würde mich freuen, wenn ich erst mal so alt werden dürfte wie du und dann immer noch so genial putten könnte. Aber erzähl doch einfach weiter, wir haben noch keinen wegen Senilität verhaftet.» Schorsch tat ihm den Gefallen.

«Als ich ungefähr fünf war, da gab es hier in Lindental tatsächlich eine Familie Wolf. Und ich meine, mich dunkel daran zu erinnern, dass ich mit einem Jungen, der diesen Nachnamen trug und in etwa in meinem Alter war, immer mal gespielt habe. Eines Tages war er über Nacht verschwunden, und sein Vater auch. Meine Eltern haben danach nie mehr über diese Familie gesprochen und ich weiß bis heute nicht, was mit denen passiert ist. Ich bin heute sicher, dass die Nazis die verschleppt haben. Ihr kleines Häuschen wurde bald danach abgerissen und nach dem Krieg hat ein anderer auf dem Grundstück neu gebaut. Irgendwann habe ich mal eine

Dorf-Chronik zu lesen bekommen, da stand drin, dass ein Karl Wolf, ein Sozialdemokrat, Lindentaler Bürgermeister von 1932 bis 34 war. Aber weißt du, wann ich erst wieder was von denen gehört habe? Da kommst du im Leben nicht drauf!» Cervinus zuckte zwar mit den Schultern, erwartete aber gespannt Schorschs Antwort.

«Es war vor vier Jahren. Kurz bevor mein Vater verstarb, mit fast fünfundneunzig. Er hat dann immer mal ein Nickerchen in der Wohnstubb' gemacht. Manchmal habe ich gehört, wie er im Schlaf gesprochen hat. Da hat er dann im Traum mit Leuten geredet, die seit fünfzig Jahren tot sind und so. Manchmal fragte er, ob ich schon die Ziegenmilch beim Karl Wolf geholt habe und was ich schon wieder mit dem Wolfe Arno ausgefressen hätte.» Schorsch sah Martin mit großen Augen an.

«Und ich glaube, der Junge, mit dem ich als Kind gespielt habe und der plötzlich verschwunden war, hieß tatsächlich Arno Wolf.» In diesem Moment fiel Martin Benedikt Cervinus auf, dass er noch gar nicht den Vornamen des Lindental Schäfers kannte.

«Leg den Ball mal hier auf diese Markierung. Jetzt zeige ich dir mein Maschinchen mal in Funktion», bat er den Oberkommissar und riss ihn damit aus seinen Gedanken. Martin legte daraufhin den Golfball, den er immer noch in der Hand hielt, auf das gelb markierte Kreuz neben dem Schlag-Roboter. Schorsch machte einige Eingaben an dem kleinen Bedienfeld am Rücken des künstlichen Golfers und drückte einen roten Knopf. Daraufhin schwang der stählerne Arm der Maschine mitsamt des daran befestigten Golf-schlägers nach hinten und sofort wieder nach vorne und schlug den Golfball mit Wucht in Richtung der Leinwand. Dort traf er, weit oberhalb der markierten Zielkreise, auf die Wand und verfing sich dort in einem oberhalb der Leinwand befestigten Fangnetz.

«Mist nochmal, das gibt's doch nicht, der Ball hätte genau die Mitte der Zielmarkierung treffen müssen!», ärgerte sich Schorsch über den für Cervinus offensichtlichen Vorführ-Effekt. Der Golf-Tüftler bückte sich zu dem kleinen Display an dem Roboter herunter und drückte nervös ein paar Knöpfe. Dann schaute er auf und blickte Martin an.

«Das konnte ja gar nicht funktionieren. Ich war sicher, die Entfernung beim letzten Mal auf hundertdreißig Meter eingestellt gehabt zu haben. Aber auf einmal stand sie bei sechzig Metern Entfernung. Eigentlich kann das gar nicht sein», stellte er ratlos fest.

«Wann warst Du denn das letzte Mal hier unten?»

«Sonst bin ich fast jeden Tag hier unten, aber in letzter Zeit war ich wegen dem schönen Wetter so oft auf dem Golfplatz, dass ich nicht hierher kam.»

« … seit einer Woche … aha …», sinnierte Martin Cervinus und legte gedankenverloren einen weiteren Ball auf die kleine gelbe Markierung neben der Schläger-Maschine. Schorsch veränderte die Einstellung auf die richtige Entfernung von hundertdreißig Metern und startete den Schläger-Roboter erneut. Diesmal traf der Ball genau in das Herz der Zielringe.

«Volltreffer, geht doch!», sagte Schorsch zufrieden.

15. Kapitel

«Es gab also sowohl eine Familie Hartmann als auch eine Familie Wolf in Lindental. Die einen waren Nazis, die anderen wurden von Nazis verfolgt und beide Familien verschwanden, entweder im zweiten Weltkrieg oder kurz danach. Und nun taucht sowohl ein Herr Wolf als auch ein Herr Hartmann wieder in demselben Dorf auf. Ein bisschen viel für einen Zufall, oder?», fasste Cervinus sein Gespräch mit Schorsch eine Stunde später für Tom Keller zusammen, der in seiner gewohnten Denkhaltung, die Beine auf dem Schreibtisch, den Ausführungen seines Kollegen in ihrem gemeinsamen Büro gefolgt war.

«Na ja, auf der anderen Seite sind „Wolf" und „Hartmann" Allerweltsnamen. Außerdem haben beide mit diesen Familien von Anno Tubak ja auch eigentlich *tschü* zu tun: der eine kommt aus Südamerika, der andere aus Ostdeutschland», entgegnete der.

«Ja, da hast du Recht. Aber weißt du was: viel interessanter fand ich, dass Schorsch so einen absolut professionellen High-Tech Golf-Roboter konstruiert hat. Sonst sind das Riesen-Trümmer, aber seinen kannst du wie einen Koffer überall mit hinnehmen. Und er sagt, dass seine Maschine wesentlich präziser einstellbar ist, als diese industriellen Geräte aus den USA», sagte Martin.

«Hm, sag mal, ist es vorstellbar, dass du mit so einem Ding, wenn es so präzise ausgerichtet werden kann, einen Menschen mit einem Golfball erschießen kannst?», fragte Tom, während er mit seinem Blick zunächst den gelben Jonglierball auf seinem Schreibtisch und dann Martin fixierte.

«Ich muss nochmal mit Dr. Wiesenholder reden, aber der Gedanke kam mir während des Gesprächs mit Schorsch auch. Nur: Schorsch kann's gar nicht gewesen sein.»

«Na gut, warten wir erst mal ab, was der Doc zu der Theorie sagt. Ach übrigens, ich habe auch eine seltsame Info bekommen. Dieser Theodor Müller hat ja eine Schwester in Berlin, die einzige nähere Verwandte. Die hat sich jetzt bei den Kollegen in der Hauptstadt gemeldet und ihnen Müllers Post der letzten Tage gebracht. Darunter war ein Mahnschreiben für eine Rechnung vom Institut für Luft- und Raumfahrt.» Martin Cervinus kontrollierte während dessen seinen Mail-Eingang.

«Und, wollte er zum Mond fliegen?», sagte er trocken und ohne aufzuschauen.

«So langsam wirst du lockerer, mein lieber Martin, der Spruch hätte auch von mir sein können. Nein, natürlich nicht. Er hat spezielle Radar-Satellitenbilder angefordert.»

«Aha. Und von was für einem Objekt?»

«Jetzt wird´s interessant! In der Rechnung des Instituts stand: Für ein bestimmtes Planquadrat in der Gemarkung Lindental!» Nun löste Cervinus blitzartig seinen Blick von seinem Notebook und sah seinen Kollegen erstaunt an.

«Ach, das ist ja wirklich interessant. Also ich selbst schaue mir auch schon mal Satelliten-Aufnahmen von einem Golfplatz im Internet an, wenn ich dort noch nie gespielt habe, um mir einen Eindruck vom Verlauf der Spielbahnen aus der Vogelperspektive zu machen. Aber Radar? Ich kann mir nicht vorstellen, dass Müller so akribisch war, sich sogar die Höhenunterschiede des Platzes oder der Grüns schon mal vorab einprägen zu wollen.» Keller knautschte einen der kleinen, gelben Bälle in seiner Hand und warf ihn von seinem Sitzplatz aus auf den vier Meter entfernten runden Besprechungstisch, wo er genau in der Mitte landete und liegen blieb.

«Vergiss nicht, was die Leute von der staatlichen Grundstücks-Verwaltung über ihn gesagt haben: Er war über alle Maßen akribisch. Geradezu pedantisch», gab er zu bedenken.

«Wie auch immer, wir sollten uns die Satelliten-Aufnahmen mal ansehen. Am besten zusammen mit einem Spezialisten von der SpuSi. Ich lasse uns die Bilder mal schicken», sagte Cervinus und tippte das Passwort für die Bildschirmsperre ein.

«Okay, Martin. Kann sein, dass die Bilder schon da sind, bevor ich zurück bin, ich muss jetzt los.»

«Ach ja, du fliegst ja heute Abend mit deiner Ruder-Mannschaft nach England. Und, wie stehen die Chancen auf den Titel?»

«Ach, *latscho*, das *naascht* schon!», grinste Tom.

«Na dann, viel Glück und, wie sagt man doch in eurem Sport, Riemen- und Dollen-Bruch!»

«Danke dir, Donnerstag bin ich wieder da. Stell' in der Zwischenzeit nix an!», verabschiedete sich Keller von seinem Partner. Als er die Türklinke in der Hand hatte, schaute er noch einmal zurück zu seinem Kollegen.

«Und was machst du heute Abend? Doch nicht schon wieder in's „Herren-Haus"?!»

«Ich hab' ein Date», antwortete Martin, der versuchte, es so nüchtern und profan wie möglich klingen zu lassen.

«Na dann, auch dir Riemen- und Dollenbruch!», grinste Tom ihn an und schloss lachend die Tür hinter sich.

Seit das mittelhessische Städtchen Hungen, die „Schäferstadt", wie sich selbst nannte, eine Umgehungsstraße erhalten hatte, blühte

203

der historische Ortskern regelrecht auf. Nun, da nicht mehr tausende Autos und Lastwagen über die Bundesstraße durch die Innenstadt fuhren, wurden die historischen Fachwerkhäuser freigelegt, Plätze und Straßen mit hübschem Kopfsteinpflaster gestaltet und Straßenkaffees neu eröffnet. Die Stadt der Schäfer war das Örtchen an der Horloff allerdings schon seit Jahrhunderten. Aus der seit 1922 bestehenden Tradition, dass Hungen alle zwei Jahre mit dem Schäferfest zum Mittelpunkt der hessischen Schafzucht wurde, war ein überregionales Ereignis geworden. Cervinus kam allerdings bisher eher selten hierher und wenn, dann in der Regel wegen eines Verkehrsunfalls, den er aufzunehmen hatte. Er war daher von den schmucken Ecken überrascht, die man nun in der Altstadt entdecken konnte. Bei der mild und golden durch die Linden-Blätter scheinenden Abendsonne wurde der Marktflecken zudem in ein besonders schönes Licht getaucht. Zu den schönsten und am liebevollsten restaurierten Fachwerkhäusern gehörte die „Wein-Tenne", die nur drei Häuser von dem in Oberhessen einzigartigen Schäferei-Museum entfernt lag. Im hinteren Gebäudeteil der im klassischen schwarz-weiß gehaltenen ehemaligen Hofreite war die Vinothek untergebracht, deren Sammlung erlesener Tropfen einzigartig in der Region war.

Martin Cervinus musste nicht lange auf seine Verabredung warten. Als Melinda um kurz nach acht das Restaurant betrat, strahlte er wie ein Honigkuchenpferd. Sie trug ein dunkelblaues Cocktailkleid, das ihre ohnehin schon sehr gute und sportliche Figur nochmals betonte. Ihre langen, kastanienbraunen Haare hatte sie wieder zu diesem hübschen Mozart-Zopf geflochten. Sie sah großartig aus.

«Hi!», begrüßte sie Martin beim Hereinkommen. Und sie lächelte. Ihre Zahnlücke strahlte zuckersüß zwischen ihren roten Lippen.

«Hallo!», erwiderte Martin. Sie gaben sich eine kurze, eher schüchterne Umarmung. Martin hatte dabei noch nie eine Frau kennen gelernt, die so gut duftete. Als die beiden an ihrem Tisch direkt an einem Panorama-Fenster Platz genommen hatten, erhielt Melinda ihr erstes Kompliment des Abends:

«Es tut mir Leid, wenn sich das jetzt platt anhört, aber Sie sehen fantastisch aus!»

«Danke. Sie aber auch. Und ich brauche bestimmt wesentlich länger als Sie, um mich so hinzurichten.» Melinda brauchte nur zwei Sekunden, um ihren Versprecher zu bemerken und lachte sogleich lauthals los. Martin tat es ihr nach und bemerkte, dass mit dieser lustigen Situation und dieser Frau ein wunderbarer Abend beginnen würde.

Mit dem Begrüßungssekt stießen sie auf das „Du" an.

«Auf einen Neustart, Melinda?", fragte Martin und blickte in ihre smaragdgrünen Augen.

«… als wär's das erste Mal!". Sie stießen gefühlvoll mit den Gläsern an. Schon bald kam sie darauf, zu erzählen, wie sie vor zwei Jahren zu der Stelle im Golfclub kam: Als ihre Eltern beide pflegebedürftig wurden, gab sie ihre gute Anstellung in einem Fünf-Sterne-Hotel in Frankfurt auf. Vergleichbare Jobs waren für eine Hotelfachfrau hier in der Region rar. Sobald Joachim Hartmann von ihrem Schicksal hörte, «… hat er mich persönlich zuhause besucht, um mir eine Stelle im Club anzubieten. Und er bezahlt weit über Tarif. Dabei kann ich noch nicht einmal Golf spielen!», erzählte sie.

«Das macht nichts, ich auch nicht!», lachte Martin. Jetzt verstand er, warum sie nichts auf Hartmann kommen ließ.

«Und Bernd ist ein herzensguter Mensch. Er hat eben nur Pech mit dieser Schlange von Frau gehabt. Die nimmt ihn jetzt aus wie eine Weihnachtsgans. Dabei hat sie ihren gesamten gesellschaftlichen Status nur über Bernd erreichten können. Und jetzt, da er nicht mehr die Nummer Eins im Club ist, haut sie ab und schmeißt ihn aus der schönen gemeinsamen Wohnung. Dabei lässt sie sich aber weiter schön von ihm aushalten.» Martin nickte verständnisvoll. Verheiratet zu sein kam ihm plötzlich schrecklich anachronistisch vor.

«Nochmal: Es tut mir sehr Leid, wie ich dich beschimpft habe. Ich weiß natürlich auch, dass du in alle Richtungen ermitteln musst. Aber ich war letzte Woche noch so wütend über das, was ich gerade mitbekommen hatte.» Cervinus nahm einen Schluck von dem vorzüglichen Spätburgunder und blickte Melinda gespannt an.

«Joachim hat sehr viel für mich getan und daher verdient er meine volle Loyalität. Aber das, was er letzte Woche mit Bernd gemacht hat, war sehr unfair: Er hat ihn letzte Woche aufs Übelste beschimpft und ihm die Schuld für das Unglück gegeben. Weil Bernd keinen Monitor auf dem Abschlag der Fünfzehn installiert habe, über den man diesen toten Winkel hätte einsehen können. Ich weiß aber, dass er das sofort gemacht hätte, wenn er das Budget dafür bekommen hätte.»

«Hat er aber nicht?»

«Nein!», bestätigte Melinda.

«Hmm. Eigentlich wollte ich heute Abend nicht damit anfangen, aber jetzt, wo wir dabei sind: Fällt dir noch irgend etwas ein, was mit den beiden Unglücksfällen zu tun haben könnte?», fragte Martin vorsichtig. Sie hatte jedoch nichts dagegen. Sie nahm einen Schluck Wein, tupfte sich den Mund mit der Serviette ab und überlegte kurz.

«Hmm, eigentlich nichts. Da war nur eine Sache, die mich etwas verwundert hat: Am Montag, als Joachim Herrn Ranft ins Clubhaus gebracht hatte, ging er ja kurz nach hinten, vielleicht zur Toilette oder in sein Büro, ich weiß es nicht. Auf jeden Fall kam er nicht mit derselben Golftasche heraus, mit der er rein gegangen war.» Martin ließ die Gabel auf den Teller fallen und stutzte.

«Wie meinst du das?»

«Na ja, Joachim ist wie viele andere abergläubisch. Ich weiß, dass er ein spezielles Bag hat, das er nur bei Turnieren nutzt, quasi als Glücksbringer ...»

«Und du hast ihn mit diesem Bag wieder rauskommen sehen?»

«Genau, mit der knallroten Tasche. Wobei er mit dem grünen Bag, das nimmt er sonst, reingekommen ist. Da bin ich mir sicher.»

Martin wusste nicht recht, was er davon halten sollte. Warum lief Hartmann überhaupt mit seinem Golfbag herum, wenn er doch zu diesem Zeitpunkt sicherlich ganz andere Probleme hatte? Allerdings hatte er am Dienstag, als er mit ihm gespielt hatte, auch die rote Golftasche in Gebrauch. So abergläubisch konnte er also nicht sein. Auf jeden Fall musste er Hartmann beim nächsten Treffen dazu befragen. Für heute wollte er es aber genug sein lassen.

«Sag mal, wenn Du jetzt schon zwei Jahre in Lindental bist, willst du nicht auch mal golfen?", wechselte Martin daher das Thema.

«Schon. Bis jetzt wollte ich mich eben erst einmal richtig einarbeiten. Ich habe mich aber wirklich schon oft gefragt, wie es so ist auf dem Golfplatz, wie es da wirklich zugeht», überlegte sie.

«Ja, du siehst ja im Clubhaus oder im Restaurant nur diejenigen, die sich nicht so sehr bewegen. Aber wer richtig golft und nicht nur auf der Club-Terrasse beim Bier rumhängt, der läuft auf einer Runde zwischen acht und neun Kilometer, verbrennt bis zu 1.200 Kalorien und bewegt mehr als einhundert Körpermuskel.»

«Vielleicht könntest du mich ja mal auf eine Runde mitnehmen? Oder das Putten zeigen, das würde mir schon reichen“, lächelte sie Martin an.

Der strahlte wie an Weihnachten 86, als er die Modelleisenbahn-anlage geschenkt bekam.

«Gerne. Wie wär's mit morgen Nachmittag?»

«Samstag wäre besser, ich bin in den nächsten Tagen viel unter-wegs. Joachim hat mich gebeten, ihn zu einer Geschäftsreise zu begleiten», musste Melinda ihn enttäuschen, was ihr sehr Leid tat. Sah sie da in Martins Mimik einen Anflug von Eifersucht?

«Ich muss, mein Job ist mir wichtig. Nur durch die Stelle bei Joachim kann ich Geld verdienen und mich um meine Eltern küm-mern», erklärte sie. Dass er darauf nicht weiter nachfragte, machte ihn noch interessanter. Sie merkte, dass er sie voll akzeptierte, so wie sie war und was sie tat. Außerdem sah er verdammt gut aus. Als sie nach dem fantastischen Hauptgang beim Nachtisch, einem unglaublich leckeren Zitronenkuchen, angelangt waren, hörten sie ein Scheppern und Klirren in Richtung der Restaurant-Küche. Der Kellner, der die beiden Gäste eben noch in feinstem Hochdeutsch durch das Menü geführt hatte, fluchte nun in schönstem Oberhessisch. Er war offensichtlich gestolpert und hatte die feinen Speisen fallen lassen.

«Gewirrer heij noch amual, eich Dabbes, doas gibt's doch goar neijt, de schie Rehrücke …»

«Das ist witzig. Nicht, dass der arme Mann sich da eben hinge-legt hat. Aber vor einer Woche habe ich einen anderen Mann genau so fluchen hören.» Cervinus meinte damit den Schäfer Wolf, als er während seines Gesprächs mit ihm seine Hunde unter Kontrolle zu bringen versuchte.

«Mir geht das aber auch so: Wenn ich fluche, dann tue ich das immer noch auf Bayrisch. Die Muttersprache ist halt in mir drin und manchmal kommt sie zum Vorschein. Und wenn's nur beim Fluchen ist», lächelte sie. Martin Benedikt Cervinus blieb das Lachen plötz-lich im Halse stecken, während er in Gedanken wiederholte: Beim Fluchen kommt die Muttersprache zum Vorschein. Jetzt verstand er. Der Schäfer Wolf, der Ostdeutsch sprach und Oberhessisch fluchte, Arno Wolf, der kleine Junge, der mit Schorsch gespielt hatte und plötzlich verschwand, wahrscheinlich von den Nazis verschleppt. Das konnte tatsächlich kein Zufall sein. Er musste unbedingt noch einmal mit Wolf sprechen. Er war zwar bisher nicht unbedingt der Meinung gewesen, dass alles einen Sinn hatte, jede Begegnung, jede Begebenheit, jeder Zufall. Aber in den letzten Tagen konnte man genau auf diesen Gedanken kommen, dachte er nun. Nicht nur seit der – glücklicherweise – fehlgeleiteten SMS. Vielleicht hatte es auch einen bestimmten Sinn, dass er heute in einem Restaurant saß, das einem Schäferei-Museum genau gegenüber lag.

«Sag mal: hättest du Lust, dir mal dieses Museum da drüben anzuschauen?», fragte er daher Melinda.

Sie fand die Idee lustig und folgte ihm zehn Minuten später über eine historische Eichentreppe in das Obergeschoss des fünfhundert Jahre alten Fachwerkhauses. Die beiden betrachteten Gemälde und Fotografien von Schäfern und deren Herden in der Vergangenheit als auch über die zeitgenössische Schäferei. Die Wetterau und der Vogelsberg, die beiden Landstriche, an deren Grenzen Hungen lag, wurden seit jeher von den wolltragenden Tieren bevölkert. Die Magergras-Wiesen der Umgebung waren der ideale Ort für die regionalen Hutungen.

«Ich würde dich gerne mal mit so einem Schäferhut sehen, der steht Dir bestimmt!», lachte Melinda, während sie vor einem lebensgroßen Modell eines Schäfers standen.

«Ich glaube, ich habe Glück, dass da steht, dass man die Puppe nicht anfassen soll, sonst hättest du mir den Hut bestimmt schon aufgesetzt», antwortete Martin vergnügt. Er war erstaunt. Nicht nur die Kopfbedeckung, auch alles andere an der Stoffpuppe vor ihnen glich dem echten Schäfer Wolf wie ein eineiiger Zwilling: die schweren Lederstiefel, die Hose, der weite, wetterfeste Mantel, der Schäferstab. In einem weiteren, mit Schaffellen dekorierten Raum wurden unterschiedlichste Modelle des Schäferstabes als wichtigstem Hilfsmittels eines Schäfers vorgestellt. Cervinus hatte sich schon immer gefragt, warum an diesem langen Stock eigentlich jeweils eine Schippe und ein kleiner Haken angebracht waren. Er und Melinda lasen auf einer Wand-Tafel die Erklärung: Durch die Schippe konnten kleine Erdhäufchen nach nicht folgsamen Schafen geworfen werden. Außerdem diente der Stab als Ganzes neben der Stützfunktion für den müden Schäfer bei langen Wanderungen auch als Verteidigungsinstrument gegenüber fremden Hunden und anderen Eindringlingen. Der neben der Schippe angebrachte Fanghaken wurde für das Einfangen von Schafen benötigt. Die ausgestellten Modelle zeigten eine große Vielfalt an Formen und Ausgestaltungen eines Schäferstabs. Oft wurde er aus Nussholz hergestellt, allerdings gab es mittlerweile auch Modelle aus leichtem Metall mit sehr modernem Design. Eines der ausgestellten Modelle erschien dem Oberkommissar nahezu identisch mit dem Stab des Lindentaler Schäfers Wolf zu sein: ein traditioneller Stab aus dunklem Holz und spitz zulaufender Schippe, die nicht viel größer war als der Schlägerkopf eines Golfschlägers. In Verlängerung einer der Kantenseiten der Schippe war an einem kleinen, schmalen und rund vier Zentimeter langen Metallstab der Fanghaken angebracht. Das Ende des Hakens glich einer kleinen Metallkugel mit einem Durchmesser von nur rund einem Zentimeter.

«Melinda, ich hätte eine Bitte …», sagte Martin zu seiner Begleitung, mit einer so deutlichen Ernsthaftigkeit, die sie bei ihm heute Abend noch nicht gehört hatte und zunächst mit einem Scherz zu übergehen versuchte.

«Lass mich raten: Du willst von mir ein Foto machen, wie ich den Schäferhut trage, und zwar nichts außer dem Hut?!»

«Nein», antwortete er mit einer gewissen Ungeduld. Er nahm den Schäferstab, der dem des Lindentaler Schäfers am meisten ähnelte und hielt ihn ihr hin.

«Darf ich diesen Stab mal kurz an dein hübsches Köpfchen halten? Ich verspreche dir, ich werde dich nicht einfangen und auch nicht scheren», versicherte er.

«Okay, wenn es weiter nichts ist … ich vertraue dir!», reagierte Melinda zwar mit fragendem, aber auch belustigtem Blick. Er hielt das Schaftende, an dem die Schippe und der Fanghaken angebracht waren, an ihren Hinterkopf. Martin war geschockt. Blitzschnell zog er sein Handy aus der Sakkotasche und prüfte die Uhrzeit. Es war viertel nach zehn.

«Melinda, es hat mir in meinem ganzen Leben noch nie so Leid getan, das sagen zu müssen, aber ich muss jetzt gehen! Glaub mir, es hat nichts mit dir zu tun …» Er drückte ihr den Schäferstab in die Hand und nahm auf seinem rasenden Weg nach unten drei Stufen der schmalen Treppe auf einmal. Melinda kräuselte die Augenbrauen und blieb mit fassungsloser Mine, mit dem Schäferstab in der Hand, im Museum zurück. Ihr leises «Okay, rufst du an oder … soll … ich?!» vernahm der Oberkommissar schon nicht mehr.

16. Kapitel

Das von dem Schäfer bewohnte Häuschen, ein ehemaliges Forsthaus, lag außerhalb des Ortskerns von Lindental. Cervinus musste auf dem Dorfplatz links abbiegen und zwei Kilometer über einen schmalen Waldweg in Richtung der Anhöhe fahren, die oberhalb der westlichen Talseite lag. Von dort waren es nur fünfhundert Meter zu den Weiden, auf denen die Schafe am Montag vor einer Woche grasten, als das tödliche Unglück auf der fünfzehnten Spielbahn geschah.

Das Haus mitten im Wald machte einen geradezu gespenstischen Eindruck. Martin erinnerte es an eines dieser Spuk-Häuschen wie „das Wirtshaus im Spessart" oder in einem Edgar-Wallace-Film. Links neben dem Fachwerkbau, der mit dem obligatorischen Geweih an der Stirnseite verziert war, stand der dunkelgrün gestrichene Schäfer-Wagen. Rechts des Hauses befand sich der mit alten und grau-bräunlichen Holzbrettern verschalten Schafstall. Nur eines der Fensters war erleuchtet. Er schien also zuhause zu sein. Cervinus hätte sich natürlich vorher hinsichtlich des Aufenthaltsortes des Schäfers Gewissheit verschaffen können, wenn er sich telefonisch angekündigt hätte. In diesem Fall wollte er das jedoch nicht, die Pressestelle des Präsidiums umschrieb so ein Vorgehen immer mit „ermittlungstaktischen Gründen". Der Oberkommissar suchte eine Klingel, fand jedoch nur einen schmiedeeisernen Klopfring. Er betätigte ihn dreimal kräftig. Daraufhin hörte er jenseits der alten, massiven Eichentür leise, langsame Schritte. Er vernahm eine Stimme hinter der Tür.

«Wer ist da?»

«Oberkommissar Martin Cervinus vom Polizeipräsidium Mittelhessen!», antwortete er. Martin hörte einen Schlüssel, der sich dreimal in seinem Schloss drehte. Dann ein metallisches Geräusch wie bei einem Riegel, der im oberen Türbereich aufgeschoben wurde, dann dasselbe noch einmal unten. Schließlich öffnete sich die Tür. Vor ihm stand der schmächtige, alte Schäfer in verschlissenen Pantoffeln, einem verwaschenen rot karierten Hemd und Hosenträgern, durch die sich die eigentlich zu weite Hose an seinem Besitzer hielt. Wolf trug eine Lesebrille mit halben Gläsern.

«Guten Abend, Herr Wolf», grüßte ihn der Oberkommissar.

«Ihr Haus ist nicht leicht zu finden … darf ich einen Moment reinkommen?»

«Muss man auch nicht …», knurrte Wolf kurz angebunden und ließ den Ermittler hinein. Cervinus trat in den schmalen Flur. Unter ihm knarzten alte, abgelaufene Holzdielen. Hinter der Treppe, die im ersten Obergeschoss endete, führte der weiß gekalkte Korridor in die weiteren Räume. Der Schäfer führte ihn in das erste Zimmer rechts hinter der Treppe, das wohl als Wohnstube genutzt wurde.

«Auf einen Gast war ich nicht vorbereitet, das einzige, was ich Ihnen anbieten kann, ist ein Tee», sagte Wolf zu seinem unerwarteten Besuch.

«Tee wäre prima, Danke», antwortete Cervinus. Der Schäfer schlurfte ein Zimmer weiter zu seiner Küche. Das Wohnzimmer sah aus wie vor hundert Jahren: Im hinteren Teil stand ein alter, dunkelbraun gebeizter Holztisch mit vier ebenso alten einfachen Holzstühlen. Auf der linken Seite des Raumes bollerte ein gußeiserner

Brikett-Ofen vor sich hin, was an sich gar nicht nötig erschien, da es draußen immer noch angenehm warm war. Moderne Einrichtungsgegenstände fehlten, einen Fernseher gab es auch nicht. Das einzige elektrische Gerät war ein alter, großer Röhrenradio-Apparat. Rechts der Tür stand ein mit abgewetzten Stoff bezogener Sessel, der aus den fünfziger Jahren stammte. Das runde Beistell-tischchen daneben und die Regalwand dahinter barsten fast vor Büchern. Der Oberkommissar las einige Buchtitel: „Die Blechtrommel" von Günter Grass, „Die schwarzen Schafe" und „Wanderer, kommst Du nach Spa" von Heinrich Böll oder „In den Felsen" von Hermann Hesse. Die Erzählung des Literatur-Nobelpreisträgers lag ganz oben auf dem Bücherstapel auf dem kleinen Tisch. Cervinus hatte das Gefühl, irgend etwas fehlte in dem Raum. Ihm wollte nur nicht einfallen, was.

«Wussten Sie, dass Hesse 1907 für ein paar Monate in einer Fel-senhöhle, der „Pagangrotta" bei Ascona, gelebt hat, zusammen mit seinem Dichterfreund Gusto Gräser? Dieses einsame Leben hat ihn sehr geprägt.» Wolf musste den Blick von Cervinus auf das oberste Buch auf dem Stapel registriert haben.

«Nein, wusste ich nicht. In der Schule haben wir nur einmal ein Buch von ihm besprochen, „Siddhartha" war es, glaube ich», antwortete er.

«Hesse stammte zwar aus dem süddeutschen Calw, hat aber später die Schweizer Staatsbürgerschaft angenommen und dafür die deutsche abgegeben. Nach dem ersten Weltkrieg wurde er für seine anti-nationalistische Haltung quasi aus dem Land getrieben, obwohl er sich für deutsche Kriegsgefangene einsetzte.»

«Ein Mann, der seine Heimat verlor ...», stellte Cervinus nach-denklich fest. Wenn er mit seiner Vermutung Recht hatte, dann waren die Parallelen offensichtlich. Und er staunte insgeheim. Das war kein einfältiger und eindimensionaler Schafhirte. Vor ihm stand ein hochgebildeter, literarischer und offensichtlich auch politisch interessierter Mann.

«Nehmen Sie Platz», wies sein Gastgeber mit zwei Tassen Tee in den Händen auf einen Platz an dem Esstisch im hinteren Bereich des Raumes. Cervinus setzte sich auf einen Stuhl am vorderen Tischende, von wo er auf die weiß verputzte Innenwand blickte. Wolf setzte sich ihm gegenüber. Hinter dem Gastgeber stand eine alte, dem Stil des Tisches entsprechende Anrichte. Auf der er erblickte das, was er eben noch bei dem klassisch-historisch einge-richteten Wohnzimmer vermisst hatte: ein Familienbild. Daneben entdeckte er eine weitere Fotografie. Es waren die einzigen beiden Fotos im gesamten Zimmer. Auf dem schwarz-weißen, zerknickten und vergilbten Familienfoto war eine junge Frau zu erkennen, die einen schmächtigen, kleinen Jungen im Alter von rund drei Jahren mit Kniestrümpfen, Lederhose und kariertem Hemdchen auf dem Schoß hielt. Die Augen des Jungen stachen hellgrau aus dem an-sonsten eher dunklen Bild hervor. Rechts neben der Frau stand ein Mann, der hinsichtlich der Gesichtszüge und der Größe eine große Ähnlichkeit mit dem Schäfer aufwies. Die zweite, ähnlich zerknick-te Schwarz-Weiß-Fotografie, die Cervinus noch älter einschätzte, zeigte zwei Männer. Beide Herren trugen Anzüge, die der Mode der dreißiger Jahre zuzuordnen waren. Die eine Person war derselbe Mann wie auf dem Familienbild, die andere hatte in seinem breiten Gesicht einen dicken Schnurrbart. Wieder schien Wolf die Gedan-ken seines Gegenübers lesen zu können.

«Das ist Friedrich Ebert. Kennen Sie nicht mehr, nicht wahr?»

«Der erste Reichspräsident der Weimarer Republik, ein Sozialde-mokrat», antwortete Cervinus.

«Chapeau, ein gebildeter Polizist», lobte Wolf.

«Und der andere Mann ist Ihr Vater, nicht wahr?», fragte der gebildete Polizist.

«Wieder richtig», bekannte Wolf.

«Das war nicht so schwer, die Ähnlichkeit zu Ihnen ist verblüf-fend», lächelte Cervinus. Wolf nickte nur und starrte für einen Moment ins Leere. Martin Cervinus blickte in das zerfurchte und graue Gesicht des Schäfers und versuchte, seine Gedanken zu bün-deln. Gleichzeitig überlegte er die nächste Frage, um darüber eine Strategie vorzubereiten, die ihn endlich zum eigentlichen Grund seines Besuchs führen sollte.

«Wo kommen Sie eigentlich genau her, Herr Wolf?»

«Sagte ich Ihnen doch schon am Montag: aus Thüringen. Wenn Sie es genau wissen wollen, aus einem kleinen Dorf bei Eisenach.» Wolfs Blick verfinsterte sich augenblicklich.

«Schön. Aber warum ziehen Sie dann, wenn ich es richtig weiß, kurz nach dem Mauerfall vor circa fünfundzwanzig Jahren hier in diese Gegend, die auch in Thüringen sicherlich nicht als Wunschort Nummer Eins gilt. Warum sind Sie also hierher gekommen?»

«Wissen Sie, wenn Sie fast fünfzig Jahre in der DDR gelebt haben und dann über Nacht die Mauer fällt, hegen Sie nur einen Wunsch: endlich rüber. Und für einen Schäfer wie mich war diese Region von Anfang an ideal. Ist Ihnen das noch nicht aufgefallen, wie viele meiner Berufskollegen aus dem Osten hierher gekommen sind?»

«Und welcher Jahrgang sind Sie?», fragte Cervinus schnell.

«1932, warum?»

«Das ist interessant: Sie haben gerade schlanke zehn Jahre Lebenszeit unterschlagen. Sie sagten, Sie haben circa fünfzig Jahre im Osten gelebt, sind aber über zehn Jahre älter, wo waren Sie denn diese restlichen Jahre?» Wolf blickte an Cervinus vorbei zum Fenster.

«So genau habe ich das nicht gemeint.»

«Oh doch, Herr Wolf, Sie haben es genau so gemeint. Sie sind sehr intelligent, Sie verrechnen sich nicht einfach um zehn Jahre. Weil es genau so war. Weil Sie nämlich nicht aus Thüringen stammen, sondern von hier, von Lindental!» Cervinus sprach zu seinem Gegenüber nun in einem schnellen Stakkato. Der Schäfer zeigte eine versteinerte Mine.

«Blödsinn. Die Leute würden mich ja noch kennen. Nennen Sie mir einen hier aus dem Dorf, der sich an mich erinnern kann!» Die Stimme des Schäfers klang verärgert.

«Gerne, Sie sind sogar mit Ihrem Vornamen bekannt. Sie sind der kleine Arno, der mit anderen Kindern aus dem Dorf spielte und über Nacht verschwand, zusammen mit seinem Vater.»

«Da muss ich Sie enttäuschen, Herr Cervinus: mein Vorname ist Arnold. Hier, mein Personalausweis.» Wolf zog eine Schublade aus der hinter ihm stehenden Anrichte auf, fingerte seinen Ausweis daraus hervor und legte ihn vor Cervinus auf den Tisch. Auf der Plastikkarte, die erst kürzlich ausgestellt wurde, war tatsächlich als Vorname „Arnold" abgedruckt. Cervinus stutzte für einen Moment. Jetzt musste er sich entscheiden: Glaubte er immer noch an seine eigene Theorie und zog das hier jetzt durch, mit dem Risiko, sich bis auf die Knochen zu blamieren, oder war das alles, was er sich zusammengereimt hatte, tatsächlich gequirlter Unsinn? Er entschied sich in dem Moment, als er im selben Augenblick und seltsamerweise erst jetzt etwas in dem Zimmer erblickte: Wolfs Schäferstab, der quer an der Stirnwand über einem Ölgemälde hing, das einen Schäfer mit seiner Herde zeigte, auf einer Halterung ruhend.

«Herr Arnold Wolf, kennen Sie die Legende vom Damokles-Schwert?», fragte er den Schäfer. Der lächelte kurz und freudlos.

«Ich glaube, Sie finden die Erzählung da oben auf dem obersten Regalboden links.» Wolf deutete auf die Wand am anderen Ende des Raumes.

«Damokles wird von dem Herrscher Dionysios, den er für seine Macht und seinen Reichtum bewundert, zu einem Abendessen eingeladen. Allerdings will der Tyrann seinem Günstling Damokles lediglich eine Lektion erteilen ...» Cervinus unterbrach Wolf und führte dessen Satz fort:

«Er lässt ein Schwert, nur an einem Rosshaar hängend, genau über Damokles befestigen. Dieser verzichtet, als er die Bedrohung von oben bemerkt, gerne auf die Annehmlichkeiten und den Luxus des Festmahls. Damokles begriff sofort, dass Reichtum und Macht eines Despoten keinen Schutz vor Gefahren bieten, sondern diese eher nur verursachen.»

«Das ist alles richtig, Herr Kommissar. Aber was wollen Sie damit sagen? Dass ich unter einem Damokles-Schwert sitze?», fragte Wolf mit einem Anflug von Belustigung.

«Ich hätte Sie für intelligenter als Damokles gehalten, wobei ich Reichtum und Macht in Ihrem Fall eher mit Gewalt und das Hinwegsetzen über Recht und Gesetz übersetzen würde. Wenn Sie so wollen, glaube ich, dass Sie sich selbst unter ein Damoklesschwert gesetzt haben, oder besser gesagt: sich auf diesem stützen.» Er sah Wolf dabei genau in dessen tiefblaue Augen.

«Herr Cervinus, ich finde es ja schön, dass Sie im Geschichts-Unterricht so gut aufgepasst haben, aber was hat das alles mit mir zu tun?» Martin stand auf und ging mit dem Rücken zu Wolf durch den Raum. Der Schäfer sollte nicht sehen, wie unsicher er war, ob das, was er gerade versuchte, zum Erfolg führen würde. Er befürchtete, dass Wolf genau wusste, dass er nur Indizien gegen ihn in der Hand hatte. Wenn der Schäferstab das Tatwerkzeug war, dann hatte er ihn sicherlich peinlichst genau gereinigt, um alle Spuren davon zu tilgen. Es war wohl an der Zeit, einmal das zu tun, was er eigentlich überhaupt nicht konnte: bluffen. Er wusste, dass Wolf mit seinem Vornamen zunächst ein Ass aus dem Ärmel gezogen hatte, das Cervinus nicht auf der Rechnung hatte. Aber bevor er dem alten Mann gleich seine eigene Theorie zu dessen plötzlicher Namensänderung präsentierte, benötigte er ein schlagendes Argument, er brauchte mindestens einen König. Und den wollte er jetzt spielen, ob gezinkt oder nicht. Nur so meinte der Kommissar, das falsche Spiel des Schäfers aufdecken zu können.

«Sie sitzen direkt unter Ihrem eigenen Damoklesschwert. Aber da Sie kein griechischer Held sind, sondern eigentlich Ihr ganzes Leben lang ein Opfer, ist es kein Schwert, sondern nur ein Stab, ein Schäferstab. Und der Tyrann ist kein griechischer Despot, sondern der neue Eigentümer der kurz gemähten Flächen hinter Ihren Schafweiden. Die Kanten Ihres Schäferstabs da oben passen genau in die Wunden von Joachim Rudolf Hartmann, die Sie ihm beigebracht haben.»

«So ein dummes Zeug!», wand Wolf ein.

«Sehen Sie mich an! Ich bin ein alter Mann, wie sollte ich einen so athletischen und jungen Mann angreifen sollen, und vor allem: wieso?!» Wolfs Stimme wurde deutlich lauter und gereizter.

«Das „Warum" müssen Sie mir noch erklären, aber dass Sie es waren, steht fest!», antwortete Cervinus. Ein letzter ehrlicher Versuch, dachte er.

«Machen Sie sich nicht lächerlich. Sie wissen gar nichts! Sie haben nichts gegen mich in der Hand!»

«Ich vielleicht nicht, Herr Wolf, aber Herr Hartmann. Er hat Sie nämlich erkannt. Sie waren sich sicher, dass Sie ihn umgebracht haben. Haben Sie aber nicht – und er hat Sie gesehen!», log Martin Benedikt Cervinus, zum ersten Mal in seiner Laufbahn als Polizeibeamter.

«Schwachsinn! Sie lügen! Er konnte gar nichts mehr sehen, seine verdammte Fratze lag in seinem eigenen Blut da im Sand!», schrie der alte Mann. Seine Augen füllten sich mit Wasser.

«Hätten Sie nur Ihre Arbeit gemacht. Aber Ihr von der Polizei schlaft doch am helllichten Tag. Sie hatten Ihre Chance gehabt, ihn festzunehmen. Aber was tun Sie? Spielen mit ihm Golf!» In Wolfs Gesicht mischten sich nun Trauer, Wut und Verzweiflung zugleich. Dennoch wurde seine Stimme wieder ruhig und leise.

«Aber ich ahnte auch, dass ich es tun musste. Ich wusste es an sich schon in dem Moment, als ich ihn das erste Mal in Lindental sah. Nur hatte ich damals noch keine Grundlage, ihn zu richten.»

«Was für eine Grundlage hatten Sie denn jetzt?», fragte der Kommissar verständnislos.

«Sie haben es immer noch nicht kapiert, oder?!»

«Was nicht kapiert?!», fragte Cervinus ungeduldig.

«Dieser so ehrenvolle Club-Eigentümer ist der Mörder von diesem armen Golfer, der es wagte, mit ihm auf eine Golfrunde zu gehen.»

«Sie haben den Mord an Theodor Müller gesehen – und haben mir nichts gesagt? Und dann machen Sie mir den Vorwurf, ich würde meine Arbeit nicht richtig machen?!» Cervinus war es nun, der wütend wurde.

«Was sollte ich Ihnen denn sagen? Dass ich etwas gesehen hatte, was ich nicht sehen konnte? Die Stelle da im hohen Gras, an der er ihn umgebracht hatte, war auch von meiner Position aus nicht sichtbar …»

«Und trotzdem sagen Sie mir, Sie wissen, dass Hartmann Müller auf dem Gewissen hat? Wie kommen Sie darauf?»

«Weil ich es einfach weiß», antwortete Wolf gedehnt und jedes Wort einzeln betonend.

«Sie haben Recht: Mein richtiger Vorname ist Arno. Und der Vater des Mannes, ich will und kann seinen Namen nicht aussprechen, hat meinen eigenen Vater umgebracht. Sein Sohn ist ihm wie aus dem Gesicht geschnitten. Es ist dieselbe, grausame und diabolische Fratze, der ich zusehen musste, wie sie Freunde und Mithäftlinge von mir und meinen Vater umbrachte und zum Schluss auch meinen Vater selbst. Er war ein Nachbar von uns, mein Vater hat ihm, als Rudolf ein halbwüchsiger Junge war, geholfen, seine Motorräder zu reparieren.»

«Joachim Hartmann ist tatsächlich der Sohn von Rudolf Hartmann, dem Metzgersohn aus Lindental?!», begriff Cervinus.

«Dann war sein Vater tatsächlich bei den Nazis und bei der SS? Und Ihr Vater und Sie waren seine Gefangenen?»

«Ja, so war es.» Wolf erzählte Cervinus von seinen Erlebnissen im Arbeitslager, dem Bunker LT/15, von Rudolf Hartmanns sadistischer Brutalität und vom Tode seines Vaters.

«Aber wie sind Sie entkommen, und wie kamen Sie nach

Ostdeutschland?», fragte Cervinus weiter.

«Mein Vater hat sich für mich geopfert. Ich konnte durch ihn entwischen und habe mich dann nach Erfurt durchgeschlagen. Dort wohnte meine Tante. Nach Lindental konnte ich nicht zurück, die Nazis hatten dort immer noch alles unter Kontrolle. Ich hatte dort ja auch niemanden mehr, meine Mutter war bereits Jahre zuvor gestorben. Und so kam es, dass ich in Erfurt geblieben bin und in der sich nach Kriegsende formierenden DDR aufwuchs. Aus Angst vor den immer noch aktiven Nazis habe ich meinen Vornamen etwas verlängert: aus Arno wurde Arnold. Ich hoffte, dass sie mich dadurch nicht finden.» Cervinus bemühte sich, sein Erstaunen und seine Bestürzung zu verbergen.

«Eines verstehe ich nicht: Warum sind Sie zurückgekommen?», fragte er den über Achtzigjährigen, der zusammengesunken auf seinem Stuhl saß.

«Ist das so schwer zu begreifen? Ich wollte zurück in meine Heimat. Ich wäre gerne schon eher zurückgekommen, aber wie die meisten war ich Gefangener meines eigenen Staates. Als Sohn eines aufrichtigen Sozialdemokraten verachtete ich diese Verräter an der Freiheit, die sich mit den Kommunisten zur SED zusammen getan hatten. Mit Ulbrichts und Honeckers Männern hatte ich nie etwas zu tun, im Gegenteil: Meine Stasi-Akte passt nicht in die Regalwand da vorne. Für die SED waren aufrechte Sozialdemokraten die allergrößten Feinde.» Arno Wolf schien, nachdem er seine wahre Geschichte offenbart hatte, geradezu befreit. Befreit von einer Last, die er seit Jahrzehnten mit sich herumtrug. Cervinus setzte sich nun wieder neben den Schäfer, nachdem er, während er seinen Ausführungen zugehört hatte, auf und ab gegangen war. Er presste seine Lippen zusammen und sah Wolf an.

223

«Sie wissen, dass ich Sie verhaften muss wegen des dringenden Tatverdachts der schweren Körperverletzung gegen Joachim Rudolf Hartmann? Niemand darf sich über das Gesetz stellen. Niemand darf es sich anmaßen, ohne rechtsstaatliche Grundlage einen anderen zu richten. Das ist doch gerade die Lehre, die wir alle aus dem dunkelsten Kapitel der deutschen Geschichte, dem Nationalsozialismus, ziehen müssen. Oder nicht?!» Cervinus behielt seinen eindringlichen Blick noch einige Sekunden auf dem Gesicht des kleinen, schmächtigen Mannes.

«Die Polizei sollte stolz darauf sein, solche Kommissare wie Sie zu haben. Darf ich Ihnen noch einen Tee anbieten, bis Ihre Kollegen eintreffen?», lobte Wolf aufrichtig die Ansicht des Beamten, der ihn gerade festgenommen hatte.

«Gerne. Sie dürften gleich eintreffen, ich habe sie bereits vorhin auf dem Weg zu Ihnen informiert, in der Hoffnung, dass ich Recht hatte. Noch eine Frage, Herr Wolf: Was glauben Sie, aus welchem Grund Hartmann Müller getötet haben soll?»

«Das müssen Sie selbst herausfinden. Ich weiß es nicht, ich kenne diesen Herrn Müller nicht, hatte ihn noch nie vorher auf dem Golfplatz gesehen. Das, was ich gesehen habe, war, dass beim Abschlag auf die Unglücksbahn Hartmann ihm irgend etwas ins Ohr geflüstert hat und er daraufhin einen ganz schlechten Schlag in dieses hohe Gras gemacht hat. Hartmann hatte bereits vorher seinen Ball in genau dieselbe Ecke gehauen, obwohl ich ihn noch nie dorthin habe schlagen sehen. Sonst lag Hartmanns Ball immer auf der anderen Seite des Fairways. Immer!» Daraufhin stand Arno Wolf auf und nahm den Schäferstab von der Wand.

«Hier, den werden Sie mitnehmen wollen», sagte er und hielt den Stab dem blonden Ermittler hin.

«Stimmt, ich danke Ihnen», sagte der und nippte noch einmal an dem mittlerweile erkalteten Tee.

Polizeiobermeister Reiter und Polizeimeisterin Wieland benötigten noch fünfzehn Minuten länger als der Unfall-Ermittler, bis sie das alte Forsthaus von Lindental gefunden hatten. Eine Stunde später fiel Martin, es war mittlerweile halb zwei in der Nacht, völlig übermüdet in sein Bett und schlief sofort ein. Nur einen ganz kurzen Moment lang dachte er daran, dass er eine Frage dem Schäfer nicht gestellt hatte, wahrscheinlich, weil sie ihm nicht so wichtig erschien: wo dieses Arbeitslager, in dem Arno Wolf und sein Vater Karl interniert waren, eigentlich lag.

17. Kapitel

«Du hast was?», rief Tom Keller durch die Telefonleitung von seinem Teamhotel im englischen Oxford aus in Richtung der Gießener Lonystraße. Es war Martins erster Anruf, den er morgens um sieben noch von seinem Badezimmer aus tätigte.

«Ja, und er hat gestanden. Da staunste', was?» Cervinus erklärte seinem Ermittler-Kollegen, was sich am gestrigen Abend in dem alten Forsthaus zugetragen und wie er das Geständnis von Arno Wolf mit seinem nicht ganz wahrheitsgemäßen Hinweis, Hartmann hätte Wolf gesehen und erkannt, provoziert hatte.

«Mann, Martin, erzähl das nur keinem, was für einen Bluff du da abgezogen hast. Den hast du aber mal schön *verbuhlt*. Du klaust ja meine Methoden!», sagte Tom mit einem gewissen Respekt in der Stimme, das Grinsen in seinem Gesicht konnte Martin förmlich durch das Glasfaserkabel hören.

«Und, was willst du jetzt machen?», fragte Keller.

«Na ja, ich fahre jetzt schnell ins Präsidium und nehme mir nochmal alle Informationen über unseren netten Herrn Hartmann vor. Wir wissen noch nicht, was für ein Motiv er hatte, Theodor Müller umzubringen. Ich bin andererseits aber noch vorsichtig, schließlich hat auch Wolf nichts Eindeutiges gesehen. Und dann ist die wichtigste Frage zu klären: wie konnte Hartmann, wenn er es denn tatsächlich war, es so wie einen Unfall aussehen lassen. Das ist immer noch etwas, zu dem ich noch überhaupt keine Antwort habe. Vielleicht sind wir aber schlauer, wenn wir wissen, was Müller beim Institut für Luft- und Raumfahrt angefordert hatte. Und dann werde ich mir diesen edlen Herrn Golfanlagen-Besitzer noch mal zu uns ins Präsidium bestellen», schilderte Martin voller Tatendrang seine nächsten Schritte.

«Zu dir, Martin, nicht zu uns. Ich stehe ab heute Vormittag hier am Kanal in Oxford, meine Mannschaft hat's ins Halbfinale geschafft. Ich bin telefonisch dann erst einmal *tschü* zu erreichen. Aber du packst das schon. Hau rein, *Tschabo*», verabschiedete sich Tom.

Keller hatte kaum aufgelegt, da war Cervinus schon auf dem Weg ins Präsidium. Gleich, nachdem er dort angekommen war, prüfte er zunächst seine Mails. Noch keine Antwort auf seine Anfrage beim Institut für Luft- und Raumfahrt, obwohl er die polizeiliche Bitte als dringend übermittelt hatte. Eine Mail war allerdings als dringlich mit einem roten Ausrufezeichen in seinem Postfach gekennzeichnet. Sein Chef, Roland Sommer, hatte ihn an-gewiesen, unverzüglich den Bericht über diese Polsterklammer-Schießerei in Lich fertig zu stellen, da die Berufsgenossenschaft ihm wohl im Nacken saß. Es gab drei Institutionen, die man auf keinen Fall zum Feind haben wollte und die niemals einen Aufschub duldeten: die Berufsgenossenschaft, das Finanzamt und *de' Bangomuij*. Und alle drei hatten ähnliche Methoden, das einzu-fordern, was sie wollten. Also setzte er sich an seinen Schreibtisch und begann, in der elektronischen Berichtsakte zu schreiben:

„… in Folge dessen traf der Stahlstift des älteren Stifts den jün-geren Stift mitten an dessen Stift …"

Nein, so kann ich das nicht schreiben, dachte sich Cervinus, hielt die „Del"-Taste einige Sekunden lang gedrückt und setzte nach dem Löschvorgang neu an.

„... durch den Abschuss eines Stahlstifts aus dessen Pressluft-Pistole verletzte Zeuge A den Zeugen B im Bereich der Weichteile. Zeuge B wiederum schoss aus nächster Nähe mit seinem Pressluft-Apparat ...“ Cervinus hielt plötzlich inne. Er betrachtete für ein paar Sekunden den soeben getippten Text, spitzte die Lippen und las den Text noch einmal.

«Das ist doch nicht ... doch, das könnte sein, das könnte sein...», sagte er in sich hinein. Blitzschnell drückte er die Kurzwahltaste von Dr. Wiesenholder.

Nachdem Cervinus das Telefonat mit dem Pathologen beendet hatte, dachte er mit hoch gezogenen Augenbrauen:

«Perfider geht's ja wohl nicht!» Das Gespräch mit dem Rüd-dingshäuser Mediziner hatte Martin Benedikt Cervinus geradezu elektrisiert. Da kam das deutlich vernehmbare „Ping“ des Mail-Ein-gangs gerade recht: Es war die bereits dringend erwartete Antwort vom Institut für Luft- und Raumfahrt. Martin öffnete die Mail und klickte, ohne den Höflichkeits-Textbaustein zu beachten, auf den PDF-Anhang. Zunächst war, außer ein paar unterschiedlich einge-färbten Flächen, nicht viel in der Satelliten-Radar-Fotografie zu erkennen. Doch nachdem Cervinus das Foto zwei Minuten studiert hatte, meinte er am unteren Bildrand die Konturen einiger Bahnen des Lindentaler Golfplatzes zu erkennen. Eine dunkelblaue Fläche identifizierte er als das Fairway der Vierzehn. Er war sich deshalb so sicher, da er mit dem langgezogenen, schmalen und lila einge-färbten Bereich den charakteristischen Fairwaybunker dieses Lochs erkannte, in dem Hartmann am Donnerstag niedergeschlagen wur-de. Weiter links unten auf dem Bild war, als hellblaue kreisrunde Fläche, der Abschlag der Fünfzehn und ein Teil des Fairways dieses

Lochs zu erkennen. Oberhalb dieser Spielbahnen endete zwar der Golfplatz, das Areal dahinter, das Hartmann als Vergrößerungsfläche der Golfanlage angedacht hatte und jetzt noch Waldgebiet war, stand jedoch im Mittelpunkt der Radar-Aufnahme. Nur fünfzig Meter jenseits der nördlichen Grenze des Golfplatzes waren Strukturen zu erkennen, die Cervinus dort nicht erwartet hätte: Mitten in den schwarzen Flächen, die den Wald symbolisierten, sah er, blutrot eingefärbt, rechteckige, längliche Strukturen. Diese unnatürlich wirkenden, gleichmäßigen Areale sahen aus wie eine Aneinanderreihung von roten Bauklötzen, die man von oben betrachtete. Drei Flächen, die wie Einzelbausteine aussahen, wirkten wie quer und seitlich an einer länglichen Formation angehängt. Links am Rand der Grafik war eine Legende für die dargestellten Farbabstufungen aufgeführt. Diese zeigte Cervinus, dass die tiefrot eingefärbten Flächen einen Höhenunterschied zur dunkel erscheinenden Umgebung von minus einem halben bis minus zwei Metern ausmachten. Die geometrisch gleichmäßigen, roten Flächen lagen also tiefer als deren schwarz eingefärbtes Umfeld. Nach den Maßstab-Angaben des Radarbildes zu urteilen, waren die karminrot und magenta hervorgehobenen und tiefer liegenden Flächen bis zu dreißig Meter lang und rund fünf Meter breit. Einem roten Bandwurm ähnelnd, erstreckten sich die rechteckigen Strukturen über die Fläche von etwa einem halben Fußballfeld. Martin Cervinus fühlte eine dunkle Ahnung in sich aufsteigen. Ohne den Blick von dem Monitor abzuwenden ergriff seine rechte Hand den Hörer des Festnetztelefons und wählte wie ferngesteuert die Kurzwahltaste für den Anschluss des Untersuchungshaft-Trakts.

Zehn Minuten später saß ihm Arno, alias Arnold Wolf, im Verhörraum Eins des Polizeipräsidiums Mittelhessen gegenüber.

«Herr Wolf, ich habe nicht viel Zeit und daher eigentlich nur eine Frage: Wo genau war das Arbeitslager, in dem Sie und Ihr Vater von den Nazis interniert wurden und aus dem Sie entkommen konnten?»

«Ich dachte, das wüssten Sie schon längst: tragischerweise nur einen Kilometer von unserem Heimatort Lindental entfernt und nur einen Steinwurf von der nördlichen Grenze des Golfplatzes weg. Den gab es damals natürlich noch nicht, das war alles Weideland für unsere Ziegen und Schafe. Rudolf Hartmann hatte hier all die Leute, von denen er wusste, dass sie gute Ingenieure und Metallarbeiter sind, zusammen gezogen. Er holte sie aus allen möglichen Arbeitslagern, um ihnen vorzugaukeln, dass sie unter ihm eine Chance aufs Überleben hätten, wenn sie sich in seinem gnadenlosen Reich der unterirdischen Bunker halbtot schufteten und ihr Fachwissen zum Bau der todbringenden Raketen einsetzten», erklärte der alte Schäfer ruhig, aber ohne die Trauer in seinen Worten überspielen zu können und zu wollen.

«Wie kommen Sie darauf, dass ich es schon wusste? Wir haben gestern Nacht mit keinem Wort darüber gesprochen!», antwortete Cervinus. Der Oberkommissar war peinlich berührt. Insgeheim hatte er das Gefühl, dass er es hätte herausfinden können, wenn er die richtige Frage zur richtigen Zeit gestellt hätte. Gleichzeitig wurde er wütend darüber, dass Wolf es nicht einfach gesagt hatte.

«Ach, ist ja jetzt auch egal, ich muss los.» Cervinus beeilte sich, aufzustehen und den Verhörraum im Laufschritt zu verlassen. Wolf sprach noch, da fügten sich in Bruchteilen von Sekunden die Puzzlesteine für den Kommissar zusammen, die bis jetzt noch völlig ungeordnet in seiner Gedankenwelt herumlagen.

Noch bevor er die Tür zu dem fensterlosen Raum geschlossen hatte, hielt er schon das Mobiltelefon an sein Ohr.

«Guten Tag! Sie sprechen mit der Mailbox von Joachim R. Hartmann von Think.Bio.Invest. Ich bin zur Zeit nicht zu erreichen. Falls Sie eine Nachricht hinterla ...»

«Was an „Bitte halten Sie sich in den nächsten Tagen zu unserer Verfügung!" hat dieser Hartmann nicht verstanden?», fragte sich Cervinus, als er nur wenige Momente später die Tür zu seinem Büro aufstieß und sich auf seinen Bürostuhl warf. Er tauschte den Hörer des Handys mit dem des Festnetztelefons und wählte die nächste Nummer.

«Guten Tag! Sie sprechen mit der Mailbox von Tom Keller. Ich bin im Moment nicht erreichbar. Sie können mir jedoch gerne eine Nach ...»

Das hatte er allerdings erwartet, Tom coachte sicherlich gerade seinen Zweier ohne Steuermann am Oxford-Kanal. Aber er wollte es trotzdem probiert haben. Zu gerne hätte er seinem Kollegen die neuesten Erkenntnisse geschildert und die weiteren Schritte mit ihm abgesprochen, jetzt, da klar war, warum Joachim Rudolf Hartmann den Geologen und Gutachter Theodor Müller ermordet hatte. Müller hatte über die Radar-Aufnahmen herausgefunden, dass der Grund, auf dem Hartmann die Vergrößerung des Golfplatzes um weitere neun Spielbahnen geplant hatte, für eine solche Bebauung völlig ungeeignet war. Er wusste vielleicht noch nicht, dass dort die Nazis bis 1944 ein unterirdisches Arbeitslager betrieben hatten und dass der Vater von Joachim Hartmann hier seine Gefangenen zu Tode geschunden hatte. Müller musste wohl Hartmann darüber informiert haben, dass er in seinem Gutachten sicherlich dem Chef der Immobilienverwaltung des Bundes, Wendelin Schlömer, empfehlen würde, das Grundstück mit diesen Altlasten nicht an Hartmann zu veräußern. Die Immobilienagentur hätte ansonsten ihre Sorgfaltspflicht verletzt und wäre für alle weiteren Probleme mit dem Grund, der zumindest ab jetzt als ein siebzig Jahre altes Massengrab betrachtet werden musste, haftbar geblieben. Martin Benedikt Cervinus sah angestrengt nachdenkend aus dem Fenster seines Büros in den regenverhangenen Himmel. Schlömer war offensichtlich von Theodor Müller noch nicht informiert worden, sonst hätte er sich wohl kaum mit Hartmann im „Herren-Haus" getroffen. Und das war wohl der Grund, warum Hartmann seinen Klinik-Aufenthalt, sicherlich noch mit gewaltigen Kopfschmerzen, so schnell beendet und Schlömer in das Edel-Bordell eingeladen hatte. Und es war ihm genau deshalb auch so wichtig, seinen Geschäftspartner zu diesem Wellness-Aufenthalt an einem noch unbekannten Ort, aber nur fünfundvierzig Flugminuten entfernt, einzuladen.

«Mist!», dachte Cervinus. Eine dreiviertel Flugstunde konnte verdammt lange sein und bedeutete, dass Hartmann mit Schlömer fast überall in Europa sein konnte. Die beiden könnten sich ebenso in einem tschechischen Puff vergnügen wie auf einem südenglischen Golfplatz, in einem Pariser Nobelrestaurant genauso wie auf einem Wellness-Dampfer auf dem Bodensee.

Aber was, wenn Hartmann nicht das bekommen würde, was er sicherlich nun bei Schlömer direkt versuchte, zu erhalten? Was, wenn Schlömer mittlerweile Informationen hatte, die Hartmann als den Mörder Theodor Müllers wahrscheinlich werden ließen, dachte er weiter. Als urplötzlich Hagelkörner gegen die Fensterscheiben seines Büros schlugen, wurde es ihm ebenso schlagartig klar: Wendelin Schlömer war in ernsthafter Gefahr, falls er dem Deal mit Hartmann nicht zustimmen wollte. Jetzt musste es wirklich schnell gehen. Martin Cervinus rief zunächst das Büro Schlömers an. Sowohl bei der Immobilienverwaltung als auch bei ihm zuhause wusste niemand, wohin er unterwegs war. Nur, dass er für drei bis vier Tage schlecht oder gar nicht erreichbar wäre.

«Melinda!», rief Cervinus. Wie konnte er das vergessen, dachte er. Sie sollte ihn ja in den nächsten Tagen begleiten. Hastig wählte er ihre Nummer. Doch auch hier sprang nur die Mailbox mit ihrer süßen Stimme an. Er sprach in kurzen, schnellen Worten nach dem Piepton, beschwor sie, vorsichtig zu sein und bat sie, sich so schnell wie möglich von Hartmann zu entfernen. Martin versuchte, die aufsteigende Panik in seinem Kopf durch Logik zu ersetzen. Wer konnte noch von Hartmanns Reiseziel wissen? Vielleicht war Hartmann noch einmal im „Herren-Haus" aufgetaucht und weder Szenifer noch irgend jemand sonst hatte etwas von dem Eigentümer des Etablissements gehört. Dabei fiel Cervinus auf, dass er die Dame mit dem Künstlernamen „Venus" noch gar nicht nach Hartmann und Schlömer befragt hatte, vielleicht hatte sie noch Samstag Nacht etwas mitbekommen, was auf das Reiseziel der beiden Männer hinwies. Martin wusste, wie unwahrscheinlich das war, aber er musste es versuchen. Szenifers Handy war jedoch komplett ausgeschaltet, eine Mailbox sprang erst gar nicht an. Wie ferngesteuert wählte er mit dieser dumpfen Empfindung die Nummer des „Herren-Haus".

Eine Dame namens Casiopeia meldete sich und hauchte ein so erotisches «Hallo?!» in Martins Ohrmuschel, sodass es ihn darin kitzelte. Cervinus erklärte ohne weitere Erwiderung der Begrüßung, dass er ein Freund Szenifers wäre, dass er wissen musste, wo sie genau war und ob Casiopeia zufällig etwas über Joachim Hartmann wusste.

«Ein Freund, so so … Pass mal auf, Jungchen, du glaubst doch nicht im Ernst, dass ich dir am Telefon einfach irgendetwas über irgendeine Kollegin oder einen unserer Kunden erzähle, wir sind ein diskretes Etablissement und ich kenn' euch Stalker-Schweine doch!» Die Stimme der Prostituierten hatte von einem Moment zum Nächsten ihre Süße verloren und mutierte augenblicklich in die schneidende Stimme eines feuerspeienden Drachens.

«Doch, verehrte Dame, das denke ich allerdings! Denn mein Name ist Martin Benedikt Cervinus, ich bin Oberkommissar vom Polizeipräsidium Mittelhessen und Sie und Ihr gesamtes, diskretes Etablissement haben ein verdammt großes Problem, wenn Sie mir nicht augenblicklich sagen, was Sie über die beiden genannten Personen wissen. Denn andernfalls schicke ich nicht die Sitte zu Ihnen, ich glaube hinsichtlich dieser Themen sind Sie sicherlich absolut sauber. Nein, ich hetze Ihnen die seriösen und diskreten Damen und Herren der Steuerfahndung auf den Hals und ich schwöre Ihnen: Die haben Ihr Zimmerchen schneller auseinandergenommen als Sie bis drei zählen können, Madame … wie war gleich noch der Name? Casiopeia?!» Martin Cervinus sang den Künstlernamen der Dame in einem mindestens genauso sinnlichen Tonfall, wie die Begrüßung Casiopeias, die in Wirklichkeit Helga Karst hieß, geklungen hatte.

«Okay, okay, okay. Ist ja schon gut, junger Mann. Herr Hartmann hat sie für einen Hostessen-Service gebucht. Sie sind nach Radstadt ins Salzburger Land geflogen. Mehr weiß ich aber echt nicht. Hey, das mit der Steuer war doch ein Scherz, oder?!» Helga Karst alias Casiopeia hörte jedoch nur noch das Tuten der freien Leitung in ihrer Ohrmuschel.

234

18. Kapitel

Fliegen hasste Martin Benedikt Cervinus zwar noch mehr als Beifahren. Aber er war froh, überhaupt noch einen der ohnehin schon rar gesäten Plätze auf dem Vormittagsflug Frankfurt-Salzburg zu ergattern. Normalerweise hätte er Blut und Wasser geschwitzt, als er auf dem Flugfeld die zwei Propeller unter den relativ kleinen Tragflächen der Bombardier Q400 sah, aber er hatte einfach keine Zeit, darüber nachzudenken. Wenn er nur gewusst hätte, was für einen Job „Venus" in Österreich angenommen hatte und vor allem mit wem, hätte es gar nicht zu dieser Reise kommen müssen. Wenn Wendelin Schlömer tatsächlich mittlerweile über die wahre Beschaffenheit des Geländes nördlich des Lindentaler Golfplatzes Bescheid wusste, dies Hartmann während ihres gemeinsamen Ausfluges wissen ließ und den Verkauf absagte, war nicht nur er in Gefahr, sondern auch Melinda und Szenifer. Dass Hartmann vor nichts zurückschreckte und unliebsame Zeugen gnadenlos eliminierte, wusste der Oberkommissar mittlerweile nur zu genau. Das größte Problem war allerdings, dass Cervinus absolut keine Ahnung hatte, wo genau in den Radstädter Tauern er nach ihnen suchen sollte. Sie konnten irgendwo auf einer einsamen Almhütte sein oder aber in einem der sündhaft teuren Wellness-Hotels, die es auch in dieser Ferienregion wie Sand am Meer gab. Cervinus erhielt von der in einem rot-weißen Kostüm gekleideten Stewardess ein stilles Wasser, eine winzige Tüte Kartoffelchips mit Meersalz und Pfeffer, die die Fluggesellschaft sicherlich als kostenfreie Werbe-Proben gestellt bekam, und ein paar Prospekte über die Sehenswürdigkeiten der Stadt Salzburg und Umgebung. Eines davon fiel Cervinus sofort auf: auf dem Leporello war auf einem Foto eine Seilbahn-Gondel und auf einem weiteren ein Golfspieler im Schwung-Finish zu sehen. Darunter stand:

Willkommen im Golfclub Schwendnerjoch, dem weltweit einzigen Golfplatz mit einer Seilbahn-Gondel! Genießen Sie schwebend die Fahrt vom Grün der Elf zum atemberaubenden zwölften Abschlag. Dort erwartet Sie ein unvergesslicher Blick auf die Radstädter Tauern. Reservieren Sie sich noch heute eine Startzeit!

Martin Cervinus wurde es gleichzeitig heiß und kalt. Das lag jedoch nicht an dem Luftloch, durch das die Regionalmaschine gerade durchsackte. Es war eher seine Erinnerung an das, was Richie Steiner noch auf der Heimfahrt vom „Herren-Haus" erzählt hatte: Hartmann hatte Schlömer doch vorgeschwärmt, dass irgendeine „Zwölf" weltweit einzigartig wäre?! Warum fliegt diese Kiste nicht schneller? Mach Drei wäre jetzt angebracht, dachte der blonde Ermittler. Jetzt, da er wusste, wohin er zu fahren hatte. Ungeduldig rutschte er auf seinem schmalen Sitz hin und her, sodass der hundertfünfzig-Kilo-Mann neben ihm schon befürchtete, er müsste aus dem für ihn viel zu kleinen Sitz aufstehen, um seinen Nebenmann zur Toilette zu lassen. Allerdings war es nicht nur die Aufregung, sondern auch noch etwas anderes: irgendwas zwickte Martin in der Hosentasche. Als er mit der Hand hinein griff, fühlte er es: ein Holz-Tee. Nun fiel es ihm wieder ein: Die Hose, die er in aller Eile heute morgen angezogen hatte, war dieselbe, die er bei seiner letzten Golfrunde mit Richie Steiner trug. Schon komisch, dachte er sich, dass das Tee so klaglos durch den Zoll gekommen war, so spitz, wie es war, konnte es eher jemanden verletzten als ein Parfum-Flakon aus Glas, das trotzdem nicht mit ins Handgepäck durfte.

Der Golfclub Schwendnerjoch in den Radstädter Tauern befand sich nur zwei Kilometer von dem Ort entfernt, der den ihn umgebenden Gebirgszügen seinen Namen gab. Martin kannte die Gegend rund um den Hohen Dachstein vom Skifahren und war vor einigen Jahren schon einmal hier gewesen. Damals konnte er allerdings diese wunderschöne Bergwelt vom Tennengebirge bis zum Dachstein in vollen Ski-Schwüngen genießen. Doch von der damaligen Winterlandschaft war jetzt, Anfang Juni, natürlich nichts zu sehen, ganz zu schweigen davon, dass Cervinus sich heute natürlich nicht für die Landschaft interessierte. Vom Flughafen Salzburg bis zum Parkplatz des Golfclubs waren es glücklicherweise nur fünfundzwanzig Minuten mit dem Taxi. Eigentlich fünfunddreißig, hätte der Taxen-Chauffeur die in Österreich übliche Höchstgeschwindigkeit von einhundertzehn km/h eingehalten. Hatte er aber nicht und dafür ein Extra-Tip von Cervinus erhalten, für das er sicherlich seinen japanischen Mini-Van in ein bayerisches SUV eintauschen konnte.

Das Taxi war noch nicht vollständig auf dem beigen Split des Parkplatzes vor dem Golfclub Schwendnerjoch zum Stehen gekommen, da sprang Cervinus bereits heraus und eilte im Laufschritt zur Rezeption. Martin war normalerweise nicht der Typ Golfer, der sich schon nach fünf Sekunden bemerkbar machte, wenn er nicht gleich auf eine Servicekraft traf, aber heute war rein gar nichts normal.

Noch bevor er den kleinen Empfangsbereich in dem ansonsten geräumigen und in dem Stil einer noblen Alpenresidenz gebauten Clubhaus richtig überblicken konnte, schlug er schon im Stakkato auf die silberne Klingel auf dem Tresen der Anmeldung. Sofort trat eine kleine und gemütlich aussehende Frau hinter einem Regal mit Golfhandschuhen hervor.

«Ja, bietschön, der Herr, Sie miasn's koa Angst hoam, dos koa Startzeit mehr frei ist, wir hoam doch noch net moal Mittog?!», sagte die Dame in den Vierzigern, lächelte jedoch Martin Cervinus dabei charmant an.

«Das mag ja sein, und ich bitte meine Eile zu entschuldigen … aber ich habe die Startzeit mit meinen Flightpartnern heute morgen leider verpasst und möchte sie nun aber doch noch unbedingt treffen», log Martin. Er hielt es für besser, nicht für zu großes Aufsehen zu sorgen. Andererseits war ihm gar nicht wohl dabei war, möglicherweise gleich auf einen sicherlich überraschten und dann wie auch immer aufgelegten Joachim Hartmann zu treffen. Ohne dass irgend jemand genau wusste, wo Martin steckte und ohne seine Dienstwaffe im Gepäck zu haben, auch wenn er sie noch nie benutzen musste. Die Pistole durfte er natürlich nicht mitnehmen: Er war im Ausland und damit außerhalb seines Befugnis-Bereichs. Er beschrieb der Clubsekretärin die von ihm gesuchten Personen und erhielt sogleich die ersehnte Auskunft.

«Joa, die beiden Herren und die beiden hübschen Damen sind ja heit scho um Neune los. Ihr Partner hot ja glei die beiden Startzeiten davor und danach auch 'bucht. Er sagte, er hätt' gern' a bisserl Ruhe vor und hinter iahm. I denk, sie dürften jetzt irgendwo zwischen dem zehnten und zwölften Loch unterwegs sein.» Die Dame mit den blond gefärbten und auftoupierten Haarspitzen sah an Martin

Cervinus herunter, als der bereits auf dem Absatz kehrt machte und rief ihm noch hinterher:

«Wolln's ned erst amoal a paar neie Golfschuhe probieren, wir hoam welche in Ihrer Größ'n da?!»

Der blonde Kommissar in schwarzen Business-Lederschuhen machte sich im Laufschritt auf in Richtung der zweiten Hälfte des Achtzehn-Loch-Platzes. Als Orientierung diente ihm immer noch das Prospekt aus dem Flugzeug, auf dem in einer winzig kleinen Grafik der Verlauf der Golfbahnen skizziert war. Das neunte und zehnte Loch lagen, wie so oft bei einem traditionellen Platzdesign, ganz in der Nähe des Clubhauses. Weder auf der Neun, noch auf dem zehnten Loch war jemand zu sehen. Eigentlich ungewöhnlich, bei einem solch strahlenden und wolkenlosen Juni-Mittag, dachte er. Doch Hartmann hatte, wie er gerade erfahren hatte, tatsächlich vorgesorgt. Das passte allerdings zu dem, was Cervinus befürchtete und ihn daher noch mehr beunruhigte. Er wollte gar nicht an all die genau durchdachten Zufälle denken, die Hartmann in den letzten Tagen zur Ausführung und Tarnung seiner Taten geplant hatte und dadurch seine Verfolger so sehr in die Irre führte.

Dem zehnten Grün schloss sich das nur hundert Meter kurze elfte Loch, ein Par drei, an. Es bildete den Abschluss der Bahnen, die in typischer Parklandkurs-Manier im Radstädter Tal angelegt waren und endete am Fuß des Hanges, der über die weltweit einzige Golf-Gondelbahn in die bewaldeten Höhen führte. Als der Kommissar am Abschlag des elften Lochs ankam, sah er, wie die Seilbahn-Gondel gerade in den Tannenwipfeln im oberen Teil des Hangs verschwand. Das mussten sie sein. Es dauerte gut fünf Minuten, bis die Gondel wieder am unteren Ende angekommen war. Für Martin Cervinus fühlte sich dieser Zeitraum des Wartens wie Stunden an. Er merkte, wie sich die Anspannung in seinem Körper schnell mehr und mehr ausbreitete. Hoffentlich war noch nichts passiert. Seine Gedanken war jetzt komplett zweihundert Meter weiter oben, bei Melinda, Szenifer und Schlömer. Endlich kam die Gondel zum Stehen und Martin konnte die Tür zu der winzigen Kabine öffnen, in der maximal drei Personen Platz fanden. Für die Golfbags und Trolleys gab es eine separate Gondel in Form eines offenen Kastens, die der Personenkabine nachfolgte.

Fünf Minuten später stieg der Oberkommissar aus der kleinen Kabine aus und versuchte sich sofort zu orientieren. Rund zwanzig Meter vom Gondel-Ausstieg entfernt sah er den Abschlagsbereich, der zur zwölften Bahn gehören musste. Von hier aus spielte man seinen Drive steil den Berg hinab. Die Bälle flogen bei diesem Gefälle oft zweihundertachtzig Meter weit und weiter. Da die Wahrscheinlichkeit sehr groß war, dass ein Ball bei diesen Entfernungen in den Waldgebieten oder in den zusätzlich angelegten Bachläufen rechts und links des Fairways verloren ging, gab es an diesem Loch hundert Meter weiter unten sogenannte Drop-Zonen, von denen aus ein neuer Ball, unter Berücksichtigung eines Strafschlags, ins Spiel gebracht werden konnte.

«Jetzt liegen wir vermutlich dicht beieinander, lieber Wendelin», hörte Cervinus die nasale Stimme von Joachim Rudolf Hartmann, der betont charmant den weit nach links verzogenen Drive seines Spielpartners kommentierte. Schlömer stand immer noch auf dem Tee und schaute skeptisch den Hang hinunter.

«Ich werde nochmal einen provisorischen Ball hinterher spielen. Ich bin nicht sicher, ob wir den noch finden», antwortete er.

«Tun sie das, Herr Schlömer – man kann nie wissen. Sicher ist sicher!», rief Martin Benedikt Cervinus dem beleibten Mann zu. Die beiden Männer drehten sich um und sahen, wie er in schwarzen Business-Schuhen, brauner Stoffhose und beigem Cord-Sakko langsam auf sie zukam. Nun sah Martin auch die beiden Frauen, die bisher durch die Bäume am Abschlag-Rand verdeckt wurden. Szenifer trug einen ultrakurzen, pinken Golf-Minirock und ein hautenges weißes Polohemd mit einem Ausschnitt so groß wie ein Scheunentor. Sie hatte sich wieder dieses dunkle und starke Make-up aufgetragen, wie Martin es bei ihr im „Herren-Haus" gesehen hatte. Auch Melinda war viel zu stark geschminkt und überhaupt nicht zu ihrem Typ passend aufgetakelt. Dass diese Frau dieselbe war, mit der er noch gestern zu Abend gegessen hatte, schien ihm fast unglaublich. Ihre natürliche und so wunderbare Schönheit wirkte wie erstickt.

«Martin!» entfuhr es ihr. In ihrem Blick spiegelte sich ungläubiges Erstaunen. Szenifer aber verstand nach einem kurzen Moment der totalen Überraschung sofort und intuitiv, wie sie sich verhalten sollte. Augenblicklich versuchte sie, so zu tun, als hätte sie Martin noch nie gesehen. Genau dies gelang Hartmann nicht so gut.

«Herr Cervinus, das ist aber eine Überraschung! Was machen Sie denn … wo kommen Sie denn … machen Sie hier … hm?!» Der sonst so souveräne, große Investor fand auf einmal keine Wort mehr.

«Oh, lieber Herr Hartmann, ich hörte, dass Sie zufällig auch hier sind und da dachte ich, dass ich Ihnen zumindest kurz hallo sagen sollte. Und Sie müssen Herr Schlömer sein, nicht wahr?», wandte sich Martin nun dem Chef der Immobilienverwaltung zu. Dieser reagierte vollkommen verdattert. Nicht, dass es ihm nicht auch schon einmal passiert war, dass er einen Bekannten oder Verwandten, den er in der Heimat jahrelang nicht gesehen hatte, plötzlich irgendwo im Urlaub auf Sylt oder mitten auf dem Berliner Ku'damm wieder gesehen hatte. Aber der skurrile Auftritt dieses Mannes, der mitten auf einem Golfplatz in Österreich Joachim Hartmann als alten Bekannten begrüßte, und das, ohne offensichtlich selbst Golf zu spielen, irritierte den Endfünfziger schon sehr.

«Kennen wir uns, der Herr?», fragte Schlömer daher Cervinus.

«Nein, noch nicht, aber ich habe schon viel von Ihnen gehört. Mein Name ist übrigens Martin Benedikt Cervinus. Wir können uns ja nachher noch ein bisschen unterhalten. Zunächst biete ich Ihnen, lieber Herr Hartmann an, dass ich Ihnen helfe, Ihren Ball dort unten im Wald zu suchen. Er liegt doch dort unten in der Senke links, da, wo man ihn von hier oben nicht sieht, oder?» Hartmanns dunkle Augen funkelten nun diabolisch.

«Spielen Sie ruhig noch einen Ball, Herr Schlömer. Ich fahre mit Herrn Hartmann dann schon einmal herunter. Passen Sie in der Zwischenzeit gut auf die Damen auf», sagte Cervinus wieder zu Schlömer gewandt und bedeutete Hartmann, ihm zur Gondel zu folgen. Dieser tat ihm den Gefallen. Melinda schaute den beiden mit einem stillen Anflug von Panik hinterher. Martin zitterten die Knie vor Angst, was er mit diesem betont starken Auftritt zu überspielen versuchte. Aber das Wichtigste für ihn war, Hartmann von Schlömer, Melinda und Szenifer wegzubekommen. Das schien zu gelingen. Aber welchen Preis musste er selbst hierfür zahlen?

«Bitte, nach Ihnen!», forderte er Hartmann auf, die Gondel zu betreten. Der Mann mit der öligen Gelfrisur befolgte auch diese

Aufforderung, nachdem er sein Bag in die hierfür vorgesehene Gepäckgondel gestellt hatte. Nur ein Eisen Sieben nahm er wie einen Spazierstock mit in die Gondel. Martin folgte ihm, schloss die Tür und drückte den Knopf für die Fahrt nach unten.

«Sagen Sie mal, was erlauben Sie sich, Herr Cervinus? Sie platzen einfach in meine Privatrunde mit einem wichtigen Geschäftspartner ... warten Sie, bis ich mit Ihrem Vorgesetzten gesprochen habe! Weiß der überhaupt davon, dass Sie Gewaltopfern, und das noch im Ausland, nachstellen und ihn und seine Gäste belästigen? Sollten Sie nicht lieber die Täter suchen?» zischte Hartmann ihn mit rauer, fast kreischender Stimme an. Cervinus blieb ruhig. Zumindest tat er so, auch wenn er das Gefühl hatte, dass Hartmann seinen Herzschlag, der sicherlich auf Hundertachtzig war, in der Kabine pochen hörte.

«Ich glaube, Herr Hartmann, es ist umgekehrt. Sie haben mich nicht richtig verstanden. Ich hatte Sie doch darum gebeten, sich zu unserer Verfügung zu halten. Und was machen Sie: treiben sich schon kurz nach dem Anschlag in Bordellen herum und versuchen, Dinge zurechtzubiegen, die schon längst nicht mehr gerade zu kriegen sind.» Hartmann sah aus dem Kabinenfenster und tat völlig unbeteiligt.

«Ich habe keine Ahnung, von was Sie da reden.»

«Oh doch, das haben Sie. Und wissen Sie was: Ich bin eigentlich nur hierher gekommen, um Ihnen mitzuteilen, dass ich den Täter gefunden habe, der Sie angegriffen hat.» Hartmann drehte sich zu Cervinus um und sah ihn plötzlich interessiert an.

«Ach ja? Und: wer war es? Nein, lassen Sie mich raten: Es war unser Clubmanager Bernd Grüner, nicht wahr?! Schade, dass ich ihn nicht zweimal feuern kann ... »

«Mieep, falsch», antwortete Cervinus mit der Imitation eines Spielshow-Buzzers.

«Aber der Name des Täters dürfte Ihnen dennoch etwas sagen, oder zumindest Ihrem Vater. Ich spreche von Arno Wolf, dem Sohn von Karl Wolf, beide Zwangsarbeiter unter der blutigen Geißel Ihres Vaters Rudolf. Tja, seinen Vater hat Ihr alter Herr zwar umgebracht, aber der Sohn konnte fliehen. Und Ihr Vater offensichtlich auch, sonst wären Sie ja jetzt nicht hier?!» Hartmann sah aus, als überlegte er fieberhaft, was das alles zu bedeuten hatte.

«Arno Wolf wusste sofort, dass Sie der Sohn des Mörders seines Vaters sind. Aber er tat nichts. Er hütete jahrelang friedlich seine Schafe über dem Grab seines Vaters und tat nichts. Erst als er Zeuge Ihrer eigenen Bluttat gegenüber Theodor Müller wurde, übte er Rache, sehr späte Rache.» Cervinus sah Hartmann nun in dessen schwarze Augen, die wie Steinkohle funkelten. Der Oberkommissar drückte, ohne den Blick von Hartmann zu nehmen, unvermittelt den Not-Halte-Knopf der Gondel. Mit einem deutlichen Ruck blieb diese sofort stehen und pendelte noch einige Male aus. Cervinus musste sich festhalten, um nicht umzufallen. Er wollte den Mörder von Theodor Müller stellen. Jetzt, da er in der beengten Kabine nicht den Eindruck hatte, Hartmann könnte ihn angreifen.

«Arno Wolf ahnte die ganze Zeit, dass Sie nur nach Lindental zurückgekommen sind, um das Geheimnis des streng geheimen Zwangsarbeiter-Bunkers oberhalb der Vierzehn im Wald zu bewahren und die Spuren der Gräueltaten Ihres Vaters – und damit auch das Grab seines Vaters – mit der Erweiterung des Golfplatzes endgültig zu beseitigen. Aber auch er hatte Ihnen nicht zugetraut, dass Sie, genau wie Ihr Vater, Mord als eine geschäftliche Angelegenheit betrachten. Ihr Plan war gut, sogar sehr gut. Bernd Grüner systematisch als Hauptverdächtigen, natürlich zusätzlich zu Ihrem eigenen Mitarbeiter Thomas Ranft, aufzubauen, war schon ziemlich schlau. Das war auch der Grund, warum Sie Grüner auf dem Golfplatz anriefen. Sie wollten sicher gehen, dass er genau dort war, wo Sie ihn ohnehin schon vermuteten, eben genau gegenüber des Ortes an der Fünfzehn, an dem Sie Müller ermordeten. Alles nur, damit er für uns Ermittler als potenzieller Täter in Frage käme, falls die beschränkten Abschlag-Möglichkeiten Ihres Referenten Thomas Ranft allein nicht überzeugend genug wären. Und Sie haben mich tatsächlich vor eine knifflige Aufgabe gestellt … aber da fällt mir ein: Wo ist es eigentlich, das Bol … ?»

«Hier!!!», schrie Hartmann, stürzte sich unvermittelt auf Cervinus und drückte ihn mit der ganzen Wucht seines großen Körper gegen die Kabinenwand und blitzschnell auf die gegenüberliegende Seite. Für einen kurzen Moment war Cervinus benommen. Plötzlich spürte etwas dünnes, stählernes an seiner Kehle. Es war der Schaft des Eisen Sieben von Joachim Hartmann, mit dem dieser den Kommissar an der Kabinenwand fixierte. Martin spürte, wie sich das Blut in seinem Kopf staute, er bekam keine Luft mehr.

«Du Narr hast doch überhaupt keine Ahnung, mit wem du dich anlegst. Mein Vater war ein Held und hat sein Leben für das Reich gegeben. Aber das versteht ihr ja alle nicht. Ich habe ihm in unserer zweiten Heimat in Argentinien vor seinem Tod geschworen, dass ich sein Werk ehren und die Geheimnisse, die er zu hüten hatte, weiter bewahren werde, und auch Du wirst das nicht verhindern. Und nun wirst Du … Aahhh!»

Plötzlich hielt sich Hartmann die Hände zwischen seine Beine und sackte augenblicklich vor Martin Benedikt Cervinus zusammen. In hochfrequenten Tönen wimmernd und jaulend wälzte sich der Mörder von Theodor Müller auf dem Kabinenboden. Cervinus blickte auf das Tee in seiner rechten Hand. Das Tee, das er im Flugzeug in der Hosentasche wiederentdeckte und das ihm wohl jetzt gerade das Leben gerettet hatte.

«Diese Dinger sind wirklich gefährlich spitz!», meinte Cervinus leise zu sich selbst. Blitzschnell setzte er sich auf den Rücken von Hartmann und verdrehte dessen rechten Arm nach oben, sodass er nicht mehr fähig war, sich zu wehren oder zu bewegen. Cervinus beugte sich zum Ohr von Hartmann herunter.

«Die Waffe: Es war der Bolzenschußapparat Ihres Vaters, des Metzgersohns, mit dem er bereits in dem Arbeitslager seine Opfer umgebracht hat. Wo ist er? In Ihrem Golfbag?», fragte er den wimmernden Mann unter ihm. Dieser nickte nur und heulte weiter. Cervinus betätigte zwischenzeitlich mit der freien Hand den grünen Knopf für die Weiterfahrt der Gondel.

«Das war die härteste Nuss. Alles sah tatsächlich nach einem zufälligen Schläfen-Treffer mit dem Golfball aus. Nur die Tiefe der Wunde stimmte eben nicht mit der Eintreff-Geschwindigkeit eines geschlagenen Balls überein. Tricky, tricky. Aber manchmal bin ich doch froh, Unfall-Ermittler zu sein. Erst als ich heute morgen einen Fall mit einem Pressluft-Tacker durchermittelt hatte, kam ich drauf, wie gefährlich Druckluft ist – und welche Kräfte dabei entwickelt werden. Sie haben Müller damit unentdeckt in der Mulde ermordet. Das perfideste war, dass Sie Grüners Golfball, den Sie ihm vorher aus seinem Bag geklaut hatten, auch noch in Müllers Wunde gepresst haben, um sein Blut an den Ball und den Abdruck der Dimples in die Wunde zu bekommen. Die Tatwaffe haben Sie dann wieder in Ihr Bag gesteckt und in aller Ruhe im Clubhaus verstecken können, als Sie zunächst den armen Thomas Ranft dorthin zurück gebracht hatten. Daher auch der Austausch der Schlägertaschen – an dem grünen Bag konnten schließlich noch Blutspuren vom Bolzenschuß-Gerät gewesen sein. Dass Sie Müller mit ein paar einfachen Hinweisen, die aber ihre golfpsychologische Wirkung nicht verfehlten, dazu brachten, in genau den Bereich mit dem hohen Gras zu schlagen, der für Ranft erstens nicht einsehbar war und in den Sie zuvor auch schon absichtlich gedrived hatten, darauf hätte ich tatsächlich eher kommen können. Denn Sie schlagen sonst nie nach links, Ihre natürliche Schlagbewegung, der Hook mit einer ausgeprägten Kurve nach rechts, lässt das ja normalerweise nicht zu. So war es doch, nicht wahr?», fragte Cervinus den festgesetzten Joachim R. Hartmann und drückte, vielleicht unabsichtlich, dessen Arm für einen kurzen Moment noch einmal ein bisschen stärker aus seinem Schultergelenk.

Als sich die Tür der Gondel öffnete, blickte Martin, immer noch auf dem Rücken von Hartmann sitzend, zuerst auf die großen, schwarzen Sportschuhe von Tom Keller. Hinter ihm blinkte das Blaulicht der weißen Einsatzfahrzeuge des Radstädter Gendarmerie-Kommandos.

«Du *Dinnelo*, kannst du nicht einmal warten, bis ich wieder zurück bin. Du musst wirklich mal ein bisschen cooler werden!», grinste Keller den zu seinen Füßen sitzenden Partner an. Cervinus was baff.

«Wie hast du denn herausgefunden, wo ich war – und wie kommst du hierher?», fragte ihn Cervinus verwundert.

«Intuition, *Tschabo*, Intuition. Als ich gesehen habe, dass du versucht hast, mich anzurufen, bin ich unruhig geworden. Na ja, und dann waren es eigentlich nur ein paar Routine-Anrufe: in Schlömers Büro, bei der Fluggesellschaft, und schon *naascht* das! Wirst Du auch noch rauskriegen, dass manches bei der Mordkommission einfacher ist als bei Euch in der Unfall-Ermittlung!», lachte Keller. Nun lächelte auch Cervinus.

Er strahlte jedoch wie die Mittagssonne über dem Salzburgerland um die Wette, als er zwischen den Polizeibeamten im Hintergrund Melinda entdeckte. Sie stand neben der Dame, die er als „Venus" kennen gelernt hatte. Melinda bewegte sich, erst langsam und dann immer schneller werdend, auf Martin zu, um sich schließlich liebevoll von ihm umarmen zu lassen. Lächelnd ließ sie ihre Zahnlücke aufblitzen.

«Du konntest es wohl nicht abwarten, mit dem Golfen anzufangen?!», grinste er sie an.

«Ich glaube, mein Bedarf daran ist erst einmal gedeckt. Und Szenifer hat mir erzählt, dass Reiten sowieso eine viel schönere Sportart ist.»

«Reiten? Um Himmels Willen, viel zu gefährlich!», sagte Martin und schaute dabei augenzwinkernd zu Szenifer hinüber. Melinda blickte kurz zu Hartmann, der gerade in einen Streifenwagen verfrachtet wurde und dann in Martins blaue Augen.

«Gefährlicher als Golf? Du Spinner!», sagte sie und gab ihm ein innigen Kuss.

Epilog
Drei Monate später

«Oh nein!», rief Martin Benedikt Cervinus und sah seinem Ball zu, wie er mit einem satten „Plopp" in das Sandhindernis rechts neben der vierzehnten Spielbahn plumpste. Direkt in den „Hartmann-Bunker".

«Das war der erste nicht ganz so gute Abschlag heute, Martin. Mach dir nichts draus», tröstete ihn Richard Steiner.

«Normalerweise funktioniert das Spiel aus dem Sand mittlerweile echt gut. Aber seit der gute Woodcroft den Bunker doppelt so tief gelegt hat, ist es der anspruchsvollste Fairwaybunker, den ich kenne.»

«Das war das Allererste, was Morty gemacht hat. Gleich am nächsten Morgen, nachdem er davon erfahren hatte, dass Hartmann es war», grinste Steiner. Die beiden schlenderten das Fairway hinunter und blinzelten in die goldene Abendsonne hinein. Am Waldrand hinter dem Grün der Vierzehn sahen sie die wohlbekannte Schafherde friedlich grasen. Martin musste schmunzeln. Bestimmt hatte Arno Wolf es wieder einmal vorausgesehen, wohin er den Ball verziehen würde, noch bevor er den Ball überhaupt getroffen hatte, dachte er. Er sah zu Wolf hinauf. Aber der Schäfer blickte weiter regungslos über die Wiesen und Felder des Lindentals hinweg. Steiner stellte sich zu seinem Ball, den er wieder einmal in der Mitte des Fairways untergebracht hatte.

«Was hat er zu dem Urteil gesagt? Und dazu, dass er seine Strafe wegen Haftunfähigkeit nicht antreten muss?»

«Ich glaube, er war kurz davor, seinen Anwalt zu entlassen, weil der das durchgesetzt hatte. Alles, was Arno Wolf wollte, war, seine gerechte Strafe zu empfangen und zu verbüßen. Bei der Einweihung des Mahnmals zum Gedenken an die Opfer des Arbeitslagers ...», Cervinus blickte zu dem Waldstück hinter der Vierzehn, in dem nun ein Gedenkstein an die furchtbaren Ereignisse vor siebzig Jahren erinnerte,

«... hat er mir kurz zugenickt. Ich hatte schon das Gefühl, mit Respekt ... und einer gewissen Dankbarkeit.»

«Ein aufrichtiger und aufrechter Mann!», bekannte Steiner.

«Weißt du, was ich wirklich gerecht finde? Dass Thomas Ranft die ausstehenden Provisionszahlungen, um die Hartmann ihn jahrelang betrogen hatte, zugesprochen bekam. Ich kann mir keinen besseren neuen Eigentümer des Golfclubs vorstellen.»

«Und mit Bernd hat er einen kongenialen Partner!», rief Richard seinem Spielpartner zu, während der in den Fairwaybunker hinab stieg. Wenige Augenblicke später spritzte eine Fontäne feinen Sands aus dem Hindernis, gefolgt von Martins Ball, der in hohem Bogen bis zum Grünrand flog. Richard lächelte Martin zu und hob anerkennend den Daumen.

«Wenn einer mal ein bisschen Glück verdient hatte, dann war es wohl auch Bernd Grüner», sagte Martin und beobachtete, wie Richard seinen Ball zwei Meter an die Fahne feuerte. Steiner nickte.

«Ein bisschen Glück ist gut. Solche Ergebnisse musst du erst einmal tippen, und das mit deiner allerletzten Reserve: Frankfurt gewinnt in München gegen Bayern drei zu null, die Gießener Basketballer werfen die Berliner aus den Playoffs und ...»

«... und diese coole Socke mit meinem Vornamen holt die „US-Open" und gleich danach die „Open" in St. Andrews!», ergänzte Martin begeistert.

Die milde Herbst-Sonne war schon fast hinter den Wipfeln des Lindentaler Waldes verschwunden, als die beiden Golfer das achtzehnte Grün erreichten.

«Ich mach' den schnell rein», sagte Martin und versenkte die Kugel aus fünfzig Zentimetern im Loch.

«Oho, da will jemand nochmal Druck aufbauen!», feixte Richie und machte sich bereit, aus einem Meter ebenfalls einzulochen.

«Immerhin geht's darum, wer gleich das Bier und die Bockwurst beim „Curry" ausgibt!», antwortete Martin.

«Du bist sowieso dran mit Ausgeben, Herr Kriminaloberkommissar ...», sagte Richard, versenkte wie selbstverständlich den Putt und gab Cervinus die Hand.

«... denn wenn das kein Grund für ein Bierchen ist: Nochmals herzlichen Glückwunsch zu deiner Versetzung in die Mordkommission!»

Personen und Handlung sind frei erfunden.
Ähnlichkeiten mit lebenden oder toten Personen sind rein zufällig
und nicht beabsichtigt.
Desgleichen gilt für das beschriebene
Arbeitslager, den Golfclub, das Dorf Lindental
und das „Herren-Haus".

Appendix

Golf-Lexikon:

(Head)-Greenkeeper	(Chef)-Platzpfleger, Landschaftsgärtner
Fairway	Circa 2 cm kurz gemähte Spielbahn.
Stimpmeter	Messinstrument zur Bestimmung der Schnelligkeit des Grüns. Wird in „Fuß" oder in Meter gemessen.
Eisen-Nr. 5, 6, 7, 8, usw.	Schläger-Variante, je höher die Zahl, desto präziser, aber desto kürzer die Entfernung.
First Cut	circa 5 cm hoher Grasstreifen am Fairwayrand.
Flight(partner)	Spieler-Gruppe, die gemeinsam eine Runde absolviert.
PAR	„Professional Average Result", Schlagzahl, die ein professioneller Golfer regelmäßig für die entsprechende Spielbahn benötigt. Bei einem „Par 4" benötigt ein professioneller Golfer durchschnittlich vier Schläge, (zwei lange Schläge und zwei Putts), bei einem „Par 3" drei Schläge, bei einem „Par 5" fünf Schläge.
Birdie	Schlaganzahl für eine Spielbahn, ein Schlag weniger als „Par".
Bogey	Schlaganzahl für eine Spielbahn, ein Schlag mehr als „Par".
Putt	Schlag mit dem Putter.

Putter	Schläger für die kurzen Entfernungen auf dem Grün, um den Ball einzulochen.
Wedge	Eisenschläger-Variante für Annäherungen unter 100 Metern und ums Grün.
Handicap	Rechnerische Spielstärke eines Golfers, wird über Vergleich mit Spielstärke eines professionellen Golfers errechnet. Ein professioneller Golfer hat in der Regel ein Handicap von 0 oder darüber (+). Anfänger beginnen mit Handicap -54.
Hole in One, Ass	Mit lediglich einem Schlag getroffenes Loch, i. d. R. bei einem „Par 3".
Tee	Holzstück und Abschlagsbereich.
Rough	Nicht gemähte Grasfläche.
Fore	Unter Golfern gebräuchlicher Warnruf.
Golf-Pro	Professioneller Golfer, Golf-Lehrer.
Semi-Rough	Grasbereich am Fairwayrand mit circa 10 cm Schnitthöhe.
Persimmon-Schläger	Aus Persimmon-Holz gefertigte Golf-Schläger, wurden bis zur Einführung der Metallhölzer bis in die 1980er Jahre verwendet.
Ballata-Ball	Aus Ballata-Material gefertigter Golfball, wurde in der Regel bis in die 1960er Jahre verwendet.
Longest Drive	Zusatzwettbewerb bei Turnieren, bei dem der längste Abschlag prämiert wird.

Kleines Manisch-Wörterbuch

Buhl	Po
Moss	Frau, Mädel
verbuhlt	betrogen, hinters Licht geführt werden
Dinnelo	Blöder, Depp
Tschü	Nein, kein
Sillepin	Gewalt
Tschund	Müll, Abfall, Unsinn
Tschäro	Kopf
Tigema	guck mal
Gaatsch	Mann
naascht	geht, läuft
Fore	Stadt
Ballemoss	Friseurin
Kaijeff	Schulden
Bangomuij	Hasenscharte
Wording	Auto
unterkünftig	unten
latscho	gut, entspannt
gewant	gut
Rackelo	Junge
Budlack	Hunger
schwächen	Alkohol trinken, betrunken sein
buje	vögeln
maddo	müde, betrunken sein
Tschabo	Freund

Der Golf- und Countryclub Lindental aus der Vogelperspektive

Westseite:

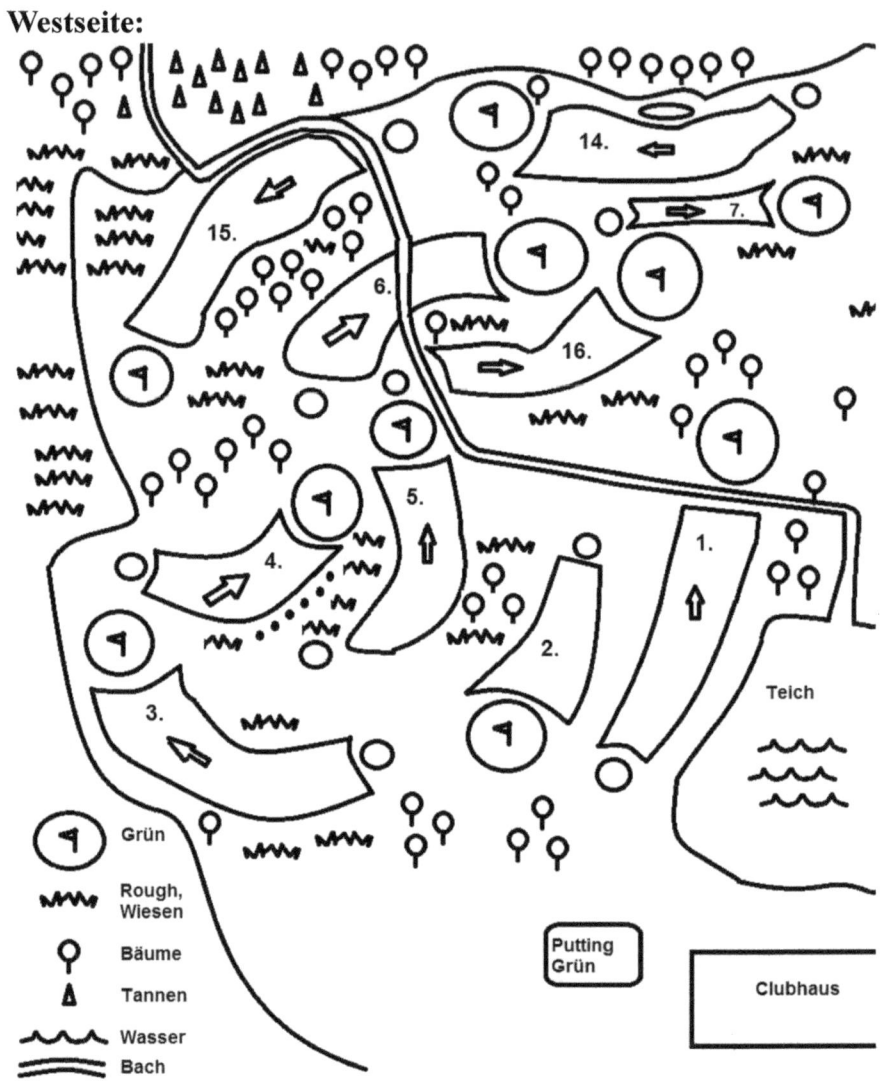

Der Golf- und Countryclub Lindental aus der Vogelperspektive

Ostseite:

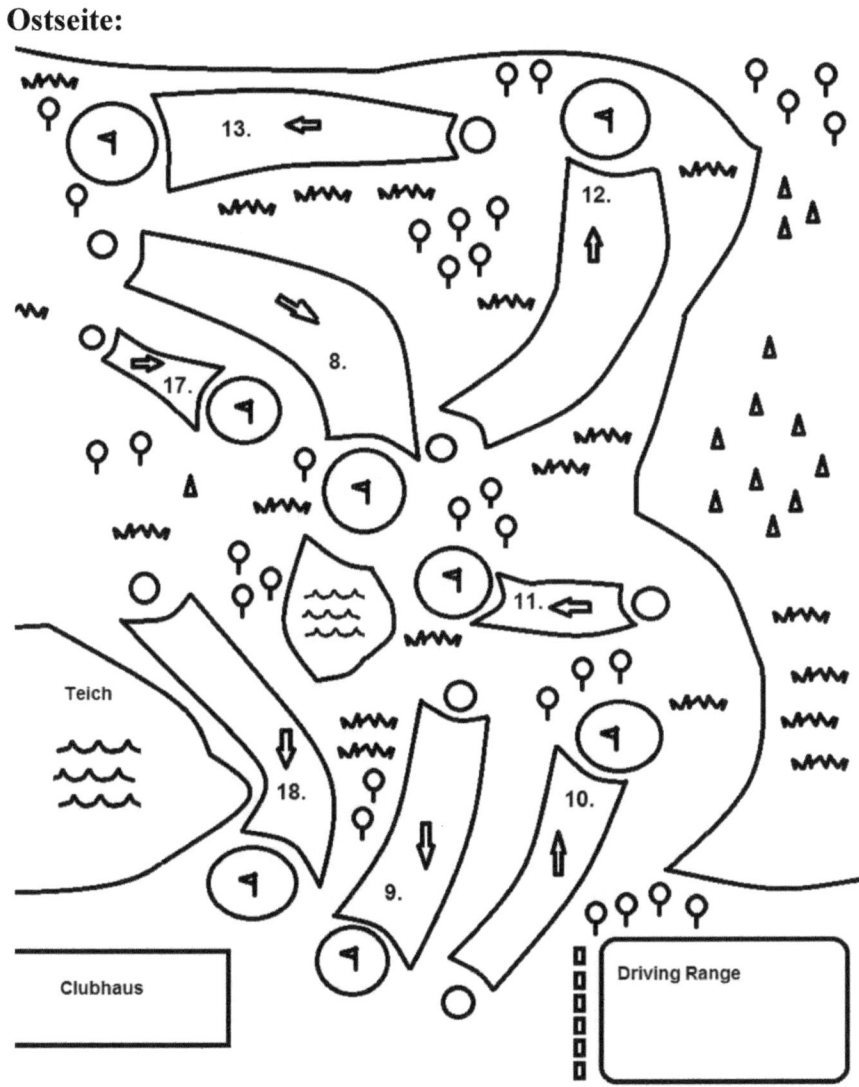

Danke

Ich bedanke mich herzlich bei Wolfgang für das liebevolle und professionelle Korrektorat. Ohne ihn wäre beim Setzen von Punkt, Punkt, Komma und Strich hieraus nur ein Mondgesicht geworden.

Ich danke Lutz für die Unterstützung der ersten Stunde, für die vielen hilfreichen Feedbacks und vor allem für die Geduld, schon montagmorgens meine neuesten Einfälle zu ertragen – und das noch vor dem ersten Kaffee.

Ich bin Ralf sehr dankbar, dass ich an seinem unglaublichen Wissen rund um Geschichte, Legenden und Technik des Golfspiels teilhaben darf. Und für das Gefühl, auch abends um halb zehn nicht der Letzte auf dem Platz zu sein.

Ein herzlicher Dank geht an Eugen. Für die unvergessliche Korrektur-Session bei Schoppe', Jazz und Blues, aber auch für die Geduld, wenn ich mal wieder in die Erde schlage und den Himmel treffe.

Meinen Eltern verdanke ich unendlich viel. Auch die Möglichkeit, den oberhessischen Dialekt als wichtiges Merkmal unserer regionalen Identität und Tradition zu erlernen und weitergeben zu können.

Vor allem danke ich meiner lieben Frau dafür, dass sie immer an mich geglaubt hat. Und für ihr Zutrauen, dass ich über das „Herren-Haus" schreiben konnte, ohne vor Ort recherchieren zu müssen.

Über den Autor:

Seit meiner Geburt im Jahre 1973 lebe und arbeite ich in meiner oberhessischen Heimat zwischen Vogelsberg und Taunus, an Wetter und Lahn.

Das Golfspiel entdeckte ich erst vor zehn Jahren. Zu einer Leidenschaft wurde es für mich allerdings schon mit dem ersten fliegenden Ball.

Nichts lag für mich daher näher, in meinem allerersten Roman eine Geschichte zu erzählen, die den Golfsport und seine vielfältigen Facetten sowie meine wunderbare Heimat und ihre Dialekte, Menschen und Landschaften miteinander verbindet.